Benito Pérez Galdós

Episodios nacionales III
Mendizábal

Barcelona **2024**
Linkgua-ediciones.com

Créditos

Título original: Episodios nacionales III. Mendizábal.

© 2024, Red ediciones S.L.

e-mail: info@Linkgua-ediciones.com

Diseño de cubierta: Michel Mallard.

ISBN tapa dura: 978-84-1126-456-3.
ISBN rústica: 978-84-9007-301-8.
ISBN ebook: 978-84-9007-217-2.

Sumario

Brevísima presentación

La obra

Mendizábal es la segunda novela de la tercera serie de los *Episodios Nacionales* de Benito Pérez Galdós.

El título hace referencia a Juan Álvarez Mendizábal, uno de los políticos más importantes de la historia de España. La razón de su celebridad tal vez se deba a que su famosa Desamortización es uno de los episodios históricos más conocidos de todo el siglo XIX. La novela cuenta la ardua y aventurera vida de este personaje que fue, entre otras cosas, proveedor del ejército nacional, exiliado en Inglaterra, pieza clave en la política portuguesa de su tiempo y uno de los políticos que mayor expectación suscitó.

Paralelamente, conoceremos al personaje de Fernando Calpena, sucesor de pasados personajes como Gabriel (en la primera serie) y Salvador Monsalud (en la segunda), con cuya llegada a Madrid se inicia la novela. En estas primeras páginas nos vamos a encontrar con otro personaje fundamental, el cura Hillo, compañero de pensión primero y luego de todo tipo de aventuras político-sentimentales. La instalación de Calpena en Madrid, su oscuro pasado y más extraño presente, nos lleva a conocer otros ambientes de la capital, con referencias al mundillo cultural del momento, todo ello tratado con grandes dosis de romanticismo, al estilo de la época.

I

Al anochecer de aquel día, el *no sé cuántos* de septiembre del año 35 (siglo XIX), llegó puntual al parador de *no sé qué*, calle de Alcalá, entre la Academia y las Monjas Vallecas, la diligencia, galerón o quebrantahuesos ordinario de Zaragoza, que traía los viajeros de Francia por la vía de Olorón y Canfranc, único portillo que dejaban libre en aquellos tristes días los porteros del Pirineo, *vulgo* facciosos.

No bien pararon las ruedas del polvoriento armatoste, fue cercado de gentes diversas: por una parte, familia o amigos de los pasajeros; por otra, intrusos, ganchos o buscones enviados por fondas y posadas. Con este contingente y los viajeros que iban bajando perezosos, según les permitían sus remos entumecidos, se formó al instante un apelmazado y bullicioso grupo. Produjéronse rumores diferentes: aquí salutaciones cariñosas; allí el restallido del besuqueo y los palmetazos del abrazarse; acullá ofertas importunas de pupilajes cómodos y baratos. Entre tantos viajeros, solo uno no tenía quien le esperase: nadie se cuidaba de él ni le decía *por ahí te pudras*, como no fueran los moscones de las casas de huéspedes. Era el tal un joven de facciones finas y aristocráticas, ojos garzos, bigotillo nuevo, melena rizosa y negra, que sería bonita cuando en ella entrara el peine y se limpiara del polvo del camino. Su talle sería sin duda airoso cuando cambiara el anticuado y sucio vestidito de mahón por otro limpio, de mejor corte. En lo más claro del grupo quedose como atontado palomino, contemplando el bullanguero tropel de gente descuidada y ociosa que por la calle a tales horas discurría. ¡Pobrecillo! Solo y sin maestro ni amigo a quien arrimarse, se lanzaba en aquel confuso laberinto; sin duda entraba gozoso y valiente, con la generosa ansiedad del mozuelo de veinte años a quien ha quitado el sueño y las ganas de comer, en las aburridas soledades de la aldea, la visión de la Corte y de sus placeres y grandezas, tal y como las aprecian desde lejos los que empiezan a vivir, los que se hallan en pleno retoñar de ideas tempranas, producto fresco de las primeras lecturas, de las primeras pasiones, de la ambición primera, que tanto se parece a la tontería.

Embobado, como digo, estaba el hombre, contemplando el ir y venir de vagos bien vestidos, cuando le hizo volver en sí una voz bronca y desapacible que en el corro gritaba: «¡Don Fernando Calpena! ¿Quién es Don Fernando Calpena?»

—No vocee usted tanto, que soy yo —dijo el mancebo, un tanto asustadico—. ¿Qué se le ofrece?

—Véngase conmigo, señor —replicó el otro, como sin ganas de entrar en explicaciones—. Tengo el encargo de llevar a usted a una casa de huéspedes.

—¿Encargo?, ¿de quién?... ¿Se puede saber?

—Del señor don Manuel, el segundo jefe de la Superintendencia.

—¿Don Manuel?... A fe que no le conozco.

Recordando haber oído ponderar lo que abundan en Madrid los ladrones, pícaros y toda la caterva de gente perdida y maleante, tuvo Fernandito algo de miedo, y miró con recelo al que parecía, si no protector, mensajero de desconocidas influencias tutelares; y en verdad que el pelaje, la carátula y el vocerrón de aquel sujeto no eran para infundir tranquilidad. El desconocido distinguiríase entre mil por la pátina de su cara sudosa, afeitada de ocho días; por los ojos ribeteados de bermellón; por la boca desmedida y los labios con hemorroides; por los ojos de carnero moribundo; por la ropa, que habría sido decente en otro cuerpo y en remotas edades; por el sombrero de copa, que su oficio le obligaba a usar, y era de catorce modas atrasado. Rasgo final: usaba bastón de nudos con gruesa cachiporra.

«¿Y el equipaje del señor?...»

—Ya lo han bajado... Vea usted aquel baúl largo, forrado de cabra... Así, con poco pelo... No podremos llevarlo hasta que no me lo despachen los de la Aduana.

—¡Los de la Aduana! —exclamó con visible desdén el de la cachiporra—. ¡Pues no faltaría más sino que abrieran el cofre del señor!... Traigo bula para que den paso franco a todo.

Y al punto se metió por lo más apretado del grupo, repartiendo codazos a un lado y otro; llegándose al de la Aduana, le dijo no sé qué frasecillas enigmáticas, y no fue preciso más para que el equipaje del señor De Calpena quedase libre y exento de toda impertinencia fiscal. Un momento después Don Fernando y su acompañante, precedidos de un mozo de cuerda con el baúl a cuestas, se alejaban del parador calle abajo.

«Estamos a cuatro pasos del domicilio, señor. Esta calle por donde ahora entramos es la *Angosta de Peligros*... Aquella de enfrente es *Ancha* de lo mismo, a saber: de los peligros. Váyase enterando si, como parece, es esta la primera vez que viene a los Madriles.»

—Es la primera vez... Por más que rebusco en mi memoria —dijo el don Fernando caviloso y otra vez inquieto—, no caigo en quién pueda ser ese don Manuel que ha dado a usted el encargo de recibirme y alojarme.

—Don Manuel de Azara.

—¿De Azara?... Ese apellido me suena, sí, me suena... pero... vamos, que no le conozco ni le he visto en mi vida, así Dios me la conserve. Y usted... ¿tendría la bondad de decirme su gracia?

—Mi gracia, como quien dice, mi nombre, es Filiberto Muñoz. Aunque nací en Consuegra, soy *orundio* de Extremadura, y...

—O me equivoco mucho, o es usted de la policía.

—En ella serví durante los *tres años*; pero en la *ominosa década*, como decimos por acá, quedé cesante, y tuve que arrimarme a los teatros y a la compañía de Luna para poder vivir malamente. El 33, no quería reconocer el Gobierno la tropelía que se había hecho conmigo; pero fui repuesto, gracias a que me agarré a los faldones de mi paisano don Manuel José Quintana, de cuyos padres el mío... Mi padre quiero decir... Era muy amigo... O más claro, que le castraba los cochinos, con perdón de usía... Ea, ya entramos en la calle de Caballero de Gracia, donde está su alojamiento. Por aquí, señor. Es aquella casa donde está el reverbero... Dos puertas más allá del quitamanchas. Ya estamos. El portal es antiguo; pero muy decente, y en él no está permitido hacer aguas, porque en el principal vive el dueño, que es un señor consejero, pariente del señor subdelegado, ya sabe... Olózaga.

Subieron al segundo piso y penetraron en la casa, que era de las llamadas de huéspedes, decentísima, lo mejor del ramo, pues en ella no se entraba más que por recomendación, y rara vez pasaba de cuatro el número de los favorecidos. Recibioles afablemente el dueño, que ya esperaba al señor de Calpena, y le llevó derechamente a la habitación que preparada para él tenía. Hallose el joven en un gabinete muy lindo, en aquellos tiempos casi lujoso, con alcoba estucada, buenos muebles... Vamos, que creía ser víctima de un error; que le habían tomado por otro; que aquel hospedaje y el servicio del polizonte y todo lo que le ocurría, no era por él ni para él. Pero mientras el error durara, juzgaba práctico aprovecharse. Adelante, pues, con la aventura: siguiera el *quid pro quo*, que tiempo habría de que el acaso o la realidad lo deshicieran.

Mostrole el patrón todas las partes del aposento, diciéndole: «Tengo mi casa montada a la inglesa, conforme a los últimos adelantos. Vea usted... Cordón para tirar de la campanilla; lavabo con su cubo, jofaina y demás; alfombrita delante de la cama; percha con su cortina para resguardar del polvo la ropa... En fin, progreso, finura. Y como punto céntrico, no hallará usted nada mejor que esta casa. Aquí está usted cerca de todo. Dos pasos más arriba, la Red de San Luis, con tanto comercio. En la calle de atrás, la fonda de Genieys; más abajo el Carmen Descalzo, donde tiene usted misa a todas horas. En la calle de Alcalá, que es a dos pasos, las Señoras Calatravas, las Señoras Vallecas, la Embajada inglesa... En fin, cerca tenemos también las *Niñas de Leganés*... la casa de las *Siete chimeneas*, que por mi cuenta son ocho, y cuanto bueno hay en Madrid... Para que nada falte, en esta misma calle tiene usted la casa de baños de Monier, que es, según dicen, de las mejores de Europa, como que en ella, por seis reales, puede un cristiano lavarse... De cuerpo entero.»

Encantado de su vivienda y de su barrio estaba el buen don Fernando, y aunque ignoraba de dónde y de quién le venían tantas dichas, iba muy a gusto en el machito, y no pensaba más que en arrear en él mientras durase la ganga. Por de pronto, urgía pagar al mozo; y en cuanto al desconocido que salió a encontrarle, no parecía hombre que desdeñara una gratificación si delicadamente se le ofrecía. De ambas cosas habló don Fernando a su hospedero, el cual, con aires de gran señor, le contestó que todo estaba pagado, y que el señor de Calpena no tenía que ocuparse de nada, como no fuera de pedir por aquella boca cuanto le dictasen su necesidad y sus antojos.

«Pues, señor —dijo para sí el mancebo, después de dar las gracias—, sin duda estoy soñando, o me equivoqué de camino y en vez de ir a Madrid, me he metido en Jauja. Porque esto de que le reciban a uno desconocidos emisarios del diablo o de las mismísimas hadas, y le saquen el equipaje sin registrar, y le traigan a este lindo aposento, y no cobren nada, y desaparezcan por escotillón mozos y servidores cuando uno echa mano al bolsillo para darles la propina... Esto, vamos, esto que a mí me pasa, no le ha pasado a ningún nacido en sus primeros pasos por una capital grande o chica. Aquí hay algo, y vuelvo a temer que, tras de tantas venturas, venga una triste y quizás trágica sorpresa. Mucho ojo, Fernando, y trata de sondear al patrón, que tal vez posea la clave del acertijo.»

«Siento mucho —dijo en voz alta, sentándose en la butaca y observando a su patrón de los pies a la cabeza—, que haya usted dejado marchar a ese hombre sin que yo le dé una gratificación por haberme traído aquí.»

—Déjele usted, que ya, ya se la darán, y más de lo que merece.

—¿Pero quién, por Cristo?... ¿Por quién vengo yo aquí? ¿En qué manos estoy?

—En buenas manos, caballero —afirmó el patrón con sonrisa tan benévola y franca, que el desconcertado joven no tuvo más remedio que creerle.

—Ese sujeto, ¿es de la policía?

—Sí, señor.

—¿Y por mandato de quién sale a mi encuentro la policía?

—No sé, señor... Yo que usted, francamente, me cuidaría de coger la fruta que me cae entre las manos, sin meterme en averiguar quién plantó el árbol que la da tan rica.

Calló don Fernando, sin dejar de mirar a su aposentador como se mira un jeroglífico.

«Ese hombre se llama Muñoz...»

—Y por mal nombre *Edipo*, porque fue, según dicen, del teatro...

—Pues, la verdad, me disgusta que se haya ido sin que yo le dé siquiera las gracias, sin obtener de él una explicación de este misterio... ¿Quién le mandó?... ¿Cómo sabía mi llegada, mi nombre?

—Él lo explicará cuando vuelva, señor...

—Al menos, me dirá usted, como dueño de la casa, qué tengo que pagarle por este cuarto —añadió Calpena impaciente y un tanto nervioso—. Podría ser que el precio fuese superior a mis recursos, y tuviera yo que buscar alojamiento más arreglado.

—Si por más arreglado entiende más barato, caballero, no lo encontrará ni en los cuernos de la Luna, que el colmo de la baratura es el no pagar nada. Quiero decir que...

—¿Pero quién, Señor?... Esto me vuelve loco... ¿Se ríe usted? O juega conmigo, o aquí hay gato encerrado.

—¡Encerrado... Aquí! Yo le juro al señor que el único que tenemos en casa, y se llama *Zumalacárregui*, es un gato de buena crianza, que no se mete a deshora en las habitaciones de mis huéspedes.

—Ya que no otra cosa —indicó don Fernando, rindiéndose a la bondad marrullera del patrón—, dígame usted su gracia, y...

—Mi gracia es Mendizábal...

Al oír este nombre se le crisparon los nervios al joven forastero, que se puso en pie, acercándose al dueño de la casa para verle mejor y examinarle. Era este de espigada estatura, representando cincuenta años, de rostro agradable, con patillitas, corbatín, el cuerpo enfundado en un levitón alto de cuello y larguirucho de faldones. Al verle reír, entró más en cuidado Calpena, y se aumentaron las confusiones que desde su novelesca entrada en la Villa del Oso embargaban su espíritu.

«Me río porque... verá usted —dijo el patrón—. No es que yo me llame propiamente Mendizábal. Mi apellido es Méndez. Pero como el señor don Juan Álvarez y Méndez, el grande hombre que ha venido de las Inglaterras a meternos en cintura y a salvar al país, se ha variado el nombre, poniéndose *Mendizábal*, que tan bien suena, yo...»

—Usted, por no ser menos... ya.

—Y digo más: bien podría resultar que don Juan de Dios Álvarez y un servidor de usted fuéramos parientes, pues Méndez somos los dos: él hijo de Cádiz, yo, de San Roque, frente a Gibraltar. ¿Quién me asegura que no seamos ramas del mismo tronco? Porque eso que cuentan de que el señor Álvarez y Méndez no viene de casta de cristianos viejos, es calumnia, señor; cosas que inventa la maldad del absolutismo para rebajar a los patriotas... En fin, que como mis compañeros de oficina ven en mí a un partidario furibundo del señor ministro nuevo, me han puesto el remoquete de Mendizábal, y así me dejo llamar, y me río... Me río...

II

—Según eso, es usted empleado.

—Para todo lo que el señor guste mandarme, me tiene de portero en el Ministerio de Hacienda. Miliciano nacional de artillería en el glorioso trienio, fui colocado por el señor Feliu. Quedé cesante el 23. Diez años después me repuso el señor don Francisco Javier de Burgos, que entró en Fomento el 21 de octubre del 33. En 7 de febrero del año siguiente pasé a Hacienda con el señor don José de Imaz; me conservó en mi puesto el señor conde de Toreno, que entro el 15 de junio, y allí me tiene usted... Pero estoy entreteniendo al señor más de lo regular, sin pensar que se aproxima la hora de la cena. Antes querrá quitarse el polvo del camino y lavarse cara y manos. Voy por agua, pues creo que tenemos el jarro vacío... Efectivamente... ¡Y tanto que les encargué...! ¡Cayetana!... ¡Delfina!

Salió presuroso, llamando a su esposa e hija, y a poco se presentaron estas con el agua y toallas limpias. Era la patrona regordeta y vivaracha, bastante más joven que su marido; mala dentadura, pecho vacuno, que el corsé levantaba a las alturas de la garganta; el habla gallega, manos de cocinera. La niña, tímida y rubicunda, habría sido muy bonita si no torciera terriblemente los ojos. Precedíalas el risueño padre, que, al presentar a la familia, volvió a soltar la vena de su verbosidad.

El señor don Fernando traería, según él, buen apetito. Pronto se le serviría la cena... Casa más sosegada no se encontraba en todo Madrid, y como no admitían sino huéspedes recomendados, nunca tenían más de cinco o seis, y a la sazón, por ser verano, tan solo dos, sin contar al señor don Fernando, los cuales eran personas de mucho asiento y formalidad. A la hora de la cena les conocería el nuevo huésped, y trabaría con uno y otro sujeto relaciones cordiales... Dejáronle al fin para que se lavase, y despojado de su trajecito de mahón, se ocupó el huésped en sacar del baúl la única ropita decente que traía, y camisa y corbata, para vestirse con toda la decencia compatible con su escaso peculio. Durante las operaciones de lavoteo y vestimenta, no cesaba de pensar en la ventura inesperada y misteriosa con que entraba en Madrid, y entre otras cosas que habrían revelado su confusión si las pasara del pensamiento a los labios, se dijo: «Es mucho cuento este. Se empeña uno en ser clásico, y he aquí que el romanticismo le persigue, le acosa. Desea uno mantenerse en la regularidad, dentro del círculo de las cosas previstas y ordenadas, y todo se le vuelve sorpresa, accidentes de poema o novelón a la moda, enredo, arcano, *qué será*, y manos ocultas de deidades incógnitas, que yo no creí existiesen más que en ciertos libros de gusto dudoso... Pues, señor, veamos en qué para esto, y Dios quiera que pare en bien. No las tengo todas conmigo, ni me resuelvo a entregarme a esta felicidad que me sale al encuentro abriéndome los brazos, pues suelen los salteadores de caminos disfrazarse de personas decentes y benéficas para sorprender mejor a los viajeros. Vigilemos, vivamos alerta...»

Cenando migas excelentes con uvas de albillo, peces del Jarama fritos, y chuletas a la *papillote*, hizo conocimiento con los dos huéspedes que la suerte le deparaba por compañeros de vivienda, y en verdad que tal conocimiento fue un nuevo halago de la escondida divinidad que tan visiblemente le protegía, porque ambos eran agradabilísimos, instruidos, graves y de perfecta educación. El uno frisaba en los cincuenta años, y en las primeras frases del coloquio se declaró manchego y patriota. Su locuacidad no molestaba; antes bien, instruía deleitando, porque narraba los sucesos y exponía las opiniones con singular donaire y una prolijidad pintoresca. Debía de tener muchas y buenas amistades con personas en aquel tiempo de gran viso, porque al nombrarlas empleaba casi siempre formas familiares.

Cuando Delfinita le servía las truchas, volviose a ella con viveza, diciéndole: «No me han enterado ustedes de que hoy estuvo aquí Salustiano dos veces.»

—¡Ah!, sí... No me acordaba... —replicó la niña de la casa—. ¡Y que no se puso poco enojado la segunda vez, porque usted no estaba!

—¡Si ya le he visto, criatura! Por fin dio conmigo en el Café Nuevo, donde me había citado mi tocayo Nicomedes para leerme dos artículos de filosofía, una comedia en verso y un proyecto de Constitución...

—Dispénseme —dijo Calpena, que pronto empezó a tomar confianza—: ese Salustiano, ¿es Olózaga?

—El mismo. Le nombran gobernador de Madrid...

—Subdelegado —apuntó el otro huésped, de quien se hablará después—, que así se llaman ahora.

—Tanto monta, amigo Hillo... La denominación que se adoptará como definitiva es la de *jefes políticos*. Por de pronto, empleemos la acepción que más fácilmente comprende el pueblo: *gobernadores*... Pues pretende Salustiano llevarme de secretario; pero... No en mis días. Mientras yo no vea clara la situación, mientras no vea un Gabinete decidido a marchar adelante, siempre adelante, enarbolando resueltamente la bandera del progreso, no me cogen, no me cogen... Nicomedes piensa lo mismo...

—Oí decir esta tarde en el despacho de los Toros —indicó tímidamente el segundo huésped—, que sería secretario ese joven, tocayo de usted, que acaba de citar... Pastor.

—Atrasados están de noticias en el despacho de Toros, mi querido Hillo. Será secretario del Gobierno de Madrid mi amigo Manolo Bretón.

—¿El poeta... El autor de *Marcela*? —preguntó Calpena con vivo interés.

—El mismo. Y añadiré que a mí me lo debe —afirmó con cierta fatuidad de buen tono el que llamamos *primer huésped*, y ahora Don Nicomedes. Conviene declarar, ante todo, que no es Pastor Díaz. El huésped de la casa de Méndez no ha pasado a la historia, aunque en verdad lo merecía, por la agudeza de su entendimiento y la variedad de sus estudios. Menos años contaba entonces el Nicomedes que después adquirió celebridad como político y publicista: ambos se hallaban ligados por estrecha y cordial amistad. El más joven hizo carrera literaria y política; el más viejo se fue a La Habana en tiempo del general Tacón, y murió de mala manera bajo el mando de Roncali. Apenas ha dejado rastro de sí, como no sea el descubierto con no poca diligencia por el que esto refiere; rastro apenas visible, apenas perceptible en el campo de la historia anónima, es decir, de aquella historia que podría y debería escribirse sin personajes, sin figuras célebres, con los solos elementos del protagonista elemental, que es el macizo y santo pueblo, la raza, el *Fulano* colectivo.

Bueno. Diré algo ahora del segundo huésped, clérigo enjuto y amable, que entraba siempre en el comedor tarareando, y a veces tocando las castañuelas con los dedos, lo que no quiere decir que fuera un sacerdote casquivano, de estos que no saben llevar con decoro el sagrado hábito que visten. La jovialidad del bonísimo don Pedro Hillo, natural de Toro, era enteramente superficial, y a poco que se le tratara, se le veían las tristezas y el amargo

desdén que le andaba por dentro del alma, como una procesión intermi-
nable. Por lo demás, no se ha conocido hombre de costumbres más puras
ni en la clase eclesiástica ni en la civil; hombre que, si no derramaba el bien
a manos llenas, era porque no se lo permitía su mediano pasar, cercano a la
pobreza; incapaz de ofender a nadie de palabra ni de obra; comedido en su
trato; puntual en sus obligaciones; religioso de verdad, sin aspavientos. No
tenía más falta, si falta es, que gustar locamente de las funciones de toros.
Su principal ciencia, entre las poquitas que atesoraba, era el entender del
arte del toreo y mostrar profundo conocimiento de sus reglas, de su historia,
y poder dar sobre tales materias opiniones que los devotos del cuerno oían
como la palabra divina. Pero dígase en honor de don Pedro Hillo que, lejos
de la intimidad con otros taurófilos, no alardeaba de su conocimiento, ni
usaba nunca los groseros terminachos que suelen ser lenguaje propio de
esta singular afición. Como se disimula un ridículo vicio, disimulaba el buen
curita su autoridad en materia de quiebros, pases y estocadas.

Y para que se vea un ejemplo más de las complejidades del humano espíritu, sépase que a este saber de cosas triviales unía Don Pedro de otro de
más sustancia. Era un apreciable retórico, de la escuela de Luzán y Hermo-
silla; había practicado durante más de veinte años el magisterio del arte de
hablar bien en prosa y verso, y orgulloso de estos conocimientos, trataba de
lucirlos siempre que podía.

Se ignora por qué dejó el bueno de Hillo, primero su cátedra del Colegio
mayor de Zamora, después el cargo de preceptor de los niños del señor
duque de Peñaranda de Bracamonte. Lo que sí se ha podido averiguar
es que en septiembre de 1836 pretendía una cátedra de la Universidad
Complutense, y que en aquella fecha llevaba año y medio de inútiles pasos
y gestiones sin obtener más que buenas palabras. Eso sí: ni se cansaba de
pretender, ni los desaires y aplazamientos marchitaban sus ilusiones, ni le
rendía el fatigoso y tristísimo *vuelva usted mañana*.

Dígase también, para completar la figura, que don Pedro profesaba o
fingía, en política, un escepticismo inalterable, rara condición en aquellos
tiempos de lucha. Conocimiento y amistad tenía con personas de una y
otra bandera; pero de nada le valían, sin duda por causa de su timidez, o
por la vaguedad de sus opiniones, que tal vez le hacía sospechoso a tirios

y troyanos. Los patriotas le miraban con recelo creyéndole arrimado al carlismo, y la gente templada le tenía por afecto a las logias. Por esto decía él, empleando la palabra griega que significa moraleja: «*Epimicion*: quien navega entre dos aguas, no llega nunca a una cátedra.»

El primer huésped, don Nicomedes Iglesias también pretendía; mas no era fácil traslucir el objeto de sus desatentadas ambiciones. Cosa extraña: Hillo hablaba poco, y sus propósitos y deseos se traslucían a las primeras palabras. Por los codos hablaba Iglesias y después de oírle perorar tres horas con gracia y facundia prodigiosa, nadie sabía lo que pensaba, ni qué planes o enredos se traía. No disimulaba el radicalismo de sus ideas, el cual no era obstáculo para que cultivase el trato de casi todas las notabilidades de aquella turbulenta generación, siendo su mayor intimidad con los exaltados. Toda la tarde estaba fuera de casa, menos cuando daba cita en ella a un par de compinches, pasándose las horas muertas de conciliábulo a puerta cerrada. Después de cenar se echaba invariablemente a la calle, y no volvía hasta la madrugada; levantábase a la hora de comer, y al encontrarse en la mesa con su amigo don Pedro, bromeaban un rato. El presbítero tenía siempre algo que decir de las nocturnidades de su compañero; pero sin traspasar nunca los límites de una discreta confianza inofensiva: «¿Qué hay por la *casa de Tepa*?... Anoche, amigo Nicomedes, debieron ustedes tratar de ir disolviendo juntitas, para que no se enfade don Juan de Dios Álvarez... Mucho tuvieron que discutir anoche los del *rito escocés*, porque entró usted cerca de las cuatro... ¿Y qué se sabe del ínclito Aviraneta? ¿Le sueltan, o le hacen ministro, o le ahorcan?»

Contestaba el otro a estas pullas inocentes con gracia y mesura, sin soltar prenda, ni clarearse más de lo que le convenía. Desde la primera cena simpatizó Calpena con sus dos compañeros de casa, y singularmente con el clérigo Hillo. El agrado que la conversación de este le causaba aumentó tan rápidamente, que al segundo día eran amigos, y ambos creían que su trato databa de larga fecha. Verdad que los dos eran clásicos en lo literario, templados o neutrales en lo político, de pacífico y blando genio, amantes de la regularidad y del vivir manso, sin emociones; semejanza que un atento observador habría podido apreciar, no obstante las diferencias que la edad marcaba en uno y otro. Había, sin embargo, momentos en que Calpena se expresaba como un viejo, y don Pedro como un muchacho.

El segundo día de hospedaje, desayunándose juntos, hablaron de política, que era en aquel tiempo la usual, la obligada comidilla, lo mismo al almuerzo que a la cena. «¿Qué le parece a usted, amigo don Fernando? —dijo Hillo—. ¿Nos cumplirá ese señor Mendizábal todo lo que nos ha prometido? Porque ya ve usted si ha venido con ínfulas. Que acabará la guerra carlista en seis meses, y que para entonces no veremos un faccioso ni buscándolo con candil. Que pondrá término a la anarquía, cortando el revesino a todas las juntas. Que arreglará la Hacienda, y pronto rebosarán las arcas del Tesoro. Que hará de la España una nación tan grande y poderosa como la Inglaterra, y seremos todos felices y nos atracaremos de libertad y orden, de pan y trabajo, de buenas leyes, justicia, religión, libertad de imprenta, luces, ciencia, y, en fin, de todo aquello que ahora no comemos ni hemos comido nunca.»

III

—Yo, amigo Hillo, no entiendo este endiablado Madrid, ni puedo darle a usted una opinión sobre lo que me pregunta. Aún no he tomado tierra. Ahora vengo de Francia, y allí, puedo asegurarlo, los españoles que he conocido se hacen lenguas del señor Mendizábal, y ven en él a un hombre extraordinario, providencial, que ha de regenerar la España.

—¡Viene usted de Francia! —exclamó Hillo picado de curiosidad ardiente—. Y en Francia ha dejado a sus padres...

—Yo no tengo padres. No los he conocido nunca.

—Entonces tendrá usted tíos.

—Tampoco. Yo me crié en Vera, en casa de un sacerdote, que murió hace tres años. Sus hermanos me mandaron a París, a una casa de comercio. Un año he vivido en la capital de Francia. Después pasé a Olorón...

—Pero es usted español, seguramente.

—Creo que sí... Digo, sí: español soy.

—Habla usted nuestra lengua con gran corrección.

—Lo mismo hablo el francés.

Más avivada a cada momento la curiosidad del buen clérigo, arreció en sus preguntas: «Y dígame, si no hay inconveniente en que yo lo sepa: ¿viene usted a estudiar una carrera, o a ocupar una placita en nuestra administración?»

—Vengo a buscarme una manera de vivir honrada y modesta.

—¿Tiene usted aquí familia, parientes, amigos...?

—No lo sé... Creo que no... Creo que sí.

—Traerá usted cartas de recomendación.

—No, señor... Mis tíos (y llamo tíos al hermano y parientes del cura de Vera, en cuya casa me he criado) enviáronme a Madrid, sin decirme más que lo que va usted a oír: «Anda, hijo, que aquí no saldrás nunca de la pobreza oscura, y allá... Allá puedes encontrar protecciones donde y cuando menos lo pienses.» Me hicieron el equipaje con la poca ropa que tenía, me costearon el viaje, diéronme algo para los primeros días, y aquí me tiene usted...

—Esperándolo todo de la suerte, de lo desconocido... ¡Ah, señor de Calpena, usted pitará! No le faltarán contratiempos, afanes; pero no es usted, me parece, de los que se ahogan en este piélago. Y dígame otra cosa: ¿ese buen párroco de Vera...?

—Un gran humanista, señor, más versado en los clásicos latinos y griegos que en Teología y Cánones.

—Bien se le conoce a usted, en su manera de expresarse, la sabia mano que le ha pulimentado.

—Sabía mucho mi padrino —dijo don Fernando con tristeza—; y aunque él se esforzó en darme todo su saber, yo no he tomado sino parte mínima.

—¿Modestia tenemos? Pues a mí me da en la nariz, señor don Fernandito, que usted ha de ser un grande hombre. Este tarambana de Nicomedes me aseguraba ayer que el porvenir será de los románticos, así en literatura como en política. Yo sostengo lo contrario. La sociedad se va hartando de contorsiones y de hipérboles, y el clasicismo, la corrección, la serenidad, la devoción de las buenas reglas, han de gobernar el mundo. ¿No cree usted lo mismo?

Don Fernando, profundamente abstraído, fijaba sus ojos en el ya vacío pocillo de chocolate.

«Yo no puedo tener opinión, no acierto aún a formar juicio de nada —murmuré al fin—: soy un chiquillo.»

—Pues lo dicho... No sé por qué me figuro que entrará usted en esta diabólica villa con pie derecho. En todas las cosas y casos de la vida... Esto es observación mía, que no me falla... los primeros pasos dan la norma de la suerte total.

—Pues si es así, amigo Hillo —dijo Calpena, revelando en su agraciado rostro más confusión que alegría—, yo he de ser el niño mimado de la fortuna, porque en mis primeros pasos en Madrid no piso más que flores.

—Bien, hombre, bien: hay hombres predestinados a la dicha, como los hay al sufrimiento, y de estos, alguno conozco yo, sí, señor, y más de lo que quisiera... Y puedo asegurarle que no siento envidia de usted, siendo, como soy, desgraciado *a nativitate*. Créame: el suelo que yo piso es todo abrojos y guijarros cortantes... Pero ando... Ando siempre, y adelante. Lo repito: no soy envidioso, y cuando veo a un hombre con suerte, me alegro, le doy mis plácemes, y digo: «Bendito sea Dios que, por hacer de todo, también hace seres felices.»

—No estoy yo seguro de serlo, ni me fío de estas venturas, que bien podrían ser engañosas, traicioneras.

—No digo que no... Pero cuando viene la dicha, hay que tomarla sin remilgos. La Fortuna, deidad caprichuda, descaradota, se muestra más liberal con los que no se asustan de sus favores. Los modestos y enco-giditos no le entran por el ojo derecho. Sea usted arrogante, acometedor; confíe en sí mismo y en su estrella; láncese sin miedo, *arrancando*, a toda clase de empresas, ya políticas, ya literarias, ya mercantiles, que de fijo en todas alcanzará la meta. Ejemplos, aunque no muchos, tiene usted aquí de hombres privilegiados, que nacieron en la mayor humildad, y luego mansa-mente, sin hacer nada por sí, se ven levantados del polvo, y conducidos por manos de ángeles a los cielos de la prosperidad y de la gloria. Vea usted a este señor Mendizábal, que se nos ha entrado por las puertas de España. Le encargaron a Inglaterra para ministro de Hacienda, como se encargan los niños a París, y por llegar, con la sola fuerza de su desahogo, que se impone a todo el mundo, se ha calzado la Presidencia del Consejo y cuatro Ministe-rios. ¿Y quién es Mendizábal? Un hombre sin estudios, que no aprendió más que a leer y escribir, y algo de cuentas. ¿Pues qué es esto más que suerte? Y los afortunados ¿qué son sino hombres que se pasan el mundo por debajo de la pata, y han tirado la modestia y los miramientos, como se tira la careta de trapo que molesta y acalora el rostro?

—No estamos conformes —dijo don Fernando, más comedido en sus pocos años que el viejo Hillo—, en esa manera de apreciar las causas del éxito en la vida pública. Además, no admito que el señor Mendizábal sea hombre tan ignorante, ni que carezca de autoridad para desempeñar uno, dos o media docena de Ministerios. Cierto que no sabe latín; pero es muy práctico en asuntos mercantiles. Dígame usted, con la mano puesta en el corazón, si cree que para gobernar a los pueblos es indispensable tratar de tú a Horacio y Virgilio.

—¡Qué sé yo!... Una pasadita de Cicerón no les viene mal a los señores que andan en la política. Pero, en fin, concedo...

—Preveo el argumento que usted va a emplear ahora mismo, y me anticipo a refutarlo.

—Bien, hombre, bien —dijo gozoso don Pedro, sintiéndose maestro de Humanidades—. Ha empleado usted con verdadera elegancia una forma de raciocinio que los retóricos llamamos *prolepsis*... Eso es: anticiparse a la objeción, prevenir los argumentos del contrario, refutarlos antes que los emita...

—Justamente; y usted ahora, con maestría indudable, ha empleado la *expolición* o *amplificación*...

—Que también llamamos *conmoración*... ¿no es eso?

—Y que cuando degenera en abuso se denomina *tautología* y *perisología*... Volviendo a mi *prolepsis*, prosigo. Usted me dirá que, si no es necesario saber latín para regir a las naciones, tampoco estriba la conciencia de gobierno en el arte o manejo de los negocios mercantiles; es decir, que si mal nos gobiernan los humanistas, no lo harán mejor los comerciantes.

—Efectivamente.

—A eso respondo que el señor Mendizábal no es un simple mercader, de esos que compran y venden géneros: es, si se me permite decirlo así, comerciante político, y no me busque usted en este concepto la *anfibología*, que no la hay. Comerciante político quiere decir: el que entiende de manejar el crédito de los países y distribuir su Hacienda, de imponer y recaudar tributos...

—El señor Mendizábal era el año 23 un traficante gaditano; menos aún, dependiente en la casa del señor Bertrán de Lis, y se metió a contratista de las provisiones del Ejército, con lo cual hizo su pacotilla en pocos años.

—Sus opiniones avanzadas y la viveza de su genio, le arrastraron a la empresa de abastecer al Ejército y Marina en condiciones tales, que su servicio fue, más que negocio, un caso de abnegación y patriotismo. Todavía no se han liquidado aquellas cuentas, y las ganancias de don Juan de Dios, si las tuvo, están aún en poder de la nación.

—Porque usted lo dice lo creo... Persona de mi mayor confianza me ha contado a mí que Mendizábal, allá por el año 20, era en Cádiz un muchachón alborotado, bullanguero, de una intrepidez loca para las aventuras políticas. Él y otros tales no hacían más que conspirar en logias y cuarteles para que volviese la Constitución del 12, y destronar al Rey o convertirlo en un monigote.

—Es verdad.

—Y que trabajó por la bandera que defendían Riego, Arco, Agüero, Quiroga...

—También es cierto. Todas aquellas trapisondas salían de la Masonería, que ahora es una vieja pintada, y entonces era una mocetona llena de vida y seducciones, con las cuales enloquecía a la juventud.

—No me disgusta la imagen, señor mío. Adelante.

—En Cádiz existía lo que llamaban el *Soberano Capítulo* y el *Sublime Taller*, y qué sé yo qué. De estos talleres y capítulos salían las conspiraciones para sublevar el Ejército y derrocar la tiranía; de allí las trifulcas, las asonadas, los ríos de sangre... Mendizábal era masón, que en aquel tiempo era lo mismo que decir *político*. Si quiere usted más noticias, pídaselas a don Arturo Alcalá Galiano, que anduvo con él en aquellos trotes; al señor Istúriz, a don Vicente Bertrán de Lis...

—De donde se deduce, amigo Calpena —dijo el clérigo suspirando fuerte—, que el que pretenda en estos tiempos ser algo o conseguir alguna ventaja, aunque esta le corresponda de justicia, y lo intente sin agarrarse previamente a los faldones o a las faldas de esa gran púa de la Masonería, es un simple o un loco.

—No diré yo tanto. Las cosas son como son.

—Tenga usted presente que hay logias liberales y logias absolutistas. Las primeras conspiran; las segundas también. Unas y otras introducen individuos suyos en la contraria, fingiéndose amigos, para sorprender secretos.

—Sí, sí; y se pelean en las tinieblas de los ritos nefandos. De las unas salen los ejércitos sediciosos, que todo lo destruyen y profanan; de las otras los tribunales sanguinarios que levantan la horca. Así vive España... hoy te fusilo, mañana te ahorco.

—Y vea usted. Si el 24 hubiera sufrido don Juan de Dios la suerte de su compinche Riego, hoy no tendríamos la dicha de que ese señor nos arreglara la Hacienda y nos hiciera juiciosos y ricos.

—Porque escapó a Inglaterra.

—Le llamaba la banca más que la política.

—Se estableció en un país grande y libre, donde forzosamente había de aprender muchas cosas solo con tener ojos y ver, solo con tener oídos y oír.

—Sí, porque en los libros me parece que poco aprende su ídolo de usted. Le llamo así porque veo, amigo Calpena, que es usted de los devotos furibundos del *hombre nuevo*, y que conoce su vida y milagros, entendiendo por milagro lo que dicen ha hecho en Portugal.

—Algo sé del señor Mendizábal... Más de lo que usted piensa.

—¿Andan por el extranjero biografías del grande hombre?

—No he leído ninguna.

—¿Pues quién se lo ha contado?

—Él mismo.

—¡Le conoce usted... le trata!

Al ver en el rostro de Calpena la sonrisa plácida y el movimiento afirmativo con que a su pregunta respondía, Hillo se quedó suspenso de estupor, de admiración... No daba crédito a tan inaudito caso de precocidad. ¡Tan joven, y haber tratado a Mendizábal, charlar con él, quizás poseer su confianza! Desde aquel momento vio el clérigo en su amiguito un ser extraordinario, misterioso. Aumentaban su fascinación la procedencia extranjera del joven; el no saber quién era; la atención y exquisitos cuidados que le prodigaban los patrones, recatando sigilosamente el nombre de las personas que habían recomendado al nuevo huésped; la educación exquisita de este; su aire, belleza y modales aristocráticos... y, sobre todo, haber tratado a Mendizábal, y oír de él mismo la narración de episodios históricos y lances personales. Don Pedro se levantó de su asiento impulsado de la sorpresa, que como un resorte le movía, y dio pasos desordenados, repitiendo: «¡Le conoce, le ha tratado!... Dígame, cuénteme: no deje que me abrase la curiosidad.»

IV

—Allá voy —dijo Calpena indicando a su amigo que se sentara—. Paréceme haber contado a usted que los hermanos de mi padrino me mandaron a París a instruirme en el comercio y la banca. Empecé a trabajar, digo, a aprender, en la casa de comisión de Reischoffen y Bloss, alsacianos, donde solo estuve tres meses, pasando después a la célebre casa de banca de Ardoin, que opera por millones de millones, y hace empréstitos a las naciones apuradas, negociando con los Estados y con los Reyes, con los Gobiernos y hasta con las revoluciones. En fin, esto es largo de contar. Allí estaba yo muy bien. Llevaba toda la correspondencia de la América española; me daban regular sueldo, y el principal me distinguía y me trataba con mucho miramiento. Un día de febrero vimos entrar a un señor alto y bien parecido, de ojos negros, cabello rizado, patillas cortas, muy elegante y pulcro. Al punto corrió la voz entre los dependientes: «Es Mendizábal, el gran Mendizábal, el restaurador de la Monarquía legítima en Portugal...» Entró en el despacho del barón, nuestro jefe, y a la media hora este me llamó...

—Para presentarle al señor don Juan de Dios.

—No, señor; para mandarme que le acompañara por las calles de París, que yo conocía perfectamente, y el señor Mendizábal no. Tenía que ir a la casa Erlanger, *Rue Drouot*, muy cerca de la nuestra, *Chaussée d'Antin*. Cojo mi sombrero, y me pongo a la disposición del hombre grande, en cuya compañía salí muy orgulloso. Por la calle me hizo mil preguntas: quién era yo, cómo se llamaban mis padres, cuánto tiempo llevaba de residencia en París y de aprendizaje en casa de Ardoin. Yo le contesté como pude, y al llegar a las oficinas de Erlanger me mandó esperar para que le condujese a otra parte.

—Nada, que le cayó usted en gracia —dijo Hillo restregándose las manos—. Así se empieza, así.

—Al salir de la visita me preguntó si sabía yo cuál era la mejor casa de París en guantes y perfumería, y le indiqué Damiani, en el bulevar Saint-Denis. Tomó el hombre un coche de alquiler, que allí llaman *fiacres*, y fuimos de compras. Debo decirle a usted que es algo presumido, y que gusta de acicalarse y lucir su buena figura. De la guantería fuimos a comprar un maletín de mano para viaje, con muchos compartimientos y algún secreto para papeles reservados. Compró también un calzador, tirantes y algunas otras baratijas que no recuerdo. Dejome en mi escritorio, y él se fue a su hotel, en la *Rue de l'Arcade*, mostrándose en la despedida tan fino y al propio tiempo tan llano, que yo estaba encantado. Díjome que, siempre que no le convidasen, comería en el Palais Royal, en casa de Very, y se dignó invitarme, excusándome yo todo turbado y confuso.

—Esto se llama caer de pie, amigo mío, o nacer en Jueves Santo. Siga usted, que me parece que aún falta algo.

—Verá usted. A los dos días mandó un recado a mi principal, pidiéndole un buen amanuense español que escribiese corrido, con buena letra y mejor criterio. El barón me eligió a mí, y aquí me tiene usted, encerrado con el señor Mendizábal en una cómoda estancia del hotel *Meurice*, los dos frente a frente, con una mesa por medio, él dictando y yo escribiendo. Hombre más incansable no he visto en mi vida. Cinco horas me tuvo con la pluma en la mano. Dictó una larguísima carta a Martínez de la Rosa, otra al conde de Toreno, y dos o tres a personas para mí desconocidas. Él estaba en bata, una bata elegantísima, y zapatillas de terciopelo, con las que lucía su pie pequeño, que parece de mujer. Casi era preciso escribir taquigrafía para poder seguirle. Expresaba su pensamiento con rapidez; rectificaba pocas veces; no se paraba en el estilo; iba derecho al asunto y a la idea, sin cuidarse de la forma. Mandome volver al día siguiente, y me dictó tres o cuatro decretos, uno de ellos suprimiendo las órdenes religiosas y haciendo tabla rasa de todos los frailes, monjas, clérigos y beatas que hay en estos reinos, estableciendo la reversión de todos los bienes al Estado para venderlos... y ¡qué sé yo!

—¡María Santísima! Pero eso sería broma.

—¿Broma? Ya verá usted las que gasta ese sujeto. No habíamos concluido aquella degollina de frailes y la repartición de sus riquezas, cuando entró un señor inglés, que debía de ser diplomático, pariente, sobrino, hijo quizás del embajador en Madrid, que no sé cómo se llama.

—*Mister* o *sir* Jorge Williers. Adelante.

—Y hablaron en inglés, y no entendí una palabra... Bueno: pues en esto son anunciados tres españoles, y don Juan les manda pasar. ¡Ay, qué alegría, qué abrazos, qué maravillas, hablando todos a un tiempo! Evocaban recuerdos de la juventud, alababan lo pasado, denigraban lo presente con saña y cuchufletas... La conversación fue continuada en castellano, después de hacer Mendizábal con gran ceremonia la presentación del inglés a los españoles, y viceversa. Pregunté al señor don Juan si debía retirarme, y me mandó que me quedara, lo que me supo muy bien. ¡Qué gusto estar mano a mano con aquellos señorones, calladito, oyendo todo lo que decían, que era sabroso, picante y muy instructivo, pues yo poco o nada sabía de España! Mandó don Juan al mozo que sirviese vino de Porto, y con esto las lenguas se soltaron aún más de lo que estaban.

—Recordará usted los nombres de esos tres españoles, que de fijo hablarían pestes de su patria.

—Los nombres no los recuerdo; las caras, sí: de seguro son personajes de acá, y puede que alguno esté hoy en candelero. El uno puso de vuelta y media a ese Martínez de la Rosa; el otro no dejó hueso sano al conde de Toreno, que entonces era ministro, y el tercero le hincó el diente venenoso a la reina Cristina y a su marido don Fernando Muñoz.

—¡Lástima que usted no se fijara en los nombres!

—Continúo. Pues hablando, hablando de lo revuelto que está todo, de lo mal que gobiernan los que gobiernan, de las cosas gordas que se preparan, la conversación recayó en los asuntos de Portugal, y uno de ellos dijo que en Lisboa había salido un folleto poniendo de oro y azul a Mendizábal, y negando que tuviera arte ni parte en la restauración de Doña María de la Gloria. Armose entonces gran tremolina. Don Juan Álvarez daba golpes en el brazo del sillón, acusando de envidiosos y calumniadores a algunos españoles residentes en Portugal; indignose el inglés, echando venablos en su lengua, y los otros atribuían todo a intrigas de los *moderados* (no sé qué gente es esta que aquí llaman *moderados*), por arrojar lodo a la figura del grande hombre que se indicaba ya como el único que podía enderezar al país. No sé cuál de ellos manifestó no estar al corriente de lo de Portugal, por haber vivido fuera de la península durante los años de aquellas tremolinas... (paréceme que el tal es militar y de los que aquí llaman *ayacuchos*), y entonces don Juan Álvarez, a instancias de todos, refirió puntualmente las grandes empresas a que prestó su auxilio.

—Y se despacharía a su gusto, abultando los peligros, y presentándose como enviado de la Providencia divina.

—Solo puedo asegurarle a usted que en lo que relató se ve la verdad, así como una energía pasmosa, fecundidad de arbitrios, recursos ingeniosos, entusiasmo para encender más la voluntad, maña para suplir a la fuerza. Lo que sí me pareció notar es que el buen señor se regodea contando sus empresas: gusta de hablar de sí mismo y de hacer ver que sin él no se hubiera hecho nada, lo que en muchos casos parecía verdad.

—Psh..., todo se redujo a proporcionar a don Pedro un empréstito... Sin dinero no se hacen revoluciones. Mendizábal, por su metimiento en las casas mercantiles de Londres, fácilmente levantaba fondos para quitar y poner reyes. Si para echar a los reyes se necesita dinero, el volver a traerlos cuesta mucho más. No anda sin unto el carro de las restauraciones.

—Perdone usted. Mendizábal hizo bastante más que proporcionar a don Pedro los cuartejos que necesitaba. Ya comprende usted que mientras el grande hombre refería sus hazañas, yo ni le quitaba ojo ni perdía sílaba. Todo lo oí, y se me ha quedado bien presente... Hizo verdaderos prodigios, y se mostró gran financiero, gran político, y hasta gran militar, con unas facultades de organización que ya las quisieran más de cuatro... Don Pedro y su hija se habían refugiado en las islas Terceras, y allí pasaban su triste vida mirando al Cielo, esperando su salvación de la Providencia. Pero esta no les hacía maldito caso, y los ingleses, a quienes el buen Emperador brasileño pedía recursos, no soltaban ni un chelín. En una de sus excursiones a Londres, el aburrido don Pedro y Mendizábal se conocieron. Don Juan le dio alientos; le indujo a perseverar en su empresa, minando la tierra para procurarse hombres y pecunia, ambas cosas necesarias para conquistar reinos, y empezó por facilitarle un empréstito de la casa Ardoin, mi casa, señor Hillo, la casa donde fui triste aprendiz con ciento cincuenta francos de sueldo al mes... Cien mil libras esterlinas entraron en el bolsillo de don Pedro, y con ellas renació la esperanza de sentar en el Trono a la niña. El hombre se metió de hoz y de coz en la causa portuguesa, y no habría hecho más si Doña María de la Gloria fuera su propia hija.

—Bien, bien: así han de ser los hombres.

—En un santiamén compró dos fragatas por cuenta de la Regencia, que tal era el Gobierno constituido por don Pedro en la capital de las Terceras. Advierta usted que en estas compras empleaba sus recursos, sin más garantía que una palabra del Emperador. Adquiridos los barcos, agenció en la City más dinero, más, y enseguida, a buscar hombres, soldados. Mientras en las Terceras se organizaban unos seis mil, en Plymouth, puerto de Inglaterra, se alistaban más. Mendizábal, que en todos estos asuntos ponía siempre una vehemencia y un ardor increíbles, y así lo declara él mismo, no tenía sosiego... Creo yo que las empresas políticas le seducen, le enloquecen; pone en ellas toda su alma y una actividad febril... El hombre se multiplicaba. Sus propios asuntos perdían para él todo interés. No vivía más que para la Monarquía liberal portuguesa. Él mismo lo dice: «Cuando se le enciende el patriotismo no vive, no desmaya hasta conseguir lo que se propone.» Cien vidas propias daría él por exterminar a los sectarios del usurpador absolutista don Miguel, que es allí lo mismo que aquí nuestro don Carlos María Isidro... No contento con los alistamientos que había hecho en Inglaterra con ayuda del duque de Palmela, se planta en Bélgica, y en cuatro días, auxiliado por su amigo el general Van Halen, busca y encuentra, organiza y equipa un regimiento de mil flamencos con sus jefes y todo... En Ostende les embarcaron en un buque de vapor fletado en Londres, y reunidos en Plymouth con los ingleses y portugueses, zarpó la expedición contra Oporto, mandada por el mismo don Pedro. Dominaban en Oporto los liberales, por lo que no le fue difícil al padre de Doña María la ocupación de aquella capital. Pero el don Miguel acudió con mucha tropa, puso cerco a la plaza, y si bien no pudo entrar en ella, tampoco los *mariistas* podían salir. Allí hubiera sucumbido don Pedro, si Mendizábal, desde Londres, no le animara a la resistencia ofreciéndole nuevos auxilios. ¿Qué hizo el hombre? Pues buscar más dinero; reunir más soldados; formar al propio tiempo una escuadra, cuyo mando se ofreció al célebre almirante inglés Napier. Escuadra y segundo ejército debían operar en los Algarbes, para sublevar en pro de la reina a las poblaciones del Sur, y atacar por retaguardia el ejército miguelista. Todo se hizo tal y como lo había dispuesto don Juan... La segunda expedición se dirige a Oporto, donde refuerza a los combatientes asediados por don Miguel; después parten dos mil hombres a los Algarbes, desembarcando felizmente. Allí se pasan a los liberales algunas tropas del absolutismo: entre todas invaden el Alentejo. La escuadra mandada por Napier desbarata la miguelista en el Cabo de San Vicente; don Pedro sale de Oporto y bate a don Miguel. Replegándose a Lisboa, recibe éste otro achuchón tremendo de las tropas liberales, y ya tenemos al Emperador entrando triunfante en su capital, a la niña Doña María de Braganza en el Trono, y al don Miguel escapando para el extranjero como alma que lleva el diablo.

—Y hecho todo eso, que si es como usted lo cuenta, no dudo en calificarlo de maravilloso, el don Juan Álvarez se volvió a su escritorio de Londres tan fresco, a contar millones, calcular empréstitos, extender letras de cambio, mirando dónde salta otra reina que socorrer, y otro usurpador malsín a quien poner en la puerta.

—Que no faltan, como usted ve.

—Pero Portugal es chico: puedo compararle a un juguete, para estas cosas de revoluciones y quita y pon de tronos. Ahora veremos cómo se las arregla aquí el gaditano; aquí, donde salimos de una zaragata para entrar en otra, donde nos peleamos por los derechos a la Corona, por las Juntas, por la Milicia Urbana, por una letra de más o de menos en la Constitución, y por lo que dicen o dejaron de decir Juan y Manuela. Vamos a ver a los hombres guapos; a los salvadores de sociedades; a los que sacan el dinero de debajo de las piedras para equipar soldados; a los genios, como ahora se dice; a los que calman las olas revolucionarias con el *quos ego*... Del amigo Neptuno.

—Adelante: va muy bien. Está usted empleando una forma de ironía muy bella. Es lo que llamamos *cleuasmo*.

—Dispense usted. Esta forma irónica se llama *carienteísmo*. Consiste, y bien lo recordará usted; consiste...

—Sea lo que fuere, amigo Hillo, mi parecer es que Mendizábal no ha venido aquí por ambición, sino por patriotismo. Oí contar que se hallaba

33

muy tranquilo en Londres cuando recibió el nombramiento de ministro de Hacienda, que le dejó estupefacto.

—Y estupefacto se ha venido aquí por Portugal; y en cuanto llegó a Badajoz, empezó a largar decretos... Bueno: le concedo a usted que esto sea patriotismo; pero es un patriotismo... Romántico, y lo romántico sepa usted que a mí no me gusta. En literatura me apesta, y a ese francés que llaman Víctor Hugo le mandaría yo cortar el pescuezo: en política tengo por más funesto aún el romanticismo.

—Puede que esté usted en lo cierto; pero el señor Mendizábal es ante todo hacendista, y en esto no creo yo que quepan romanticismos. Los números iay!, los números, amigo mío, son clásicos.

—Allá lo veremos; y pues ya tenemos al hombre con las manos en la masa, pronto hemos de saber si yo me equivoco o se equivoca usted.

—Yo no profetizo: yo espero, y...

—¿Cree usted firmemente que don Juan Álvarez enderezará esta desquiciada nación?

—No lo aseguro; pero confío en que lo hará.

—Pues yo no.

—¿En qué se funda?

—No dudo que le sobren buena intención, voluntad firme, actividad, talento; pero...

—¿Pero qué?

—Que con sus buenas cualidades incurrirá en el defecto de todos los ilustres señores que nos vienen gobernando de mucho tiempo acá. Talento no les falta, buena voluntad tampoco. Y fracasan, no obstante, y continuarán fracasando unos tras otros. Es cuestión de fatalidad en esta maldita raza. Se anulan, se estrellan, no por lo que hacen, sino por lo que dejan de hacer. En fin, amiguito, nuestros mandarines se parecen a los toreros medianos: ¿sabe usted en qué? Pues en que no *rematan*...

—¿Qué significa eso?

—No se ría usted del toreo, arte que me precio de conocer, aunque no prácticamente. Y sepa usted, niño ilustrado, que hay reglas comunes a todas las artes... De mi conocimiento saco la afirmación de que nuestros ministriles no *rematan la suerte*.

—¿Y cree usted que Mendizábal...?

—Hará lo que todos. Empezará con mucho coraje, y un trasteo de primer orden... pero se quedará a media suerte. Usted lo ha de ver... Que no remata, hombre, que no remata... Y créame usted a mí: mientras no venga uno que remate, no hemos adelantado nada.

V

Alejose hacia su cuarto, accionando festivamente, y en dirección al suyo iba también Calpena, cuando le detuvo el patrón señor Méndez, y le dijo entre risueño y respetuoso:

«Ahí tiene usted el sastre.»

—¿Qué sastre?

—Pues el cortador mayor del señor Utrilla, que viene a tomarle medida. Le mandé pasar a la sala, donde espera hace un cuarto de hora.

—Ese señor se equivoca. Yo no he llamado a ningún sastre.

—Aunque no le haya usted llamado, él viene, y cuando viene, él sabrá por qué. Déjese tomar medida, y que le hagan cuanta ropita necesite para ponerse bien guapo.

—¿Pero está usted loco?... ¿No hay más que encargar ropa? Y luego... Señor Méndez... luego vienen las cuentas, ¿y qué hacemos? ¿Soy acaso un señor Mendizábal, que con cuatro rasgos de pluma fabrica millones?

—Las cuentas no son cuenta de usted, sino de quien las pague. Entre el señor en su cuarto, y escoja las telas, y déjese que le midan el cuerpo a lo largo y a lo ancho...

—Que pase ese hombre —dijo Calpena prestándose a todo, con la esperanza de salir de la confusión en que, desde su venturosa llegada a Madrid, vivía.

En presencia del oficial, hombre finísimo, colorado y regordete, que iba cargado de muestras de diferentes paños, don Fernando no pudo resistir a la fascinación que ejercía sobre él, joven y gallardo, la idea de vestirse elegantemente. Ante todo quiso saber cómo y por qué los afamados sastres acudían en busca de parroquia sin que nadie les llamase; pero sus interrogaciones prolijas y capciosas no lograron aclarar el enigma. «Mi principal, el señor Utrilla —le dijo aquel relamido sujeto—, me ha mandado acá con muestras y encargo de tomar a usted medida para diferentes piezas. Hubiera venido él en persona con mucho gusto; pero está malo de un pie, y hoy no puede salir de casa. De quién ha recibido las órdenes para estas hechuras, yo no lo sé, señor mío, ni es cosa que me corresponde averiguar.»

—Pues yo —afirmó Calpena—, no me dejo medir el cuerpo mientras no sepa... ¿Será tal vez alguna broma impertinente?

—Eso, de ningún modo... Utrilla no se presta a tales bromas... Crea usted que, cuando me ha mandado aquí, es porque ha recibido órdenes de personas que saben el cómo y por qué de lo que encargan. Con que... tomemos esos puntos, y no piense usted en nada más que en vestirse como le corresponde.

—Accedo, sí, señor —replicó don Fernando en el tono de quien se presta a seguir un bromazo de buen género, y seducido además por la idea de ver realizada su ilusión juvenil de vestir buena ropa—. ¿Sabe usted el cuento del perrito y del trasquilador?

—Sí, señor —dijo el otro, ayudándole a quitarse levita y chaleco—. Es un cuento viejísimo...

—Pues ahora mida usted todo lo que quiera, y hágame todas las prendas de vestir que haya dispuesto... El amo del perrito.

—Me han dicho que dos levitas, fraques, un traje de mañana... Cuatro pares de pantalones variados.

—Ande usted, maestro... Y si quiere dejarle borlita en el rabo, déjesela usted.

—La ropa más precisa para un joven *introducido* en sociedad. ¿Qué menos? ¡Ah!, me olvidaba. También le haremos capa de sedán finísimo, con forros de piel de chinchilla.

—Me parece muy bien... ¿Y las levitas, cómo han de ser?

—El señor de Utrilla acaba de llegar de Londres... Precisamente al bajar de la diligencia se estropeó el pie. Pues ha traído las últimas novedades que se han puesto al uso en aquella capital. Las levitas son ahora cortas y de poco vuelo en los faldones; pero siguen muy entalladas, marcando bien la cintura. Las que ha traído el señor Mendizábal, y que tanto llaman la atención, son ya antiguas, y en Londres no las usan más que los *lores*, que es como si dijéramos los señores próceres protestantes, que tienen asiento en lo que llaman Parlamento inglés, o sea en las Cortes liberales de allá.

—Hombre, bien... ¿Con que entalladas y de faldón corto?

—Menos largo que el año pasado —dijo el sastre, tomando y anotando las medidas con singular presteza—. Los cuellos son ahora más largos, y bien caídos sobre los hombros; los botones grandes... Haremos una de las levitas, si a usted le parece, con cordones a la húngara...

—Perfectamente. Despáchese usted a su gusto... ¿Y los paños?

—Fíjese usted en este color verde oscuro, que es la gran novedad que ha traído Utrilla. Se llama *Lord Grey*, y es el gran *furor* en Londres.

—Pues hagamos *furor* aquí... Pero las dos levitas no serán iguales.

—Haremos azul gendarme, *conde Orsay*, la de cordones. ¿Qué le parece?

—Acertadísimo... ¿Y cuándo podré estrenar?

—Lo activaremos todo lo posible... Tenemos mucho trabajo, y velamos para servir a tantísima parroquia.

—Pero no me dejarán ustedes para lo último, como parroquiano pobre...

—Será usted de los primeros... Y que tiene un talle de primer orden, y una forma de cuerpo que no hay más que pedir. Le caerá a usted la ropa que ni pintada.

—Y en fraques, ¿qué se lleva?

—Los fraques son ahora sin cartera; faldones nada de anchos, y los cuellos de la misma forma que las levitas. El señor Mendizábal los trae negros, verdaderamente *fachonables* por el corte y lo bien sentados.

—¿Y el mío será también negro?

—No, señor: a usted, por la edad, le corresponde... Café claro.

—¡Magnífico!... Y en pantalones ¿qué tenemos?

—Sigue la moda de las telas escocesas; pero sin exagerar el tamaño de los cuadros. Haremos a usted dos *patencur*, y dos más ligeritos: uno negro para entierros, y otro claro. Se llevan estrechos, sin tocar en el extremo. Chalecos, se le harán a usted seis: dos de seda en claro, uno en oscuro, dos *piqué* y uno escocés.

—¡Maravilloso! Y en tanto que me confeccionan todo eso, me estaré en casa, escondidito, leyendo *Las mil y una noches*, única lectura a que debo aplicarme ahora para hacerme a estas sorpresas... Adiós, maestro... Y que se esmeren en el corte... ¿Cuándo probamos? Estoy aquí a su disposición todo el día. ¿Pues cómo voy a salir a la calle con estos adefesios de ropa que he traído de mi pueblo?... Vaya con Dios... y no me olvide, maestro.

Retirose el sastre, y don Pedro Hillo, que acechaba en la puerta aguardando que el joven estuviese solo, entró de rondón con los brazos abiertos, diciendo muy gozoso: «Pero, niño, ¡le regalan ropa elegante, y todavía gruñe! Rarísimos son en el Universo estos fenómenos de salirle a uno sastres *ex-machina*, que le miden, le cortan, le cosen, y después no cobran. Casos tales acaecen solo de siglo en siglo, y hay que saber aprovecharlos. *¡Oh fortunate nate!* Yo, que para hacerme una sotana tengo que ahorrar seis meses en la comida, le declaro a usted simple de solemnidad si no acepta calladito esas mercedes anónimas. Por la sagrada orden que profeso, declaro también que a mí no me ha pasado jamás cosa semejante, y que las deidades misteriosas y las manos ocultas no han existido para mí. A usted me arrimo, por si se me pega algo y halla en su ventura mi desventura algún remedio. Ya, ya sé... Me lo ha dicho Méndez, que anoche recibió usted un abultado pliego. Abrió, ¿y qué era? Billetes para los teatros del Príncipe y la Cruz. Dígame: ¿no ha recibido también para los Toros?»

—Todavía no —dijo Calpena sonriente—; pero por lo que voy viendo, ya no dudo que los tendré la víspera de la primera corrida. Y como de los teatros mandan dos, para que vaya con algún amigo, iremos juntos a la plaza.

—Ya le mandarán también, cuando empiece el tiempo de las máscaras, para los bailes de *Trastamara* y del *Café de Solís*. Pero a eso no podré acompañarle... Le daré consejos, porque de fijo han de salirle aventuras y le acosarán mascaritas...

—Ya adivino sus consejos.

—¿A que no?

—Que remate la suerte.

—No, no es eso, sino todo lo contrario. Que se prevenga contra las celadas que pudieran tenderse a su voluntad honesta, virginal. Este Madrid es muy malo. No se fíe usted de las caras tapadas.

—De las manos ocultas debo fiarme, según dice.

—No es lo mismo. Esa mano desconocida le viste a usted, le da de comer, atiende a sus necesidades. Las caritas encapuchadas podrían hacer lo contrario: desnudarle, quitarle el pan de la boca y reducirle a la ruina y la miseria. Existirán tal vez, ¿quién asegura que no?, manos escondidas que quieran perderle, como las hay que trabajan por su bien. Lo primero que usted debe hacer es averiguar en qué cielo habita esa deidad misteriosa, para poder rezarle y pedirle lo que le convenga.

—¿Qué le pediría usted para mí si estuviese en mi lugar?

—Lo primero, un destino de Hacienda o de *lo Interior* con doce mil realetes... Y puesto a pedir, yo que usted pediría también la cátedra de Alcalá para un amigo.

—Para usted eso y mucho más.

—Las manos mágicas deben extender sus caricias a los buenos amigos. A Roma con Santiago he revuelto yo para conseguir esa humilde plaza, y aquí me tiene usted esperando a que San Juan baje el dedo. Si hubiera para mí una mano oculta, esa mano, en medio de las tinieblas de lo incógnito, me daría una bofetada. Estoy dejado de la mano de Dios, por lo que voy creyendo que Dios está en todas partes menos en las oficinas, y que, si acaso está, no tiene en ellas la mano, sino el pie.

—No hay que desmayar. Hagamos un trato. Búsqueme usted a la persona que ha mandado a Utrilla tomarme medidas, y si me la encuentra, prometo a usted solemnemente que el primer favor que pediré a mi desconocida providencia es esa colocación que usted desea... Esto en el caso de que nos resulte influyente.

—¡Influyente!... ¡Por Dios, don Fernandito, no me venga usted con inocencias! Esa persona desconocida tiene que ser muy alta, pero muy alta.

—¿En qué lo conoce?

—A ver... pronto, enséñeme usted la carta en que venían las localidades de teatro.

—No es carta... Es un pliego cerrado con obleas... Aquí lo tiene usted.

—A ver, a ver... ¡San Canuto, qué papel más fino!... Este papel, puede usted asegurarlo, no se encuentra en ninguna tienda de Madrid... ¿Y la letra del sobre?... ¡Ay qué letra, San Bartolomé! ¿Es de mujer? ¿Es de hombre?... Señor don Fernando, no se asuste de lo que voy a decirle. La mano que ha escrito esto es de sangre real.

—¡Atiza!

—¡De sangre real!... Y si no, al tiempo... ¡Ay, señor don Fernandito de mi alma, allá va una profecía! Déjeme usted ser profeta, y adivino, y augur, y brujo, si usted quiere. Antes de cuatro días recibe usted, como llovido del cielo, el nombramiento... De...

—¿De qué?

—Vamos... De Caballerizo mayor del Reino, digo, de Palacio... Y si no es esto, será de otra cosa de mucha categoría.

Rompió a reír Calpena, y dijo a su amigote:

«Pero, señor don Pedro, ¿somos clásicos o no somos clásicos?»

—Sí, sí, tiene usted razón: no desvariemos, ilustre joven; pero por de pronto, yo, el más desgraciado de los nacidos, quiero hacer constar que anhelo ser su amigo de usted. Sí, sí: seamos amigos; déjeme usted arrimarme al ser más afortunado, más resplandeciente de felicidad que he visto en mi vida. Es usted el Sol, y yo me muero de frío.

—Bueno, seamos amigos —replicó don Fernando, no sin cierta emoción—. Y pues el día está hermosísimo, vámonos de paseo, y le contaré a usted muchas cosas que ignora, y que quizás le hagan rectificar sus juicios acerca de mí como depositario de la dicha terrestre. Diré a usted quién soy, de dónde vengo, por qué estoy en Madrid...

—Todo eso me interesa extraordinariamente... Ya me lo contará usted otro día; hoy no puede ser... Ni usted ni yo debemos salir hoy. Nos estaremos aquí toda la mañana acechando a Iglesias.

—¿Pero Iglesias no duerme aún?

—Aún estaría en el primer sueño, o empezando el segundo, si no hubieran venido a despertarle muy temprano, serían las siete, dos de sus amigotes. Sin duda ocurren cosas gravísimas. ¿Y sabe usted quiénes son esos dos que entraron, y, tirándole de una pata, le sacaron de la cama? Pues yo tampoco lo sé a punto fijo, porque soy poco fuerte en fisonomías. Uno de ellos me parece que es el conde de las Navas; el otro tan pronto me parece Fermín Caballero, como Seoane... De que son pájaros gordos del jacobinismo, no tengo duda...

—¿Y a nosotros qué nos importa?

—A usted, hombre feliz por obra y gracia de la Providencia enmascarada, nada le altera. ¿Ha leído usted *El Español* de hoy?... ¿A que no?... ¿A que tampoco ha leído *El Mensajero* ni *El Eco del Comercio*? En mi cuarto los tengo. Vienen los tres diarios echando bombas, cada uno según el son a que baila. Yo me alegro, para que se arme de una vez. Esta visita de los compinches de Iglesias tan a deshora, significa que anoche hubo gran trapatiesta en la casa de Tepa, entiéndase *logia*, y en los cafés donde bulle la patriotería. Parece que las Juntas no quieren disolverse, las de Andalucía sobre todo, y he aquí al señor Mendizábal en un brete, porque nos ofreció poner fin a esta horrible anarquía, y en los primeros días creímos que lo lograba. Pero aquí, para que usted se vaya enterando, tanto puede la envidia de los propios, como la mala voluntad de los extraños; o en otros términos, que los amigos, o sea el agua mansa, son más de temer que los enemigos. ¿No lo entiende? Pues quiere decir que los estatuistas templados caídos del poder con Toreno, se introducen en los conciliábulos de los patriotas, fingiéndose más exaltados que estos, para sembrar cizaña, y al propio tiempo los *libres* que aún no tienen empleo se van a las sacristías del otro bando y atizan candela, para que los diarios de la *moderación* se desborden y se encienda más el furor de las Juntas. Estas nos ofrecen un espectáculo delicioso. Una pide que se restablezca la Constitución del 12; otra que se modifique el Estatuto, y entre todas arman una infernal algarabía. El señor Mendizábal pretende gobernar en medio de esta jaula de locos furiosos. Manda tropas contra las Juntas, y los soldados se pasan a la patriotería... Y los carlistas, en tanto, bañándose en agua rosada, preparándose para venir hacia acá, porque Córdoba no les ataca mientras no le manden refuerzos... Estamos en una balsa de aceite... hirviendo. ¡Qué gratitud debemos al Señor Omnipotente por habernos hecho españoles! Porque si nos hubiera hecho ingleses o austríacos o rusos, ahora estaríamos aburridísimos, privados de admirar esta entretenida función de fuegos artificiales.

—¿Y esos que están en el cuarto de Iglesias...?

—Son patriotas furibundos... De buena fe; de los que creen que con degollar frailes, azotar monjas y hablar pestes de todos los ministros, se arregla la nación. Sin quererlo, les preparan la suerte a los moderados. Algunos creen en Mendizábal, y otros le repudian porque no va por calles y plazuelas perorando, con un pendón en la mano... A todos tiene que contestar el señor de las largas levitas. Trabajo le mando... Si quiere usted que olfateemos lo que traman los compinches de Iglesias, vámonos a mi cuarto, donde al paso que usted lee *El Español* y *El Eco*, yo me daré mis mañas para pescar al oído alguna palabreja... Véngase usted para acá.

Fuéronse de puntillas al cuarto de don Pedro, y desde él oyeron gran batahola en el de Iglesias; y no pudiendo este resistir el fuerte estímulo de su curiosidad, se coló en la caverna de los conjurados, pretextando recoger un tomo de las *Palabras de un creyente*, de Lamennais, que había prestado a su amigo. No tardó en volver risueño con el libro, y con preciosas noticias de la conspiración, que resultaba la más inocente que en cerebros revolucionarios pudiera caber.

«Nuestro gozo en un pozo, amigo Calpena. No tratan de ahorcar a medio mundo, ni de sublevar la tropa, ni de meter más fuego a las Juntas. Las Juntas y toda esa marimorena les importa tanto a esos ángeles de Dios como las coplas de Calaínos. Lo que les trae tan levantiscos es que las elecciones para el Estamento están próximas, y ellos, cosa muy natural, quieren ser procuradores. Mendizábal conferenció anoche con Caballero, y parece que le asegura la elección por Cuenca. Los otros dos, y alguno más que vendrá después, andan a la husma de las procuras, y quieren estar bien con Mendizábal y con el ministro de la Gobernación, don Martín de los Heros. Vea usted el secreto de estos aquelarres misteriosos.»

—¿Será posible, amigo Hillo, que yo, provinciano y desconocedor del mundo y de Madrid, tenga más malicia, más trastienda que usted, que lleva ya no sé cuántos años de andar en este terreno? Dígolo porque me figuro que Iglesias y sus amigotes le han engañado como a un chino. Al verse sorprendidos por la brusca entrada de usted en el escondrijo, han variado de conversación.

—Por San Félix de Cantalicio, pienso que está usted en lo cierto... Me han dado el trapo. Soy toro noble.

Aún no había concluido la frase, cuando entró Iglesias resueltamente en el cuarto de Hillo, y llegándose a don Fernando con resuelto ademán y sonrisa un tanto maliciosa, como de hombre muy corrido para quien no hay nada secreto, le dijo:

«Ya sabemos, amigo Calpena, que ha traído usted de Francia un voluminoso paquete de papeles para el señor Mendizábal.»

Quedose un tanto suspenso el joven, y no supo qué responder.

VI

«Le entregaron a usted ese paquete en Olorón. Lo había traído de Burdeos una señora... No... No se ponga usted colorado, después de haberse puesto pálido. No se trata de ningún delito. Le dan a usted un encargo, y usted lo cumple puntualmente. No pretendo yo... pues no faltaba más... que usted me revele cosas sobre las cuales debe guardar secreto. No, no, señor. Lo que sí puedo decirle es que el sujeto que debía recoger ese paquete o caja de manos de usted, para entregarlo al señor ministro, ya no vendrá a desempeñar esa comisión, porque anoche le han preso, y se halla incomunicado en el Saladero.»

Perplejo un buen rato quedó Calpena ante la osada interpelación de Nicomedes, que con brusquedad tan impertinente quería producir efecto y ver confirmados sus informes en el rostro del simpático mozo; pero rehecho este prontamente del estupor, le contestó con tanta dignidad como cortesía: «Nuestra amistad, señor de Iglesias, que yo estimo mucho, no es tan antigua que a mí me permita informarle de si traigo o no encargos para determinadas personas, ni a usted preguntármelo en forma afirmativa, la cual revela una confianza un poquito prematura. Va usted demasiado a prisa, amigo don Nicomedes. Cuatro días hace que nos conocemos.»

—Sentiría, señor Calpena, que usted interpretase mal lo que acabo de indicarle —dijo el otro, recogiendo velas—. No pretendo que usted me revele el secreto de los encarguitos que le han confiado, ni eso a mí me importa. Creí yo que nuestra amistad, con ser de cuatro días, es ya bastante firme para que yo pueda tomarme la confianza de prevenirle contra ciertos peligros... Porque usted es un joven tan honrado como inexperto, y podría, con el candor propio de los pocos años, prestarse a ciertos mensajes, de cuya gravedad no tiene la menor idea.

—Se me figura, amigo Iglesias, que la calentura patriótica que usted padece le hace ver peligros y misterios en los actos más sencillos.

—No sabe usted dónde está, y yo tendría mucho gusto, si no se empeña en creer demasiado fresca nuestra amistad; tendría yo sumo placer, digo, en iniciarle en la vida política, puesto que a ella piensa, según veo, dedicarse.

—No he pensado en tal cosa. La vida política no se ha hecho para mí.

—El señor —dijo Hillo con cierta timidez—, es de los que se lo encuentran todo hecho, y no necesita de que nadie le inicie, pues tiene mentores y padrinos, en la sombra, que no le permitirían dar un mal paso.

—Si hace usted caso de este clérigo —dijo Iglesias con humorismo—, el sotana más honrado del mundo, pero al propio tiempo el más candoroso, está usted perdido, Calpena. Haga usted caso de mí, y déjese llevar. En la sombra no hay mentores ni garambainas. Todo eso es romanticismo de clase averiada... Vamos a cuentas. Lo primero, perdóneme si le hablé con cierta impertinencia del encargo que trae...

—Yo no he traído papeles para el señor Mendizábal —replicó don Fernando—, ni me habían de escoger a mí para tales mensajes.

—No abre usted la boca sin que nos dé una nueva prueba de su inexperiencia candorosa... Puesto que aquí todos somos amigos, déjeme usted que hable y le ponga al tanto de la situación... Y antes me permitirá que le presente a dos amigos, que espero lo serán de usted en cuanto les conozca.

Cuando esto decía, dejáronse ver en la puerta dos sujetos, que eran los de la encerrona con Iglesias, ambos como de treinta a cuarenta años, y al entrar revelaron por su soltura y buenos modos ser de lo más selecto entre la juventud intelectual de aquellos tiempos. Bien supo Iglesias, al presentarles, realzar sus nombres: «Mi amigo Joaquín María López... Mi amigo Fermín Caballero.»

Era este de color moreno; facciones bastas y rudas, del tipo castellano, común en campo más que en ciudades; bigote negro con mosca; cabello encrespado, que parecía un escobillón; complexión dura; el habla ruda y clásica, de perfectísima construcción castiza. El otro revelaba su estirpe levantina en la finura del cutis y la viveza del mirar, en la vehemencia de la expresión, y en la flexibilidad y gracia. Recibiolos Calpena con franca urbanidad, y se sentaron todos, teniendo uno de ellos que hacer sofá de la cama de Hillo, y este no cabía en sí de gozo viendo tan honrada su pobre mansión.

«Trasladamos el *Sublime Taller* desde los alcázares de Iglesias a las góticas arcadas de Hillo... —dijo con gracia López—. La Iglesia nos ampara, nos acoge en su santo regazo.»

—La Iglesia —replicó Hillo, sentándose en un cofre—, oye y calla, mas no otorga. En el regazo de la Iglesia no entran más que los arrepentidos.

—*Amén* —dijo Caballero—, y expliquemos en pocas palabras la llaneza con que asaltamos la morada de estos buenos señores.

—El caso es el siguiente... Permíteme —indicó Nicomedes, que no gustaba de que otros dijesen lo que él podía decir—. Sabemos que el Gobierno por una parte, la reina por otra, despachan agentes al campo y corte de Don Carlos, a los cuales encargan que se finjan rabiosos absolutistas para ganar la confianza de los íntimos del Pretendiente. El objeto es introducir allí la discordia y acabar con el absolutismo por su propia descomposición. Al propio tiempo, los facciosos tienen aquí infinitos emisarios que hacen el propio juego, de lo cual resulta, señores, un tan espantoso lío, que ni aquí ni allí nos entendemos, y no sabemos ya cuáles son los adeptos legítimos y cuáles los apócrifos...

—Pero hay otra cosa peor —interrumpió López, que, como buen orador, gustaba de expresar por sí las ideas de los demás—; hay otra cosa. Hierven discordias mil en la corte del Pretendiente, por ser muchos los carlistas de viso que desean la transacción, siempre que el Gobierno liberal les reconozca grados, emolumentos y honores.

—Andan estos —prosiguió Caballero, que hablaba poco y bien—, en continuo teje-maneje de Oñate a la Granja y de la Granja a Oñate, zurciendo voluntades y buscando la reconciliación de antiguos comilitones, ahora desavenidos; y como, si lograran su objeto, habrían de sobrevenir grandes males a la Nación, nosotros, que miramos por la permanencia del sistema representativo, haremos cuanto esté de nuestra parte porque todas esas artimañas resulten fallidas.

—Y además... hay —apuntó Nicomedes— una tenebrosa y hasta hoy indescifrable conjura de la infanta Carlota...

—Señores —declaró don Pedro, poniéndose en pie—, la Iglesia, como dueña del local en el cual, por su tolerancia, que no por su gusto, se celebra esta nefanda reunión, recomienda a los señores preopinantes que no hablen de las reales personas.

—Tiene razón nuestro noble castellano —dijo López con sorna—. No nombraremos a ninguna persona real; pero podemos designar por su

45

nombre griego al que lo recibió y adoptó conforme a rito, cuando y donde todos sabemos. Hablaremos, pues, de *Dracón*.

—¡Alto! —gritó Hillo poniéndose en pie—, porque el designado con notoria irreverencia con ese nombre, que huele a chamusquina masónica, es S. A. El infante don Francisco. Al menos yo lo he oído así, y no permito, señores, no permito...

—Bueno, bueno —dijo Caballero—: no lastimemos los sentimientos religiosos y monárquicos con tanta sinceridad manifestados por este buen señor. A *Dracón* todos le conocemos, y no hay que hacer misterio de él ni de su nombre de batalla. Creo que se exagera la importancia del tal: de mí sé decir que no creo que exista plan ninguno verosímil fundado en la personalidad del Infante.

—Poco a poco —apuntó Nicomedes—. Fermín, a ti te consta que sí lo hay.

—No... lo que me consta es que algunos cándidos han echado a volar ese nombre, denigrándolo con la suposición de que teníamos en la persona que lo lleva un nuevo Pretendiente. Y esto es absurdo; esto no cabe en cabeza humana, ni aun en la de un español de 1835, que es la cabeza que nos ofrece la historia como más destornillada.

—Y, sin embargo, hay quien lo dice.

—Y quien lo cree, y lo sostiene como cosa muy práctica.

—Y no falta quien asegure que es la única salvación del país.

—Señores, son muchas salvaciones para un solo país... Salvadora la reina Cristina, salvador don Carlos, salvador Mendizábal, y ahora también don Francisco nos quiere salvar... Vamos, con tantas salvaciones, España va al abismo.

—Señores, no desvariemos —indicó Hillo—. El señor infante don Francisco, que es persona discreta, no ha puesto sus ojos en el Trono... Se contentará por hoy con sentarse en el Estamento de Próceres.

—Pretensión contraria a las leyes, tras de la cual hemos de ver y vemos una ambición política muy sospechosa, señores, muy sospechosa.

—No exageremos... Cuando más, cuando más, *Dracón* aspira a la Regencia...

—¡Otra te pego!...

—Señores conferenciantes —dijo Hillo con festiva severidad—, que no permito, que no puedo consentir afirmaciones tan contrarias al decoro de la Real Familia... Si siguen sus señorías por ese camino, mandaré que les lleven al corral.

—¿Somos gallinas?

—Toros de sentido... De excesivo sentido, maliciosos, imposibles para la brega, por lo cual creo que no puede acabar bien la elocuente corrida que estamos celebrando.

—¡Ja, ja, ja!... Muy bien. En fin, concretemos: seamos explícitos y lacónicos, porque este joven (por Calpena) dirá, y con razón, que le estamos embromando. ¿Verdad, señor Calpena, que no entiende usted qué relación puede existir entre su persona y estas cosas desordenadas que acaba de oír?

—En efecto: no se me alcanza qué concomitancia pueda tener mi humilde persona con esos agentes reservados, con esas intrigas, con el señor *Dracón* y demás...

—Hemos sabido —dijo Nicomedes con campanuda solemnidad—, que de Francia se remitió un paquete de interesantes papeles a Madrid... No vaya usted a creer que intentamos sustraer ese tesoro, y apropiárnoslo por medios contrarios a la hidalguía. En poder de usted se halla todavía el encargo. La persona que debía recogerlo ha sido presa, y probablemente no saldrá pronto de la cárcel. Es muy posible que alguien intente apoderarse del paquete, diciendo a usted que viene de parte de su legítimo dueño. Yo le suplico, señor don Fernando, que no lo suelte, aunque los que vengan a pedirlo le presenten esquela del mismo señor don Eugenio Aviraneta, a quien viene dirigido, porque tanto el recado como la esquela serán falsos de toda falsedad.

—Pues correspondo a su franqueza —dijo don Fernando, a quien todos oían con vivísima atención—, que no traigo yo encargo ni cosa alguna para ese señor que acaba de nombrar; y si algo hay en mi baúl, que me confiaron en la frontera personas de toda mi confianza, y que no conspiran ni han conspirado nunca, lo entregaré a quien venga a reclamarlo, siempre que acredite, por usual conocimiento, ser la persona a quien viene rotulado.

—Pues aún me resta decir algo para que vean todos mi sinceridad y nobleza. Antes dije a usted que el paquete venía dirigido a Mendizábal; pero esto lo hice sin más objeto que desconcertarle a usted, con la idea de que su turbación le arrastrase a revelarme algo que yo quería saber: lo que usted trae no viene dirigido a Mendizábal, ni tiene nada que ver directamente con nuestro célebre gaditano. Pero personas muy altas, muy altas, fíjese bien en lo que afirmo, pudieran tener noticia de que el señor Calpena es portador de papeles graves, y en este caso no dejarían de intentar por todos los medios apoderarse de ellos.

—En vez de aumentar la confusión de este excelente joven —indicó Caballero—, procuremos disiparla, amigo Nicomedes, y al propio tiempo, convenzámosle de que no pretendemos apoderarnos de secretos que no se nos quieren confiar.

—Justamente —dijo López—, y empecemos por declarar que ignoramos, o por lo menos, que no sabemos con exactitud qué documentos se han confiado a su discreción. Puede ser algo que exclusivamente interese a la Familia Real; puede ser del común interés de los partidos militantes. Me inclino a creer esto. El propio Aviraneta no sabe lo que es, o no quiere decírnoslo.

—No lo sabe —afirmó Iglesias—. Así me lo aseguró ayer, y debemos creerlo.

—*Hame dado en la nariz* —dijo Caballero—, que lo que han remitido a don Eugenio es todo el fárrago de papeles concernientes a la *Confederación isabelina*, de infausta memoria. Él mismo se lo llevó a Francia no sé con qué objeto, y de allá se lo remiten para que lo utilice aquí en contra nuestra, y en pro de los Torenos y Martínez... Yo, señores míos, me fío poco de Aviraneta, y no quisiera que mis amigos tuvieran interés por nada que al infatigable conspirador se refiera... Fíjese usted, señor Calpena, en lo que voy a decirle, para que no se embrollen sus ideas con la extraordinaria confusión que ha de resultarle de lo que decimos. Los estatuistas nos acusan de haber preparado, dispuesto, organizado, en una palabra, el degüello de los frailes, el asesinato de Canterac y otros abominables hechos de que usted tendrá conocimiento. Se nos quiere denigrar, inutilizar para la gobernación del Reino. Si hay responsabilidad, no pueden ellos eludirla, pues en los terribles días de julio del año pasado era presidente del Consejo el señor Martínez de la Rosa; ministro de la Gobernación el señor Moscoso, y Corregidor de Madrid el señor marqués de Falces. ¿Sabéis lo que, en mi presunción, contiene la estafeta que ha traído el señor Calpena? Pues el plan de Constitución que hicimos Olavarría y yo; la exposición dirigida a S. M. por Flórez Estrada, condenando el Estatuto; el proyecto de asonada general; el plan de Ministerio, presidido por Pérez de Castro; los compromisos contraídos por Palafox y Calvo de Rozas, con el nombre de *trabajos militares*, y, por último, el informe de la Comisión que nombramos para proponer al Gobierno el mejor sistema de *extinción de frailes*. Todo eso y algo más había. Aviraneta, como iniciador de la *Isabelina*, arrambló con el archivo cuando la persecución de la policía le obligó a emigrar a Francia. ¿Trataría de hacer algún negocio con Luis Felipe? ¿Habrá entrado en contubernios con don Carlos? Yo no lo sé... Ya os he dicho que no me fío de ese hombre, y que de su refinada astucia y doblez lo temo todo. Vosotros creéis en Aviraneta; yo no. Para mí es un monstruoso talento, el más sutil y agudo para la intriga. El año pasado conspiraba o aparentaba conspirar con nosotros. Este año trabaja secretamente por los enemigos del progreso. Vosotros creéis en sus alardes de patriotismo revolucionario; yo no. Vosotros confiáis en su lealtad; yo desconfío hasta de su sombra. Si le ayudáis, ayudáis al desprestigio de Palafox, de don Jerónimo Valdés, de San Miguel, de los patriotas Quiroga y Palarea, de Salustiano, del propio Mendizábal, pues ya sabéis que don Juan Álvarez comunicó desde Londres su propósito de constituir allí un *Círculo isabelino*, y de facilitar fondos para la *causa*, y en esfera más modesta ayudáis también a vuestro propio vilipendio y al mío...

—Fermín, Fermín —dijo Iglesias, apretando los puños, encendido el rostro—: tú siempre pesimista, tú siempre malévolo y suspicaz, desconfiando de los hombres más adictos a la idea, de los que han sabido padecer por ella persecuciones horribles.

—Y tú, Nicomedes, siempre iluso y confiado, pobre enfermo de la *calentura patriótica*, ni aprendes nada de la experiencia, ni atiendes a las lecciones del tiempo. Tanto a ti, pobre Iglesias, como a ti, Joaquín, almas crédulas, espíritus generosos, os digo que desconfiéis de Aviraneta, que no le ayudéis en sus maquinaciones, que le dejéis solo en la febril inquietud de su conspirar instintivo, genial, por amor al arte, por ley de su naturaleza.

Y cambiando bruscamente al tono familiar, antes que sus atontados amigos pudieran replicarle, se levantó y formuló la despedida en estos términos: «Ya he sermoneado bastante, y ahora me voy, que tengo que trabajar. Holgazanes, quedaos con Dios.»

—Fermín, aguarda, siéntate... que aún tenemos mucho que hablar.

—¡Hablar! La maldita palabra. Es la sarna del país. España llegará al fin del siglo sin haber hecho nada más que rascarse, es decir, hablar... Quedaos con Dios... Y usted, señor de Calpena, al aceptarme por su amigo, me va a permitir que le dé un consejo. Es usted muy joven; yo tengo treinta y seis años y alguna experiencia. No haga caso de estos pobres orates. Si quiere usted seguir el consejo de un patriota honrado, que no padece la famosa *calentura*, y profesa sus ideas con fría convicción, no sirva usted de correo a los conspiradores de oficio. Y pues le han cogido de sorpresa, encargándole comisiones que no habría aceptado con conocimiento, vénguese por el método inquisitorial... En vez de entregar los papeles al señor de Aviraneta, arrójelos a las llamas. Ganará usted mucho en tranquilidad de conciencia.

—¡Quemarlos! ¡Eso no! —gritó Iglesias.

—Créame a mí...

—No le crea, no, Fernando. Es de Cuenca, que es como decir leñador y carbonero...

—Carbón, sí; carbón haría yo de todo ese fárrago de sandeces —dijo Caballero con arrogancia, enarbolando su bastón—. Nuestro pasado político, amigos revolucionarios, debe ir al fuego... Quemad la broza, que las ideas, no temáis... Esas no arden.

Y encasquetándose el sombrero, que era de los voluminosos que entonces se usaban, salió del cuarto y de la casa con resuelto y presuroso andar.

VII

Aunque desconcertados por la enérgica manifestación de Caballero, que al fin hubo de condenar las bajas intrigas, no cejaron Iglesias y López en su propósito de catequizar al joven Calpena. Aún insistió don Joaquín en que entregase el *lío* a don Eugenio Aviraneta, sin pensar en hacerlo cisco, como le aconsejara Fermín con implacable rigor; y más atrevido Iglesias, propuso al joven, no que pusiese en sus manos lo que era objeto de tantas cavilaciones, sino que permitiera ver su contenido, prometiendo ambos guardar profundo secreto sobre lo poquito que examinar pudiesen. Negose resueltamente don Fernando, y ellos invocaron los principios liberales que sin duda el joven profesaba; los grandes intereses del pueblo, al cual todos pertenecían; y añadiendo a los halagos las promesas, ofrecieron traerle antes de tres días una credencial de ocho mil reales en cualquier Ministerio, si a satisfacer su ardiente curiosidad se prestaba. Pero ni las demostraciones de amistad, ni las ofertas de colocación, quebrantaron la delicada entereza de don Fernando, el cual decididamente, con frase categórica y un tanto áspera, les quitó toda esperanza, alentándole en esto su amigo Hillo con muecas y manotadas expresivas. Replegáronse de mal talante los patriotas al cuarto de Iglesias, y lo primero que hizo don Fernando al entrar en el suyo fue guardar bajo llave, en los seguros cajones de una cómoda, el contenido de su baúl, o aquella parte que convenía poner a cubierto de cualquier sorpresa.

«Hace usted bien —le decía Hillo gozoso—, porque estos *libres*, como ellos se llaman, no se paran en pelillos. Fuera del patriotismo, son honrados, y por nada del mundo le quitarían a usted un botón ni un cigarro de papel. Pero en mediando lo que ellos llaman *el interés de la Confederación* o de la libertad, aunque esta sea tan desacreditada como la de la imprenta; como se trate de arma política con que puedan descabellar al contrario y arrastrarle por el redondel, se ciegan, y de noblotes y decentes se convierten en los primeros badulaques del mundo.»

De acuerdo en esto como en todo, pues los lazos de su amistad se apretaban más cada hora, salieron a dar un paseo antes de comer.

«¡Qué hermoso apóstrofe el de Caballero! —decía, calle abajo, hacia la de Alcalá, el buen clérigo Hillo—. Mejor será llamarlo *conminación* o *deprecación...*»

—Llamémoslo *corrección fraterna*, que así deben nombrarse los hijos de tal padre. Me ha gustado don Fermín. ¿Sabe usted que los otros parecen locos?

—Y no es lo peor que lo parezcan, sino que lo sean, y que nos comuniquen a nosotros su locura. Yo siento un gran desorden en mi cabeza.

—Y yo. Le aseguro a usted que me falta poco para ponerme a gritar en medio de la calle. ¿Con que es verdad que he conspirado sin saberlo? ¿Con que es verdad que traigo papeles que comprometen a la Real Familia... O a los reales masones, o a los isabelinos, o al demonio coronado? Y ahora consulto yo con usted una sospecha grave: ¿tendrá alguna relación este enredo con los favores que recibo de mano desconocida?... Esa personalidad misteriosa que en las tinieblas me protege, ¿tendrá algo que ver con... Con no sé qué?... Yo desvarío, se embarullan mis ideas. ¿Me encontraré envuelto, sin culpa ninguna, en alguna endemoniada intriga? Dígame su franca opinión... Usted es hombre de mundo, y conoce esta sociedad y estos manejos de la política. Yo soy un inocente: vengo de un pueblo fronterizo y de una ciudad extranjera, donde he vivido amarrado a un bufete de comerciante... Yo no sé nada de esto. Ilumíneme usted; indíqueme si debo hacer algo, o no hacer nada y dejar correr los acontecimientos...

—Pues, mi amigo don Fernando, creo, y no hay que asustarse, que se halla usted metido de hoz y coz en un lío estupendo... Dígame ante todo: ¿es cierto que trae usted esa caja?

—Sí, señor; a usted puedo decírselo. Traigo un paquete bastante pesado y voluminoso. Me lo dio una señora que en Olorón visitaba mucho a los hermanos de mi padrino... Díjome que se presentaría a recibir el encargo la persona a quien viene rotulado, y es también una señora, y se llama Doña Jacoba Zahón.

—Eso de Zahón me huele a masonería. Y la señora que lo entregó a usted, ¿quién es?

—Allí la llamaban la marquesa, y decían de ella que politiqueaba, que sostenía larga correspondencia, y que en Tours y en Burdeos estuvo en relaciones íntimas con algunos emigrados liberales.

—¡Ah... por San Benito de Palermo!... Ya veo, ya veo claro... Digo, no, no veo más que oscuridades y fantasmas... Señora allá que manda, señora aquí que recibe... Aviraneta... La *Confederación isabelina*... El degüello de regulares... Mendizábal... Usted recibido y aposentado en Madrid por personas desconocidas que no dan la cara... usted vestido por Utrilla... usted obsequiado con billetes de teatro y con otros regalitos que no habrá querido decirme... ¡Ay! don Fernando de mi alma, como mi religión me ordena no creer en brujas, y mi experiencia me permite creer en enjuagues masónicos, yo le veo a usted tocado de locura, y me vuelvo loco también, porque no entiendo una palabra de este intrincado negocio.

—¡Y luego decimos que somos clásicos!

—¡Clásicos! Eso quisiéramos. El mundo está tocado de insana demencia... Ya no pasan las cosas como antes, con aquella pausa y regularidad de otros tiempos; todo está trastornado; reina la sorpresa, mangonea el acaso, y los acontecimientos se suceden sin ninguna lógica. Ya no hay reglas, mi querido don Fernandito. Esto es el caos, la barbarie, la anarquía de las almas. Corre un viento de desorden, y en la naturaleza no hay aquella serenidad, aquella calma majestuosa... ¿Digo mal?

—Dice usted muy bien. Yo me noto lanzado en este vértigo, en este espantoso remolino.

—Todo por ese maldito... Hasta me repugna pronunciar su nombre.

—Ese maldito... ¿qué?

—¿Sabe usted, Fernando Calpena —dijo el clérigo con solemne gravedad, parándose en firme—, quién tiene la culpa de esta locura que nos saca de quicio, de esta llamarada que nos abrasa el rostro, de esta comezón que nos hace bailar la tarántula?

—¿Quién tiene la culpa?...

—¡Qué! ¿No lo acierta? Pues tienen la culpa Víctor Hugo y Dumas, esos dos infames progenitores del romanticismo... ¡El romanticismo! Ese es el remolino, ese es el vértigo, esa es la locura...

—Don Pedro —dijo Calpena, sin encontrar pertinente lo que afirmaba su amigo—, ¿qué tiene que ver...? ¡Dumas, Víctor Hugo!... Son dos grandes poetas...

—Que han desatado las tempestades en nuestra literatura, y tras el desquiciamiento de la literatura, ha venido el de la política, y luego el de la vida toda... Yo, a esos dos, les mandaría cortar la cabeza, sin cargo alguno de conciencia, como a malhechores del género humano, y me quedaría tan fresco... ¿No ve usted que ya no hay orden ni reglas en el curso de los hechos que constituyen la vida? ¿No ve usted que ya todo es exaltación, misterio, fantasmas, lo desconocido, lo imponderable?... Pues espérese usted un poco, que ya empezarán los espectros, las tumbas, los cipreses funerarios... En fin, vámonos a comer, que yo, la verdad sobre todo, tengo ya ganas. Y esta tarde nos iremos a dar un largo paseo por las afueras, para que usted me cumpla su promesa de contarme algo de su vida, y del cómo y el por qué de haber venido a este maldito Madrid.

—Volvámonos a casa —dijo Calpena sobresaltado, pues temía un golpetazo repentino de la suerte, como contrapeso de tantas venturas—, y veremos cuál es la sorpresa de esta tarde.

—¡Qué!... ¿Teme que venga de sopetón la mala?... Deseche usted ese recelo, porque si viniera la mala, caería sobre mí. Quiero decir que aquí está Pedro Hillo para recogerla, pues yo seré su pararrayos, señor don Fernandito. No dude que si salta la chispa caerá sobre este cura... y usted libre, usted siempre feliz... Si no, al tiempo.

Sorpresa hubo, en efecto; mas no desagradable, como Calpena temía. Al entrar le dio Méndez un paquetito que acababan de traer. Pálido y ceñudo, el joven no se atrevía a cogerlo. Hízolo Hillo, tomó el peso, y se echó a reír diciendo: «Que me excomulguen si esto no es dinero contante y sonante.»

El paquetito era como una carta muy abultada, o como un libro de poco volumen, esmeradamente envuelto en papel superior, cerrado con lacres. Estos no tenían sello con letras o escudo. Antes de abrirlo, preguntó don Fernando a Méndez quién lo había traído.

«Ha sido el mismo señor, ese que llaman *Edipo*.»

—No puede ser más clásico —observó Don Pedro—. A ver, a ver... Abra usted.

—Podría usted haberle dicho que se esperara. Yo le habría interrogado... En fin, veamos qué es esto.

Metiose en su cuarto con Hillo, y en pocos segundos quedó aquel nuevo enigma descifrado a medias, pues si debajo del envoltorio apareció una elegantísima y perfumada cartera de piel, con un cartoncillo en el cual resplandecían ocho medias onzas prendidas con cruce de seda encarnada, no se encontró papel escrito, ni tarjeta, ni cifra por donde la procedencia pudiera ser conocida.

«Muy bien —dijo el presbítero restregándose furiosamente las manos—. Eso no podía faltar... Aparece la lógica en medio de este barullo román-tico... Le mandan a usted dinero para el bolsillo, pues un joven vestido por Utrilla, un caballero que ocupará altas posiciones, que figurará entre los más elegantes de Madrid, no es bien que ande sin pólvora... Ea, no se devane ahora los sesos... Ya parecerá, Señor, ya parecerá el donante. Vámonos al comedor, que con estas sorpresas se me aguza el apetito.»

Comieron solos, porque Iglesias, convidado por López, se había ido a la fonda de Genieys; don Fernando hablaba poco; a Hillo se le despertó la locuacidad con tanta fuerza como el apetito, y trataba de apartar al joven Calpena de la sombría cavilación en que había caído... «Antes dije a usted que estábamos locos, y ahora añado que bendita sea la locura si viene siempre así. Mientras lluevan medias onzas, ora sean pasta, ora transfor-madas en cosas de diferente utilidad, no llore usted, joven. Si luego nos cae alguna rueda de molino, tiempo habrá de lamentarlo. Y hablo en plural, porque si mi delicadeza no me permite participar de los beneficios exclusiva-mente destinados a usted, deseo y quiero ser partícipe de los males, cuando Dios se fuere servido de enviarlos. Con que reposemos un rato la comida, y luego nos iremos a estirar las piernas al Retiro.»

Hiciéronlo así, y descansando de su caminata a la sombra de unos copudos negrillos, en sitio sosegado, allá por el Baño de la Elefanta, don Fernando se franqueó con su amigo, ofreciéndole los datos biográficos que anhelaba conocer, como clave o guía para descubrir la *misteriosa mano*.

«Los primeros recuerdos de mi infancia —contestó Calpena—, se refieren a Vera, y a la casa del cura de aquel pueblo. Pero yo nací y fui bautizado en Urdax, no constando en la partida más que el nombre de mi madre, Basilisa Calpena. Ni la conocí nunca, ni he sabido de ella, pues la mujer que me crió se llamaba Ignacia, natural de Zugarramundi, habitante en Vera, en una casita próxima a la del cura. No tenía yo dos años, cuando este me llevó consigo, y ya no me separé de él hasta su muerte, ocurrida el año 32. Llamábale yo padrino, y él a mí ahijado y a veces hijo. Era el hombre más excelente que usted puede imaginar, sin tacha como sacerdote, verdadero pastor de sus feligreses; tan caritativo, que todo lo suyo era de los pobres; entendido en mil cosas, principalmente en agricultura, en astronomía empírica y en humanidades; gran latino, tan modesto en sus hábitos, y tan apegado a la humilde iglesia en que desempeñaba su ministerio, que rechazó la oferta de una capellanía de Roncesvalles y del deanato de Pamplona. Para mí, don Narciso Vidaurre, que así se llamaba, era la primera persona del mundo, y en él se condensaron siempre todos mis afectos de familia, pues él era para mí como padre y maestro. Si no me había dado la vida, me dio la crianza, la educación, y me enseñó a ser hombre, infundiéndome la dignidad, la confianza en mí mismo, y preparándome para los mil trabajos de la vida. Desde niño me enseñó todo lo concerniente, en lo moral y en lo social, a personas principales... quiero decir que me crió para señor, no para sirviente ni para la vida oscura y zafia del campo. Aunque no con puntualidad, don Narciso recibía cantidades para mi sostenimiento, educación y demás. Él venía unas veces de Madrid, otras de Burdeos o París. De esto me enteré yo en mi niñez; pero él nunca me dijo nada, y aunque a veces aludía vagamente a mis padres, dándome a entender que existían, y que yo podría conocerles andando el tiempo, jamás me habló concretamente de asunto tan delicado. Sin duda, no se creía con facultades para hacerme tal revelación; o tal vez aguardaba a que yo cumpliese determinada edad. No sé, no sé, amigo Hillo... Mis confusiones son ahora las mismas que hace algunos años. Quizás, si mi padrino viviera, ya habría cesado mi ignorancia de cosa tan importante; quizás...»

—Permítame... Entre paréntesis... —dijo don Pedro, que ponía profunda atención en el relato—. Una pregunta: ¿en aquel tiempo recibía usted también favorcitos misteriosos de la *mano oculta*?

—En tiempo de mi padrino, jamás. En París, una vez sola. Ya llegará oportunidad de contarlo... Seguiré con método.

—Permítame otra pregunta: ¿ese señor murió de repente?

—Sí... De un ataque apoplético. No le dio tiempo a nada.

—Claro... Si hubiese tenido tiempo, lo natural y lógico era llamarle a usted... Decirle: «Hijo mío, tal y tal...»

—Su muerte fue para mí un golpe tremendo. Parecíame que se acababa el mundo, la humanidad; que yo me veía condenado a soledad eterna, a un desamparo tristísimo... Aquel santo hombre era para mí la única y total familia, el maestro, el amigo, el inspirador de todos mis pensamientos, guía de todos mis actos... Dejome un horrible vacío...

—Dispense... Otra pregunta: ¿no tenía el buen don Narciso, como es uso y costumbre en la clase de curas, alguna familia de sobrinas, amas?... ¿o es que vivía enteramente solo?

—Tenía una hermana más vieja que él, Doña María del Socorro, que le llevó tres años por delante en el morir; buena señora, aunque algo regañona y descontentadiza, y un hermano que no vivía en Vera... Muerta Doña María, siguieron gobernando la casa una sobrina, que al poco tiempo casó con uno de Fuenterrabía, y dos antiguas criadas de la familia, que aún sirven al sucesor en el curato, un sobrino segundo, llamado Avelino, buen muchacho, pero que no es ni la sombra de su tío... No nacerá otro don Narciso Vidaurre, el santo, el justo, el sabio, el discreto, el...

VIII

Nueva interpelación de don Pedro, que impaciente quería profundizar en el hermoso asunto, para llegar pronto a la verdad. «Perdóneme otra vez, Fernandito, si le interrumpo. ¿Ese señor cura no se señaló, como todo el clero navarro, por la adhesión a las ideas y a la persona de don Carlos María Isidro?»

—Verá usted... Mi padrino, hombre de acendrada religión, manifestaba despego a los revolucionarios y jacobinos... Del 14 al 20 simpatizó con los realistas, por lo cual le tuvieron entre ojos las autoridades de los *tres años*. Poco antes de la entrada de Angulema, tuvimos que salir de Vera y refugiarnos en Cambo. Pero a principios del 24 ya estaba mi padrino en su parroquia, y entonces le ofrecieron la canonjía de Pamplona, que rehusó. Desde el 24 hasta la muerte del Rey, se abstuvo de manifestar con demasiada viveza sus sentimientos realistas. Debo decir también que el buen señor tenía relaciones con personas del bando liberal. Era muy amigo del general Mina...

—¡De don Francisco Espoz y Mina!

—Hacia el 22, comía en la Rectoral siempre que pasaba por Vera... También tenía don Narciso gran confianza con Eraso, el segundo de Zumalacárregui, y aun con este, en época anterior al carlismo, cuando Don Tomás era coronel de ejército. Sí, señor... ¡Pues tengo tan presente a Mina... le vi tantas veces en mi casa!

—¿Y con usted se mostraba cariñoso?...

—Como que monté a caballo más de una vez en sus rodillas. Me quería mucho... Me llamaba *petit caporal* y no sé qué... Ahora que recuerdo: también nos visitó alguna vez el conde de España.

—¿Y en las rodillas de ese también montaba usted?

—Creo que no. La época es más remota, y apenas me acuerdo.

—¿Y entre tantos generales no iban alguna vez generalas?... ¿No recuerda haber visto en la casa del cura duquesas o princesas...?

—Personas de tanta categoría... No sé... Como no fueran disfrazadas.

—Adelante. Murió el señor Cura, sin poder decir oste ni moste... y luego...

—El hermano de don Narciso vivía en Urdax, dedicado al tráfico de maderas. Este señor se encargó de mí. Honrado y cabal, no se parece nada a su difunto hermano: carece de instrucción, y es seco, adusto, sin delicadeza. Lo primero que hizo conmigo fue mandarme a Olorón para que siguiera mis estudios en un colegio. Allí viví unos meses en casa de un tal Maturana, habilísimo mecánico y armero, algo pariente y amigo íntimo de los Vidaurres. De pronto recibí órdenes de trasladarme a París a aprender prácticamente el comercio, pues al comercio quería dedicarme. Me mandaban acá y allá, sin darme explicaciones, y si alguna observación hacía yo, me respondían simplemente: «Manda quien manda.»

—Ya me habló usted de su viaje a París para entrar en la casa de Banca donde conoció a Mendizábal; dígame ahora cómo se le manifestó la *mano oculta* en aquella ciudad.

—Yo vivía con otro chico guipuzcoano, compañero mío de escritorio, en una modesta pensión del *faubourg* Poissonière. Un día me encontré en la mesa de mi cuarto una carta dirigida a mí. Dentro de ella había dos billetes de la *Banque de France*, que allí circulan como metálico. Total: doscientos francos, que me vinieron muy bien. No pude averiguar quién me había llevado la carta: ni en la casa ni en mi oficina supieron darme ninguna razón. Pero aquella vez el dinero no venía solo, sino con una cartita muy lacónica en que se me mandaba oír misa, al día siguiente, a las nueve en punto, en la iglesia de *Notre Dame des Victoires*. Naturalmente, fui, y nada me sucedió, es decir, nadie se me acercó a hablarme, como esperábamos mi compañero y yo, que creímos se trataba de una aventura vulgar.

—Si usted no vio a nadie, sin duda alguien a usted le vería... ¿Era ya en el reinado de Luis Felipe?

—Sí, señor. De repente, con la misma brusquedad con que fui enviado a París, llamáronme a Olorón, y allí estaba cuando se nos presentó Faustino Vidaurre, al parecer para tratar de negocios... Noté yo que él y Felipe Maturana se decían algo referente a mí, recatándose de que yo lo entendiera. Una mañana me notificaron que vendría pronto a Madrid, donde se me daría un destino en las oficinas del Gobierno, con sueldo bastante para vivir decentemente en esta capital. Yo me alegré, porque allí no hacía nada, y la holganza monótona de aquel pueblo me enfadaba, me ponía enfermo... Vi los cielos abiertos; me aventuré a pedir alguna explicación al hermano de mi padrino; pero no me dijo más que la frase sacramental: «Quien manda, manda.» Y Maturana agregó: «Llevarás tu viaje pagado, y algo para que puedas vivir un par de meses en un alojamiento arregladito. Ya puedes empaquetar tu ropa y tus libros...» Y como yo expresase alguna inquietud acerca de mis primeros pasos en esta villa, no teniendo aquí conocimientos ni trayendo carta de recomendación, Faustino me dijo: «Anda, anda, hijo, y no temas nada, que ya tendrás quien te ampare y mire por ti. Vete descuidado, que nada te faltará... Y no te mandamos tan desprovisto de apoyos y recomendaciones, pues además de los que allí te saldrán donde y cuando menos lo pienses, en Madrid tienes a nuestro primo Carlos Maturana, diamantista que fue de la Real Casa, y hoy comerciante en piedras preciosas. Ya le hemos escrito para que te preste algún socorro, si por acaso lo necesitares. Pero no esperes encontrarle en la Corte hasta los últimos de septiembre, porque ahora está viajando por el Norte de Italia, y tardará un mes lo menos en llegar a Madrid. Vive en la plaza de la Armería junto a Palacio.» Llegó el día de mi partida, y me despidieron muy conmovidos, como si no pensaran volver a verme. Tanto Maturana como Faustino y las mujeres de ambos, me dirigieron el último saludo con una extrañísima gravedad... vamos, con algo como demostración de respeto... No sé si me explico...

—Comprendido, comprendido... Es muy natural... ¿Y...?

—Ya, a eso voy. Dos días antes de mi salida de Olorón, se llegó por allí una señora muy estirada, con muchos moños grises alrededor de la cabeza, sombrero con cintas y encajes. Hablé con ella dos o tres veces, asombrándome de su instrucción, de su finura, de su conocimiento de la política, así francesa como española. La esposa de Maturana, persona también de excelente educación, francesa, hija de un librero de Foix, celebraba frecuentes encerronas con la dama desconocida. A esta la llamaban *Madame Aline*.

—¿Francesa?

—Pues mire usted que no lo sé... Habla correctísimamente el español, aunque con un ligero acento... No sé, me pareció catalán. Pues bien: esta señora fue la que me dio el encargo que tan soliviantados trae a nuestros patriotas. Tanto ella como Maturana me encargaron tuviese mucho cuidado de no entregar el paquete más que a la persona a quien viene dirigido. «Será muy difícil —me dijo madame Aline— que haya equivocación ni suplantación, si usted se fija bien en las señas que le doy. La señora en cuyas manos pondrá usted la cajita es jorobada.»

—¡Lo ve usted! —exclamó Hillo, dándose un fuerte palmetazo en la rodilla—. ¿Ve usted cómo acertaba yo cuando hablé del torbellino romántico? En el romanticismo desempeñan siempre un papel culminante los jorobados, o siquiera cargados de espalda, los tuertos, patizambos, y en general toda persona que tenga alguna deformidad visible. También figuran en él los tísicos, los locos y los que padecen ictericia.

—Jorobada —me dijo—, de sesenta años, y algo impedida de la pierna derecha.

—Bueno, bueno, bueno... Lo que digo: en pleno romanticismo. ¿Y qué nos importa? Mejor, más divertido: no nos faltarán emociones, sorpresas y... Corcovas... ¡Ay! Fernandito de mi alma, me equivocaré mucho si de todo esto no resulta una anagnórisis felicísima... Nada, nada, no hay que temer nada malo, sino una verdadera irrupción de bienes. Yo estoy contento, no sé qué me pasa. El bien ajeno no me produce envidia, sino una exaltación de cariño y entusiasmo por la persona favorecida. Así es que estallo de satisfacción, y me parece que esta noche he de atacar la cena con un apetito fenomenal. Adelante. ¿Falta algo?

—Sí señor: falta que usted conozca la clase de educación que me dio mi padrino; los sentimientos con que fortaleció mi conciencia; las ideas con que fue labrando mi criterio... Desde muy niño me acostumbro a mirar la moral excesivamente severa como base de una vida ejemplar. La moral rígida, según él, es un deber que impone la fe, y al propio tiempo una indudable ventaja para la vida. Me enseñó a abominar de la mentira, siendo en esto tan extremoso, que ni aun me permitía los embustes inocentes que son el encanto principal de la infancia. De amor al prójimo, de caridad y abnegación, no hablemos, pues esto, con solo su ejemplo, diariamente me lo enseñaba. Ponía un cuidado exquisito en que yo aprendiese desde muy niño a refrenar los deseos violentos, a no apetecer cosa alguna con demasiado ardor, a poner freno a las pasiones. Ya he dicho a usted que era un humanista de primer orden, y clásico ferviente, resultando armonía perfecta entre su gusto artístico y todos los actos de la vida, que iban siempre a compás, como sus pensamientos. De los modernos autores, Moratín era su ídolo. Se carteaba con él y con el abate Melon, y se sabía de memoria todas las poesías serias y festivas de don Leandro, así como sus traducciones de Horacio. ¡Cuántas veces le oí declamar con grave entonación aquel pasaje!:

¿De cuál varón o semidiós el canto previenes, alma Clío, en corva lira o flauta resonante?

La sátira «¿Quieres casarte, Andrés?» la repetía enterita, sin el menor tropiezo. Explicándome las bellezas de estas composiciones, me hacía ver cómo la poesía, para ser de buena ley, debe subordinar la inspiración al buen gusto y a la regularidad. Mas no quería que fuese yo poeta, y una vez que me sorprendió haciendo versos, me los puso en solfa, incitándome a que, en vez de expresar mis pensamientos con música y medida, cultivara la buena prosa, que, sin duda podía ofrecerme ancho campo al empleo de la inteligencia, así en la oratoria política, como en la forense, en la historia, en la filosofía, y en todas las artes liberales. Por Cicerón tuvo verdadera idolatría, y decía que era lástima fuese gentil un hombre que expresaba las ideas con tal perfección, dando al raciocinio la palabra más propia y más enérgica. Repetía la memoria pasajes del gran orador y filósofo; me los explicaba; me hacía ver su concisa elocuencia, la propiedad, el empleo exacto de las voces...

—Repetiría aquel pasaje: *Nihil agis, nihil moliris, nihil cogitas...*
—*Quod ego, non modo non audiam, sed etiam non videam...*
—Ejemplo admirable de lo que llamamos *climax*...

—Como usted comprende, me enseñó el latín a machamartillo, porque, según él, es el latín la madre de todas las enseñanzas, y única escuela segura del buen gusto. El latín, decía, no solo hace hombres eruditos, sino buenos ciudadanos, personas sociables, finas y amenas... Por último, para que usted se haga cargo de cómo formó mi carácter aquel gran maestro, recordaré las máximas que con tenacidad me iba claveteando, como si dijéramos, en la cabeza, y así verá el contraste que forma aquella enseñanza teórica con lo que después me ha traído la realidad. «Ajusta siempre tus acciones —me decía— a un plan lógico, dentro de la más estricta moralidad, y no te separes de él por nada ni por nadie. Puede que este sistema te ocasione alguna desazón pasajera; pero a la larga apreciarás y saborearás sus hermosos resultados... No confíes nunca en lo imprevisto; no esperes nada del acaso, y que tu conducta sea siempre lo que *debe ser*, lo previsto, lo estudiado, y en modo alguno dependa del *qué será*... No aceptes jamás cosa alguna que no sepas de dónde viene, ni te fíes de prosperidades fantásticas, que suelen volverse infortunios reales... Lábrate la dicha con tu trabajo, acostúmbrate a que tu bienestar sea obra de ti mismo, y no esperes nunca favores llovidos del cielo... No contraigas deudas, ni aun por mínima cantidad, y advierte que es preferible pedir una limosna a cargarte de obligaciones... Ama la regularidad, el orden, pues si no hay arte posible sin reglas, también está sujeto a cánones invariables el arte de la vida... Considera que lo que no hayas adquirido por ti mismo no es tuyo, sino ajeno, que si aceptas beneficios que no has ganado con tu esfuerzo, te verás ligado por la gratitud, y la gratitud puede torcer tu voluntad, y apartarte de la senda del deber rígido y estrictamente moral... En lo tocante a opiniones políticas, mantente siempre en el fiel de la balanza, y cualquiera que sea la bandería a que te veas afiliado, no hagas un dogma cerrado de tus creencias, ni niegues a la creencia de los demás el respeto que merece... Nunca te acalores en la vida pública ni en la privada; no seas fogoso en tus pasiones, que eso es vicio romántico, de que debes huir como de la peste; mantente siempre templado, dueño de ti, sereno y en disposición de sortear las vehemencias ajenas. Así dominarás, sin ser nunca dominado, porque el fiero se entrega al fin, y se rinde al flemático... En todos los negocios preséntate siempre de buena fe, situándote en posición derecha, frente a las intenciones del que ha de tratar contigo...»

—Pues esta máxima —dijo Hillo gozoso— corresponde a una de las principales reglas del toreo, que llamamos *situarse en la rectitud*... Adelante.

—Con que ya ve, señor don Pedro, cómo no corresponde la palpitante realidad a la norma de conducta que mi preceptor me enseñaba; y aquí me tiene usted sin voluntad propia, sometido a misteriosas manos que me gobiernan... Lo desconocido me rige, la imprevisión me guía... Estoy amenazado del descrédito de toda la doctrina que aprendí, y no veo manera de aplicar ninguna regla, porque todas están por el suelo, pisoteadas por el acaso, a quien pertenezco sin poder evitarlo.

—No es el acaso: es el supremo designio, hijo mío. Pero no te apures —dijo don Pedro, empezando a tutearle sin darse cuenta de ello, por una efusión de cariño que rápidamente invadía su corazón—. Considera que sobre todas las reglas está la realidad de la vida, y que no podemos desviar los acontecimientos de su natural curso, trazado por Dios. Tu padrino debió tener en cuenta el misterio de tu origen, antes de recomendarte que abominaras de lo desconocido. ¿Por qué no te reveló lo que sin duda sabía? O es que no sabía nada. De todos modos, hijo mío, tu existencia se balancea en el misterio, y el misterio ha de rodearte, y lo imprevisto te rondará por mucho tiempo, pese a toda la ciencia y a toda la bondad de ese don Narciso Vidaurre... ¿Qué resulta? Que tu padrino te quiso criar para lo clásico, sin considerar que eres romántico inconsciente, esto es, que a pesar tuyo el romanticismo te coge en su remolino furioso... Dispénsame que te tutee: siento hacia ti un profundo afecto. Te miro como un hijo; más propio será decir como hermano. Quiero compartir tus desventuras... Cuando lleguen... Seamos románticos; aceptemos la realidad, y pues esta es ahora tan buena, no le busques tres pies al gato, y date por muy contento con los bienes que llovidos caen sobre ti. Después vendrá la *anagnórisis*, y volveremos a lo clásico, al triunfo, a la apoteosis, que será coronamiento de tu destino. Sí, querido Fernando. Tu porvenir es hermoso; tú eres lo que no pareces... Serás grande, poderoso... Alégrate. Seremos amigos, grandes amigos; seremos hermanos. Y ahora, chiquillo, pues cae la tarde, vámonos despacio hacia nuestra vivienda, que la hora de la cena se aproxima, y yo, la verdad, con todo eso que me has contado, siento que se me avivan de un modo horroroso las ganitas de comer.

IX

Era verdad que don Pedro se sentía inflamado de un cariño sincero hacia el joven Calpena, afecto absolutamente desinteresado, pues no se arrimaba a su amigo con intenciones de parasitismo, viéndole en camino de doradas grandezas, sino que anhelaba guiarle por los senderos peligrosos que probablemente se abrirían ante él; aconsejarle, dirigirle, evitarle todos los escollos, para que gozase libre y desembarazadamente de los bienes que el cielo le deparaba.

No tardó Utrilla en rematar algunas, si no todas las piezas de ropa de que había tomado medidas. Dos pantalones, dos chalecos y una levita fueron entregados a los tres días de la prueba, y la terminación de lo demás se anunció para la semana próxima. Empezó por fin don Fernando a ponerse guapo y elegante, lo que con tal ropa, y los aditamentos de corbata, calzado, peluquería, etc., era cosa muy fácil en un joven a quien dotó la Naturaleza de airosa figura, hermoso rostro y modales finísimos *a nativitate*. Hillo le contemplaba embobado, viendo en él un perfecto tipo de raza aristocrática. El propio duque de Osuna, don Pedro Téllez Girón, no le aventajara, ni los agregados de la Embajada inglesa.

Desde que tuvo ropa fue incitado por su amigo a frecuentar los teatros. Hillo no le acompañaba por causa de su ministerio sacerdotal. Fea cosa era ir a los Toros; pero más disculpable para un clérigo que el teatro, por celebrarse las corridas en pleno día y no ser preciso en ellas descubrirse la cabeza, exponiendo a la befa popular la ungida corona. Con todo, buenas ganas tenía de colarse una noche en la cazuela, disfrazado, para ver en el patio a Fernandito, y sorprender el efecto que causaba en la concurrencia. Contentábase con verle vestirse y acicalarse, y poner en sus manos el sombrero y bastón cuando salía. Aunque el niño volviese tarde, don Pedro no se acostaba hasta que le veía entrar, y allí eran sus preguntas: «Qué tal, hijo, ¿te has divertido mucho? ¿Has dado golpe? Apuesto a que todos los lentes, y esos anteojos que llaman gemelos, se han dirigido a tu gallarda persona.»

En el Príncipe daban *Norma*, cantada por la señora Oreiro de Lema y el señor Unanúe. En la Cruz, *La joven reina Cristina de Suecia*, traducida del francés. Así de las obras como de la ejecución, pedía el clérigo a su amigo noticias prolijas, y el chico se las daba, advirtiendo la absoluta ignorancia teatral del buen señor, que no había visto nunca más pieza que *El mágico de Astrakán*, allá en Zamora, siendo él una criatura.

Menudeaba Calpena sus asistencias al Príncipe y viéndole tan aficionado, decía don Pedro: «¡Cómo se conoce que nos salen novias a docenas!... La suerte es que este chico se pasa de prudente y avisado, y no le atrapará ninguna de esas culebronas que...»

Dígase, para explicar la confusión que seguía presidiendo los destinos de don Fernando Calpena, que a fines de septiembre nadie había ido a recoger el misterioso encargo traído de Olorón; que una tarde llegó carta anónima, no llevada por *Edipo*, sino por persona desconocida que la dejó en la puerta, y que algunas noches, al volver Fernando del teatro, creía que le seguían dos personas buscándole las vueltas y espiándole los pasos. La carta no traía dinero: estaba escrita por mano nada premiosa, menudito el trazo, la gramática bastante correcta, y solo contenía lacónicas advertencias y admoniciones cariñosas: «Mira, niño: los guantes amarillos son de más *distinción* que los blancos... También te digo que no es del mejor tono aplaudir en el teatro tan estrepitosamente, sobre todo a medianos artistas... Por más que tú creas otra cosa, a juzgar por tu entusiasmo, la Ridaura no hace nada de particular en su parte de Adalgisa... Oye, niño: que vayas a misa al Carmen Descalzo, a las nueve en punto, y procura no estar en la iglesia tan distraído. A la iglesia no se va a mirar a las muchachas, sino a rezar con devoción... —P. Don Cuando se te acabe el dinero, te pones en misa la corbata escocesa, usando la negra para anunciar que lo has recibido.»

«Observaciones son estas —decía Hillo radiante de satisfacción— atinadísimas. Mi leal opinión es que no debes ponerte la corbata escocesa sino cuando tengas verdadera necesidad de nuevas remesas de metálico. No hay que abusar, hijo.»

La gran sorpresa cayó, como chispa del cielo, una tarde, al volver Méndez de su oficina. Traía un pliego de oficio dirigido a Calpena, y al ponerlo en sus manos, le dijo: «Esta comunicación fue entregada al portero mayor para que indagara las señas. Corrió entre nosotros de mano en mano, hasta que vi el nombre... ¡Qué casualidad! "¡Pero si le tengo en mi casa!". Ábralo usted pronto, que, si no me engaño, es nombramiento.»

Calpena se quedó frío de estupor. Don Pedro, como el que sueña despierto, exclamó: «¡Credencial! Será cuando menos de Administrador de Tercias Reales, o de Colector del Noveno y Medias Annatas.»

Abierto el pliego, resultó contener un nombramiento de Oficial de la Secretaría de Hacienda, con doce mil reales: firmaba *Mendizábal*. Un tanto desconcertó a Hillo el ver que la nueva dádiva, parabólicamente arrojada por *la mano oculta* sobre aquel venturoso mortal, no correspondía, con ser grande, a las hipérboles que soñara la desbocada fantasía del clérigo. Pero reflexionando en ello, no tardó en conformarse y dijo: «Para hacer boca no está mal. Pocos serán los que empiecen así. Papilla de doce mil reales no se da ni a los hijos de los ministros. Y aquí estoy yo, pretendiendo hace catorce años una triste cátedra con seis mil, sin que hasta la presente... Pero no importa... Con que, hijo, alégrate y toca las castañuelas, que por lo que veo, el mundo es tuyo. Oye: que no pasen dos días sin ir a tomar posesión y a darle las gracias al señor de Mendizábal.»

Ni contento ni triste, sino fluctuando entre sus sombrías inquietudes y el gozo retozón de su vanidad halagada, Calpena contestó que no pondría los pies en el Ministerio sin dar antes un paso que su decoro exigía y su ardiente curiosidad reclamaba. Empleó la mañana siguiente en la diligencia de buscar al llamado *Edipo*, lo que no le fue difícil recorriendo oficinas y retenes policiacos; pero el tal no le dio ninguna luz. No era más que un simple *intromedario*: llevaba los mensajes sin conocimiento de su procedencia; le llegaban de segunda mano, o sea por órdenes de su inmediato jefe, el señor don Manuel de Azara. Sin pérdida de tiempo echose don Fernando a buscar a este; solicitó audiencia, que le fue concedida, después de largos plantones, al anochecer del día siguiente, y encontrose frente a un hombre extraordinariamente calvo y con el bigote teñido, que le escuchó benévolo y un tanto malicioso; pero sin dar lumbres. Aseguró que de la credencial no tenía la menor noticia, y que de la remesa de encarguitos, así como de la preparación de aposento, no podía revelar cosa alguna por habérsele impuesto reserva *bajo pérdida de destino*... «Y francamente —dijo al terminar—, no hay más remedio que defender la plaza como se pueda, mayormente cuando a uno le tienen entre ojos por ser criado a los pechos de don Tadeo Ignacio Gil... Gracias que Olózaga me considera y está contento de mí... En una palabra, caballerito, no me pregunte usted nada, porque no he de responderle. Precisamente el señor Subdelegado me estima, como he dicho, porque no hay quien me iguale en el don de silencio. Y si me permite usted darle un consejo, le diré que aprenda cosa tan fácil, poniéndose a ello, como es el callar. Lo difícil, señor mío, es callarse cuando a uno le pegan; pero callarse cuando le miman y regalan... ¡qué cosa más fácil! Créame a mí: déjese llevar, déjese querer...»

No muy satisfecho, aunque resignado con la cómoda filosofía del polizonte, se volvió a su casa don Fernando, y antes de poder contar a Hillo la reciente entrevista, recibieron ambos una nueva sorpresa: carta del misterioso corresponsal, que decía:

«Tontín, aunque Mendizábal recuerda al jovenzuelo que le sirvió de amanuense en el hotel *Meurice*, en París, no le hables de tal cosa cuando le veas, que le verás. No le pidas audiencia para darle las gracias: él te llamará. Adúlale un poquito, que le gusta, y si trabajases algún día en su despacho particular, no te muestres cansado, aunque te tenga diez o doce horas con la pluma en la mano, que le entusiasman los incansables, como él.

»No faltes el sábado, en el Príncipe, al estreno de *Los hijos de Eduardo*, traducido de Delavigne por el tuerto Bretón. Dicen que es cosa buena. Y si repiten el *Don Álvaro*, de Angelito Saavedra, no dejes de ir a verlo. Ya sé que el viernes pasado estuviste en el cuarto de Florencio Romea, donde conociste a Ventura de la Vega. Ándate con tiento en frecuentar cuartos de cómicos: fácilmente pasarás de los cuartos de ellos a los de ellas... y esto no me gusta.

»Con perdón del señor Utrilla, la levita verde no te ha quedado bien. Hace unas arruguitas en la espalda, que no aumentarán la fama del primer sastre de Madrid. Que te la vea puesta, y mándasela después para que te la arregle. De paso te encargas un *surtout* color barquillo, y que te lo hagan pronto, que las noches ya refrescan; pero no tanto que te pidan capa... Los mejores guantes son los de Dubosc, y las mejores camisas las de Fernández, Calle del príncipe. El reloj que tienes, regalo de tu padrino, está pidiendo sucesor. Además de que es feísimo, se atrasa que es un gusto, y así llegas tarde a todas partes. Ya veremos de darle jubilación. Pero no lo vendas ni lo des a nadie: guárdalo siempre como recuerdo de cuando don Narciso te tiraba de las orejas por no saber los latinajos.

»Bobillo, no te entretengas más de una hora en el *Café Nuevo*, y mira con quién te juntas, y a qué tertulias te arrimas. Cuidadito con Larra, que tiene más talento que pesa; pero es mordaz y malicioso. Si vuelves al Parnasillo, busca la amistad de Roca de Togores, de Juanito Pezuela y de Donoso Cortés... Con Espronceda y otros tan arrebatados, *buenos días y buenas noches*, y nada de intimidades... Suscríbete a *La Abeja*, lee *El Español*, y hazle la cruz a *El Eco del Comercio*.

»Adiós. El domingo, a misa de once, en las Niñas de Leganés.»

Suspiró Calpena al acabar la lectura, y don Pedro, echando lumbre por los ojos, dijo: «Ya no me queda duda de que es una dama. ¡Y qué cariñosa ternura, qué purísimo y entrañable afecto!...»

—Lo que yo creo —observó el joven— es que vivo espiado dentro y fuera de casa, pues la desconocida persona que me escribe sabe todos mis pasos, observa las arrugas de mi ropa, y se entera de cuándo se me atrasa el reloj.

—¿Y qué te importa, tontín? ¿Qué mayor dicha para un joven honesto que tener quien así cariñosamente le vigile, designándole los buenos caminos y apartándole de los atajos peligrosos? Ahora no hay que pensar sino en presentarte en el Ministerio, tomar posesión y ponerte al habla con el grande hombre, con ese gaditano londonense, negociante antes que político, a quien yo tenía entre ojos; pero me va gustando, ya me va gustando. Al darte la credencial demuestra que no es rana... Ya ha olido el hombre que tú vas para personaje; que cuando tengas la edad serás Procurador, Prócer o lo que te dé la real gana, y el muy tuno quiere atraerte con tiempo, llevarte a su lado, hacerte de su partido...

Meditabundo, Calpena no siguió a don Pedro en sus apreciaciones optimistas. Casi toda la noche la pasó en vela, asaltado de una fiebre inquisitiva, revolviendo en su mente los claros recuerdos de su niñez, busca por allí, husmea por allá, evocando memorias de rostros, frases o reticencias de don Narciso, o de alguien de su familia; mas en ningún repliegue del pasado vislumbró hilo que le guiara por aquel laberinto en cuyo seno misterioso se ocultaba la verdad. Tampoco Hillo durmió aquella noche con el dulce sueño que su pura conciencia ordinariamente le permitía. Viva excitación cerebral le tuvo en vela, y allí era el lanzarse a un desenfrenado juego de acertijos, admitiendo y desechando hipótesis. «Esto no lo hace más que una madre —se decía—. Y que esa madre es persona de alta posición, no puede menos de admitirse. Bien claro está: riquezas hay; nobleza también. No me falta más que el nombre para llegar a la completa solución del enigma. Luego viene el otro problema: el papá. Por San Dionisio Areopagita, esta sí que es gorda. ¡Dios mío, el padre...! No sé por qué me ha dado en la nariz tufo de sangre real... Sí, sí. Tiene mi Fernandito en toda su persona un sello de majestad, de grandeza de estirpe, que no deja ninguna duda, no señor... Por la fisonomía, nada saco en limpio... Como narigudo, no lo es; ni tiene el labio inferior echado para afuera... Por tanto, no parece...»

Dormido al fin, soñó con las más estrafalarias anagnórisis que es posible imaginar, y al amanecer despertó sobresaltado con una idea, que en su cerebro como ladrón furtivamente se introdujo, hallándose en ese estado neblinoso que separa el dormir del velar. «Ya, ya lo acerté —dijo a media voz incorporándose en la cama—. Es... De Napoleón y de... No será difícil descubrir una duquesa o marquesa que...»

Media hora después, camino del Carmen Descalzo, donde celebraba, volvía en sí de aquella aberración, razonando de este modo: «No... porque, bien mirado, no tiene el tipo de los Bonapartes... Digo, me parece a mí. Yo no he visto a ningún Bonaparte, como no sea en estampa, porque a Napoleón I, por más que corrimos tras él los muchachos, el día siguiente de la batalla de Astorga, no alcanzamos a verle... No vimos más que un bulto... El bulto de un jinete, a lo lejos, por el camino de Otero... Al Rey Botellas tampoco le eché la vista encima... Solo por las pinturas se hace uno cargo de la fisonomía de aquellos señores... No, no, esto es un delirio. Ni aun quitándole el bigote al niño, y engordándole mentalmente, encontraríamos el aire de familia... ¡Qué demonio!... Esperemos, y Dios lo dirá.»

X

Uno de los primeros días de octubre, a los veinte próximamente de su llegada a la Corte, inauguró Calpena su vida burocrática, presentando su credencial en la Secretaría de Hacienda (plazuela de Ministerios), y tomando posesión de su destino. Tocole de jefe de Sección o *Mesa*, un don Eduardo Oliván e Iznardi (no tenía nada que ver con don Alejandro Oliván, entonces redactor de *La Abeja*, ni con don Ángel Iznardi, redactor de *El Eco del Comercio*). Hechura de don Luis López Ballesteros, respetado por Cea Bermúdez, y por Toreno, bien agarrado en todos los Gabinetes por sus excelentes relaciones, era un señor bueno como el pan, sencillo como una codorniz, afable, angosto de cerebro, y tan ancho de conciencia burocrática, que en ella cabía, y aun sobraba conciencia, la libertad anchurosísima de sus subordinados. Su llaneza patriarcal parecía olvidar las jerarquías, alternando amigable y democráticamente con los inferiores en la tarea deliciosa de leer *El Español*, *El Eco* y *La Abeja*, fumar cigarrillos, repetir y comentar todo lo que en Madrid se hablaba de política y literatura, echando de vez en cuando una plumada a los expedientes, por vía de distracción, y sin suspender la grata tertulia. Cada cual salía y entraba en aquella bendita oficina a la hora que mejor le cuadraba. Eran cinco los funcionarios, con Calpena seis, repartidos en tres mesas, con la del jefe cuatro, de distinta hechura y edad, si bien todas representaban una antigüedad venerable. Dígase que la tinta era excelente, hecha en la casa; las plumas de ave; los tinteros de cobre, y que sobre las bayetas verdes y los mugrientos hules se extendían los negros polvos de secar, formando en algunos sitios verdaderos arenales. Inauguraba el bueno de Oliván su trabajo cortando plumas, en lo que ponía exquisito cuidado y habilidad, pues su gala era esto y la rúbrica que echaba en las firmas, no menos rasgueada y pintoresca que la de un escribano. Mientras duraba el corte hablaba con los madrugadores, o sea los que recalaban por allí de diez y media a once; les refería incidentes o sucedidos de su familia, gracias y travesuras de sus niños; les oía contar algo de Teatro y Toros, alguna mujeril aventura, y así se pasaba el tiempo hasta las doce, hora en que le traían a Don Eduardo su almuerzo. Sobre las bayetas arenosas extendía una servilleta, y se comía su tortilla de patatas y su chuletita de ternera. Salían y entraban los mozos de café con servicios para el jefe y algunos subalternos, y en tanto, el que no tomaba café, hacía caricaturas; otro escribía versos, y el de la última mesa las cartas a su novia. Luego se trabajaba un poquito, mientras uno leía en voz alta *El Español*, para que los demás se enterasen. El jefe solía pasarse a la Sección próxima, donde había otro jefe que *veía largo* en política, y anunciaba con seguro vaticinio todo lo que iba a pasar. Más tarde descansaban, fumando un cigarrillo. Don Eduardo recibía cortésmente a las personas que acudían al despacho de algún asunto, y para hacerles ver la actividad que allí se desplegaba, les ponía ante los ojos rimeros de papeles que debían pasar pronto a la Sección correspondiente, y otros rimeros de papeles que acababan de llegar, después de lo cual les prometía no detener los expedientes más que el tiempo necesario para *el concienzudo examen de los mismos*. Luego se limpiaba el sudor de la calva, y contaba a sus subalternos lo que el otro jefe de Sección le había dicho: que todo iba muy bien; que la quinta de cien mil hombres daría un resultado maravilloso, y que no había duda de que Istúriz y Galiano apoyarían incondicionalmente al señor Mendizábal en el Estamento próximo. No se podían dar las mismas seguridades de López y Caballero, y Toreno y Martínez de la Rosa no saldrían de su pasito *moderado*. Había, pues, situación Mendizábal para un rato, y se verían realizadas las reformas que el grande hombre había prometido en su famosa exposición a la reina. Pero la noticia culminante era que la Milicia urbana se reorganizaría, tomando el nombre sonoro y magnífico de *Guardia Nacional*. «Todo será *a estilo de Francia* —concluía don Eduardo—; y lo mejor es que a los milicianos de Madrid y su provincia se nos da carácter de ejército regular, formando con nosotros una división mandada por un jefe superior, y bajo la inspección de un general... Por eso ha dicho San Miguel que seremos el ángel custodio de las instituciones.»

No siempre hablaba de lo mismo, aunque era muy dado a la repetición de conceptos, vicio que los retóricos llaman *batología*. «¿No saben? Se suprimen las *cartas de seguridad*, esa rémora, señores, para la gente honrada que tiene que viajar de un punto a otro. Yo soy partidario de que se *corten abusos*. Los que han viajado por el extranjero nos dicen que estamos en el siglo XV, y francamente, yo quiero pertenecer a *mi siglo*... Seamos todos de nuestro siglo, entrando por el aro de las grandes reformas... Otra de las buenas noticias es que se suprimen *las pruebas de nobleza* para ingresar en los establecimientos científicos, ora civiles, ora militares... Realmente, semejante ranciedad era un resabio de la Edad Media. Ábrase la enseñanza para todo el mundo y dese al mérito ancho campo. ¡Abajo la Edad Media!... Créanlo ustedes, en este particular estoy de acuerdo con Caballero y los de *El Eco*; nada más que en este particular, pues opino, como él, que la *demo... Cracia*, así se dice, la *democracia* exige que el pueblo se ilustre. Yo soy partidario de la ilustración del pueblo, como soy partidario de que el pueblo sea moral, y de que los empleados trabajen... Mi sistema es: pocos empleados, pocos, pero bien pagados.»

Dichas estas cosas, y otras de igual transcendencia y filosofía, el jefe bromeaba un poco con sus subordinados: con éste por si la novia le daba calabazas; con aquél por si era alabardero en los teatros; con el otro por si le sudaban tanto las manos, que toda la arenilla se le quedaba pegada en ellas, y obligaba a *la casa* a frecuentes reposiciones de aquel material. Luego les recomendaba benévola y paternalmente que no dejasen el papelorio esparcido sobre las mesas, y él mismo daba el ejemplo recogiendo legajos y metiéndolos en una alacena donde tenía botellas vacías o medio llenas, el *Diccionario geográfico* de Miñano, confundidos sus tomos con los de novelas y viajes, entre estos el de *Enrique Walson al país de las Monas*. «Yo soy partidario —decía—, de que haya orden en las oficinas, para que el trabajo se haga como Dios manda, y cada cual encuentre lo que necesita para el pronto despacho de los asuntos...» Con esto se aproximaba la hora feliz de poner punto en las faenas del día: los sombreros parecían alegrarse en lo alto de las perchas, viendo próximo el instante de que sus dueños lo cogieran para echarse a la calle. «Vaya, ya es hora, ciudadanos —decía don Eduardo, atusándose los mechones laterales, y cubriéndose con pausa y solemnidad, como si su calva fuese una cosa sagrada que reclamaba el respeto de la protección sombreril—. Me parece que hemos trabajado bastante. Hasta mañana.»

Si la tarde era plácida, se iban de paseo, y si lloviznaba o hacía frío, al café, donde con charla sabrosa de literatura, de política o de cosas mundanas, reducían a polvo el tiempo hasta la hora de cenar. Que Calpena se aburría en la oficina, no hay para qué decirlo. Desde su iniciación burocrática no había hecho más que extender algunos oficios y copiar dos o tres estados de recaudaciones. El jefe le consideraba, presumiendo en él una superioridad aún no bien manifiesta, pero que lo sería pronto; y los compañeros le mostraron afecto y fraternidad, más admirados que envidiosos de su buena ropa. Ya era cosa corriente en las oficinas ver entrar niños bonitos, con sueldos desmesurados, y que no iban más que a cobrar y a distraerse un rato; hijos o sobrinos de personajes, que de este modo arrimaban una o más bocas de la familia a las ubres del presupuesto. Los empleados, que lo eran por oficio y medio de vivir, se habían acostumbrado a la irrupción de señoritos, y alternaban gozosos con ellos, esperando hacer amistades que *en su día* valieran para el ascenso, o para la reposición en caso de cesantía. En la Sección de Calpena todos los funcionarios eran de peor pelaje que él: alguno pasaba de los cincuenta años y solo disfrutaba ocho mil reales, vestía ropa vuelta del revés y apenas paseaba, por no romper botas; otros conservaban aún trajes provincianos, estirándolos cuanto podían, y no faltaba quien vistiese regularmente por el sistema económico de no pagar al sastre. Sobre todos descollaba Calpena, no solo por su elegancia y buena figura, sino por su saber de cosas extranjeras, y su rumbosa generosidad en el pago de cafés y refrescos después de la oficina. Con uno de sus colegas, extremeño, envejecido prematuramente y seco como un esparto, habitante en una casa de huéspedes de ínfima categoría, parroquiano fósil de diferentes cafés, hizo amistades, seducido por la sabrosa erudición que ostentaba en cosas y personas de Madrid. Muchas tardes iba con él al *Nuevo*, y se le pasaban mansamente las horas oyéndole contar anécdotas que parecían mentira siendo verdades, y embustes que resultaban perfecto simulacro de la verdad. Por Serrano (que así se llamaba) supo Calpena que su jefe, don Eduardo Oliván, era un hombre desgraciadísimo en su vida doméstica, aunque no conocía, o aparentaba no conocer su propia desgracia. La paz que en su hogar reinaba era la proyección de su mansedumbre, virtud con la cual adquirido había una triste celebridad. Ponderó Serrano la seductora hermosura de la mujer del jefe, y algo dijo también de su familia, muy conocida en Madrid. Se la veía muy a menudo en teatros y paseos, fingiendo una posición que no tenía, alternando con personas cuya riqueza consistía en bienes raíces, o en rentas que estaban a la vista de todo el mundo. Las de aquella buena señora eran un tanto enigmáticas. «Si quiere usted más detalles, pídaselos al hoy general en jefe del ejercito del Norte, don Luis Fernández de Córdoba. Los sucesores de este son de menor categoría militar y civil. El último que ha caído en las redes de nuestra *jefa* es ese capitán de artillería... Escosura, Patricio de la Escosura... ¿No le conoce usted? De seguro que sí. En el Príncipe le tiene usted todas las noches. Es el que retrató Bretón en el *Don Martín* de la Marcela.»

—No sabía que los tres amantes de Marcela fueran retratos.

—Bien se ve que no está usted aún familiarizado con nuestra sociedad... Pues el *Don Amadeo* es Pezuela, y el *don Agapito* el chico de Clemencín.

XI

—Una de estas noches, amigo Serrano —dijo don Fernando—, va usted a venir conmigo al Príncipe, para que me diga los nombres de todas las señoras que veamos en los palcos. En el tiempo que llevo aquí, he hecho algunas amistades, pocas; hace unas noches me llevaron al cuarto de Florencio Romea; en el teatro he conocido a Ventura de la Vega y a Mesonero Romanos. El señor a quien debo este conocimiento me le presentó días pasados en la calle de Alcalá mi compañero de casa don Nicomedes Iglesias. ¿Le trata usted?

—¿Cómo no?... Iglesias... hombre de mucho talento, de gran porvenir...

—Pues me presentó a ese... ¿cómo se llama? Alonso... Juan Bautista Alonso, con quien me encontré después una noche en la segunda fila de lunetas, y charlamos algo de literatura. Por él he conocido a Vega, he hablado con Larra, y he saludado a Espronceda en el café Nuevo y en el Parnasillo...

—Alonso es poeta y un buen periodista... Chico que vale. Será ministro... ¿Y no ha querido catequizarle a usted para la sociedad *Los Numantinos*?

—A mí no... Ni yo gusto de meterme en esas cosas, ni la vida política me seduce.

—A mí... Sí... pero no puedo consagrarme a ella, por...

Acometido de una tos violentísima, parecía que se ahogaba. Amoratado y convulso, faltábale poco para echar los bofes y escupir el alma. «Con esta maldita tos —dijo cuando se fue sosegando, y se limpiaba de babas, mocos y lágrimas el encendido rostro—, ¿cómo quiere usted que sea uno político y orador?... Mi naturaleza es émula de mi bolsillo en el agotamiento, en la extenuación... No me forjo ilusiones de vivir el año que viene: estoy tísico pasado.»

Trató de consolarle Calpena, con más lástima que convencimiento, porque en verdad la flaqueza y el color cadavérico de su amigo invitaban a entonar el responso. No espantado de la muerte, o echándoselas de valiente, hablaba Serrano de su próximo fin con entereza estoica un poquito afectada. Era moda entonces morirse en la flor de la edad, tomando posturas de fúnebre elegancia. Habíamos convenido en que seríamos más bellos cuanto más demacrados, y entre las distintas vanidades de aquel tiempo no era la más floja la de un fallecimiento poético, seguido de inhumación al pie de un ciprés de verdinegro y puntiagudo ramaje. «Estos pobres huesos —prosiguió Serrano— están pidiendo la mortaja. Le diré a usted, en confianza, que es de tanto sufrir y de tanto gozar... Mi vida, si yo la contara, sería la más interesante de las novelas. Mis años, por el mucho y precipitado vivir, parecen siglos... ¡Y que llegue uno al borde de la tumba con ocho mil reales!... En fin, doblemos la hoja triste... ¿Me decía usted que desea ir conmigo al teatro para que le dé a conocer a todo el personal masculino y femenino que veamos en palcos y butacas? No podía usted encontrar, ni buscándola con candil, persona más para el caso, porque como de algún tiempo acá no tengo nada que hacer (en la oficina ya ve lo que trabajamos), me dedico a conocer *de visu* a todo el mundo y a la averiguación de vidas ajenas... Soy un Plutarco para esto de las vidas, y las hago también paralelas. Sabrá usted los nombres y las historias, amigo mío, que aquí no hay nadie que no tenga su historia... y las hay de oro. ¡Con decirle a usted que la de nuestro esclarecido jefe es de las más inocentes...!»

—¡Caramba!

—¿Y lo duda? ¿De qué dehesa viene usted?

—¿Dónde hay más historias, en las clases altas o en las medias?

—En todas; pero las de las altas son más bonitas, más profundamente depravadas. Yo las conozco al dedillo, y en pocas noches le daré la instrucción suficiente para que no pase por cándido el día que se introduzca en la sociedad.

—¿Pero no se exime nadie, galán ni dama, del oprobio de esas historias? ¡Por Dios, Serrano...!

—Nadie... Todo el mundo tiene historia. Por lo común no hay persona bien vestida que no lleve consigo su misterio: este misterio es algo que no debe saberse, y, sin embargo, se sabe, porque fíjese usted... Nada es aquí tan público como las cosas secretas... En fin, por tener todo el mundo historia, hasta usted la tiene, usted, querido Calpena, que acaba de llegar a Madrid; y antes de dar los primeros pasos en las tablas del teatro social, ya nos indica que trae buen papel en la comedia.

—¡Yo! —exclamó Calpena palideciendo—. ¡Pobre de mí! ¡Si no soy nadie!

—Los que empiezan no siendo nada, suelen acabar siéndolo todo.

—Bueno. Pues si alrededor mío hay una historia y usted la sabe, amigo Serrano, ¿tendría inconveniente en contármela?

—Inconveniente, ninguno... pero la tos... ya ve... No puedo hablar... Me ahogo...

Aguardó Calpena a que el golpe de tos se calmase, y cuando hubo pasado, aún tuvo que esperar más tiempo, porque el infeliz tísico se quedó un rato sin respiración, los ojos inyectados, la frente sudorosa, las manos trémulas...

—Pues sí... Esta maldita tos no me deja vivir... Si yo no tosiera, sería orador, créame usted... Pues no hay que tomar a mala parte esto de las historias. ¡Tan joven y ya protagonista! Si he de ser franco, no puedo aún decir a usted cosas concretas...

—¿Pues no asegura que lo sabe todo?

—Todo no. Es muy pronto todavía, y aún son pocas las personas que se han fijado en el joven Calpena... Lo que yo he oído no es ofensivo para usted, ni mucho menos.

—Sea lo que quiera, debo saberlo.

—La tos otra vez... Me ahogo...

—¡Demonio! ¿Por qué no toma usted pastillas? Yo se las traeré de la botica más próxima.

—No... gracias... Es inútil. Las he tomado de todas clases, sin sentir el menor alivio.

—Ya pasa... ya puede hablar.

—La verdad, amigo mío, a usted se le tiene en estudio. Solo he oído formular preguntas, aventurar alguna hipótesis... Conjeturas, presunciones... qué será, qué no será...

—¿Nada más que eso? Pues soy, respecto a mí, el primero de los curiosos investigadores, y yo pregunto también: «¿quién soy?... Calpena ¿quién eres?»

—¿Pero usted no lo sabe?...

Comprendiendo que había ido demasiado lejos en la expresión de sus dudas, don Fernando se enmendó diciendo: «Sé quién soy; pero en la vida de todo hombre, por clara que aparezca, hay siempre incógnitas que resolver.»

—¿De modo que no sabe usted todo lo que le concierne?

—Hombre, todo, todo precisamente, no.

—Pero sí sabrá quién le recomendó para la plaza que hoy ocupa en el Ministerio.

—Juro a usted que lo ignoro.

—Las recomendaciones toman en este país giros muy extraños, y ofrecen a veces concomitancias increíbles. A mí, para que me dieran la plaza mísera que tengo, me recomendó la persona más opuesta a mis ideas, don Antonio Zarco del Valle, a quien interesé por el ama de cría de uno de sus niños. Por un empleado del personal he sabido que en el libro donde constan los padrinos de cada empleado, figura usted como hechura y ahijado del propio Mendizábal, lo que nadie extrañará, porque bien podría el ministro ser amigo, deudo de su familia de usted.

—No lo es. Ese señor no tiene ningún motivo para interesarse por mí.

—En tal caso habrá recibido cartas expresivas de personas a quienes no puede negar un favor de esta clase. Por indiscreción de un amigo de la secretaría particular, puedo... No afirmar, ¡cuidado!, sino sospechar... Con vehementes indicios de acierto...

Sobresaltado y ansioso, aguardaba el otro la terminación del concepto. Un amago de tos determinó pausa expectante, que a Calpena le pareció un siglo. Por dicha, no fue más que amago, y Serrano pudo decir claramente: «Si se empeña usted en oírme lo que sabe... ¡vaya si lo sabe!... le diré que debe su plaza a la duquesa de Berry...»

Pausa... Solo se oía el áspero ronquido que salía del pecho de Serrano. El estupor de Calpena acabó por resolverse en una risa nerviosa, que lo mismo podía ser de regocijo que de burla.

«¡La duquesa de Berry!... ¿Está usted loco? ¿La esposa del príncipe asesinado a la salida de la Ópera, hijo de Carlos X...?»

—Justo... Carolina de Nápoles, hermana de nuestra reina gobernadora Doña María Cristina.

—¿Y esa señora es la que figura como...?

—No figura en el libro de recomendaciones; pero por referencias, por indicios de secretaría, sé yo...

—¡Locura, delirio! —exclamó Calpena levantándose, como hombre que quiere poner fin por la ausencia a una conversación enfadosa.

—Si usted me probara eso... —indicó Fernando, fingiendo indiferencia.

—¿Prueba?... ¡Oh!... Me remito al gran demostrador de verdades, el tiempo...

—Pero ¿cómo es posible...? ¿Qué tiene que ver mi humilde persona con esa princesa...?

Serrano alzó los hombros, quiso decir algo; pero, ahogándose, no hizo más que balbucir: «No puedo. La tos, la tos...»

XII

La placentera holganza en que vivían los individuos de la sección o mesa de que era jefe el señor don Eduardo Oliván e Iznardi tuvo su término, que si no hay mal que cien años dure, tampoco los bienes suelen ser duraderos, y el motivo de tan brusca alteración, que produjo enorme desquiciamiento en la anecdótica parsimonia del jefe, no fue otro que el haberse manifestado en aquella esfera administrativa el impulso de actividad que imprimió Mendizábal a los asuntos de su Ministerio, cuando se desembarazó de las graves cuestiones políticas a que en los primeros días tuvo que atender. Desempeñando interinamente, además de la cartera de Hacienda, con la Presidencia, las de Guerra, Marina y Estado, hubo de promiscuar en el despacho de mil negocios diferentes. Por milagro de Dios no se volvió loco el bueno de don Juan Álvarez, que materia ofrecía cualquiera de aquellas oficinas para trastornar el seso del más pintado en tiempos tan revueltos. Confiado ya en dominar la espantosa anarquía de las Juntas que convertían el Reino en una inmensa jaula de locos; seguro ya del éxito de la quinta de cien mil hombres, arriesgado acto de Gobierno que revelaba iniciativa poderosa y voluntad de acero, se metió en su casa propia, Hacienda, y empezó a remover y sacudir, con mano de atleta, las mohosas inercias de la administración heredada de Fernando VII. ¡Lástima que no lo hiciera con más pulso, para que las ruinas y los escombros no embarazaran la obra nueva! Construía con el hacha... Aunque no carecía de habilidad, no pudo evitar el cortarse las manos con la herramienta que tan presuroso manejaba.

Pues, señor... Obligado el pobre don Eduardo a andar de coronilla, no sabía lo que le pasaba, ni a qué santo encomendarse. En toda su vida burocrática, que con intercadencias databa de los tiempos de Ballesteros, no había visto desencadenarse sobre aquella plácida esfera un ciclón tan duro. No hacía más que ir de una mesa a otra, limpiarse con fuertes restregones el sudor de la calva, dar resoplidos, subirse el pantalón, que con tantas ansiedades se le caía. Y una mañana, medio loco ya, o loco entero, gritaba en medio de la oficina: «Pero este buen señor nos trata como si fuéramos dependientes de comercio. La dignidad del funcionario público no consiente estos excesos de trabajo, pues ni tiempo le dejan a uno para almorzar, ni para dar un *mero* paseo, ni para encender un *mero* cigarrillo... Cinco intendencias me ha señalado hoy para el envío de circulares con las instrucciones reservadas y las nuevas tarifas. Pues para despachar esto, excelentísimo señor, necesito aumento de personal, necesito catorce oficiales y ocho auxiliares, y aun así, no podríamos concluirlo dentro de las horas reglamentarias, que son de diez a cuatro... Sería justo además que al exceso de ocupación correspondiera doble paga mientras durase este ajetreo. Soy partidario de que a los empleados se les remunere bien, pues de otro modo la buena administración no es más que un mito, un verdadero mito.»

Y aquella misma tarde, en el colmo ya del mal humor, que expresaba alargando los morros, entró en la Sección próxima, diciendo: «Pido al señor ministro aumento de personal, ¿y qué hace? Nada: que aún le parece mucho lo que tengo, y me pide dos chicos que escriban bien y sepan llevar correspondencia. Estamos lucidos, como hay Dios... Ea, señor Calpena, pase usted a la secretaría particular del señor ministro; y usted, Serrano... Pero no... Aguardaremos a ver si se contenta con uno... quédese usted... Esto es insufrible. Yo digo que envidio a los presidiarios...»

Pasó Calpena a donde se le mandaba, y fue introducido en una habitación pequeña con luces al patio medianero, en la cual había dos mesas y un solo empleado, viejo, que escribía con la cara tocando al papel. Un estrecho pasillo comunicaba la tal pieza con el despacho del ministro. Allí esperó órdenes. Alzó el viejo la cabeza, y levantándose las antiparras a la frente, le miró, hizo un saludo monosilábico, volvió a bajar los vidrios, y dejó nuevamente caer sobre el papel su rostro. Creeríase que no escribía con la pluma, sino con la nariz... Sonó la campanilla. Levantose el vejete de un brinco, murmurando: «Su Excelencia llama.» Viéndole desaparecer por el pasillo, advirtió Calpena que cojeaba. Un instante después volvió con varias cartas en la mano, y dijo lacónicamente a su compañero: «Que pase usted.»

Grande fue la emoción del joven al atravesar el pasillo, al levantar la cortina y ver el hueco de la estancia... A Mendizábal no le veía. Quedose en la puerta hasta oír la palabra *adelante*, dicha con enérgica entonación. Estaba el grande hombre sentado, y se inclinaba para sacar papeles de la gaveta más baja de su mesa ministerial. Al incorporarse, presentó a la admiración y al respeto de Calpena su hermoso busto, el rostro grave de correctísimas facciones, el rizado cabello, las patillas tan bien encajadas en los cuellos blancos, y estos en el lioso tafetán de la negra corbata reluciente, las altas solapas de la levita, y por fin, al ponerse en pie, esta en toda su longitud, ceñida y al propio tiempo holgada.

Calpena permaneció inmóvil y mudo, estatua de la cortedad respetuosa. Mendizábal le miró... En la extrañísima situación de espíritu en que el buen chico se encontraba hubo de creer que su jefe le miraba con picardía. Pero es casi seguro que era pura aprensión; al menos, así lo creyó después. Contra lo que pensaba, ni le preguntó el ministro su nombre, sin duda porque lo sabía, ni sostuvo con él diálogo de introducción. Entre personaje tan elevado y un pobre subalterno de ínfima categoría, no podían mediar más palabras que las naturales entre el señor y el criado que le sirve. Estas fueron corteses, ceñidas al asunto, y sin fraseología ociosa: «Tiene usted hermosa letra, y buen criterio para contestar por sí mismo las cartas, con una simple indicación mía.»

El joven se inclinó. Cuando don Juan de Dios avanzó hacia él, ostentando la gallardía total de su persona, su alta estatura, Calpena, que ya había admirado el busto, admiró también el pantalón, de corte perfecto, como de sastrería londonense, y el pie pequeño, calzado con zapato bajo sujeto en el empeine con un lazo de cintas negras.

«Contésteme usted, por de pronto –prosiguió Su Excelencia–, estas tres cartas. La más urgente y delicada es...»

No encontrando la que llamó delicada y urgente, la buscó en la mesa, después en el bolsillo interior de la levita, y como allí no pareciera, manifestó disgusto. «Está bueno. Pues me la he dejado en casa... Pero no importa. Escríbame usted la contestación, que es sencillísima... Del tenor siguiente: "Serenísima Señora duquesa de Berry. Señora: Tengo el gusto de manifestar a Vuestra Alteza que obediente a sus ruegos... que son órdenes para mí...". Ya usted comprende... una fórmula de gran respeto... "que obediente... y tal... Me he apresurado a complacer, y tal, a Vuestra Alteza Serenísima en la petición con que se ha dignado honrarme... y tal...". Nada más... Ah, sí... "Debo manifestar a Vuestra Alteza Serenísima que el joven...". No, nada de joven... "Que la persona... y tal, que se digna recomendarme es...". No, no... "He tomado informes, y puedo asegurar a Vuestra Alteza que el sujeto, etc... Es digno de la protección de persona tan elevada...". Así, poco más o menos. Vea usted cómo sale del paso. Puede tomar nota.»

–No necesito tomar nota. Recuerdo perfectamente las indicaciones de Vuecencia.

–Mejor. Así me gustan a mí los hombres, vivos de memoria... Pues escríbame la carta al momento y tráigamela para firmarla.

Hizo Calpena la reverencia, se fue a su oficina y mesa, y tanteando la difícil materia epistolar en un borrador, escribió la carta, esmerándose en los trazos de su hermosa letra, y la llevó al ministro. Este había pasado al salón próximo, donde tenía como unas veinte visitas, y mientras Calpena esperaba, entró también su compañero, el viejo de las antiparras, que por primera vez le dirigió la palabra en forma afectuosa. «Ahora tiene para rato –dijo, refiriéndose al ministro–. Le traen loco con esto de las elecciones. Para cada puesto del Estamento hay setenta candidatos...»

–Ya, ya...

–¿Y usted, señor Calpena, se presenta para Procurador?

–¡Yo! ¡Procurador yo! –exclamó Fernando con asombro, casi con miedo.

–¿No? Pues yo no lo he inventado. En la casa se ha dicho... y hasta me parece que oí nombrar la provincia...

–Creo que está usted equivocado...

—Podrá ser... ¡Pero cuando lo dicen por algo será! Vea el señor Calpena como de mí no se dice nada.

—¿Qué sueldo tiene usted?

—¿Yo? Diez mil, y para eso llevo veintidós años en el ramo. He pasado por catorce intendencias, he sufrido siete cesantías, y todas las trifulcas que hemos tenido aquí desde el año 14 me han cogido de medio a medio. En una me dejaron cojo los liberales, en otra me abrieron la cabeza los realistas, en esta me apalearon los exaltados, en aquella me despojaron los apostólicos de todo cuanto tenía. Vive uno por casualidad en esta tierra, y, sin embargo, la quiere uno... pues, como se quiere a una mala madre... Yo soy gaditano, o lo que es lo mismo, de Chiclana, y por tener algún parentesco lejano con los Méndez y amistad con los Bertrán de Lis, no me ve usted pidiendo limosna. Soy muy corto. Aquí solo hacen carrera los parlanchines, y yo, aunque andaluz, me callo muy buenas cosas y no tengo el despotrique que ahora se usa. Sea usted bullanguero, piense como un topo y charle como una cotorra, y verá cómo se le abren todos los caminos... Lo mejor es que siempre será lo mismo, y no veo yo mejores días para la España. Este grande hombre, que ha venido como el Mesías, trae mucha sal en la mollera, y el firme propósito de hacer aquí una regeneración... vamos, para que nos envidien todas las naciones. Pues verá usted cómo no hace nada. ¿Por qué? Porque no le dejan... Ya le están armando la zancadilla. Crea usted que antes que tenga tiempo de cumplir lo que ha ofrecido, se le meriendan... Ya empiezan a decir si en Palacio gusta o no gusta. Y es la de siempre: Palacio...

En este punto entró Mendizábal acompañado de un sujeto con quien hablaba vivamente y en tono áspero.

«Esto no puede ser... Yo he dicho a todos los Subdelegados que dejen votar libremente, y que no intervengan en las elecciones. Claro es que siempre tiene el Gobierno la influencia moral. Pero en Cádiz no puedo hacer nada. Galiano y el amigo Istúriz son los que manejan el tinglado de la elección. Por cierto que Istúriz quiere traer algunos que no conoce nadie. ¿Quién es ese Luis González?»

—Es un chico muy despierto, buen periodista, orador fogoso. No creo que salga por esta vez.

—Pues si en Cádiz no logra usted meter a su patrocinado, intente algo en Sevilla. Pero tampoco podrá ser. Ya tengo noticia de los candidatos probables... No les conozco. Hablan con gran encomio de un tal Cortina... Y ese Pacheco, ¿quién es?

—Un escritor notabilísimo: le tengo en mi periódico.

—Bueno, bueno. Tráiganme gente de mérito, segura en sus principios, y que no se asuste de la libertad... Pues decía que procure usted entenderse con los sevillanos. Yo no puedo hacer nada, amigo mío, absolutamente nada.

—Mi patrocinado es aquel joven que usted mismo ha elogiado con tanta justicia, por su actividad, por su inteligencia, en la Secretaría de Marina.

—Montes de Oca, sí... Excelente sujeto. Tendría yo mucho gusto en traerle al Estamento... Pero no soy yo quien elige: es el Pueblo. Vea usted a los gaditanos; entiéndase con Istúriz, que, por lo visto, no se para en barras, y...

Una mirada que dirigió el ministro a los dos empleados de su secretaría particular bastó para que estos se retirasen.

«¿Quién es ése...?» preguntó Calpena a su compañero, a lo largo del pasillo.

—Este es Borrego... Andrés Borrego, el que escribe *El Español*. Dejemos a estos compadres que manipulen a su gusto las nuevas Cortes, y aguardemos aquí, charlando, a que don Juan nos llame. Como le decía a usted... ya le están minando el terreno a mi paisano; y aunque vale mucho, no le salvarán su talento y buena intención, y si le salvaran, creería yo en lo que no creo: en mi propio nombre.

—¿Cómo se llama usted?

—Me llamo Milagro —dijo el vejete sonriendo—, José del Milagro. Ya ve usted si es alegórico mi apellido, pues verdaderamente no hay mayor prodigio que vivir un hombre entre tantas desventuras, cesante cuando no perseguido, y andando para atrás en mi carrera como los cangrejos, pues yo empecé a servir con el señor Urquijo y el señor Cabarrús... Vengo de Carlos IV, pasando por Pepe Botellas... y en los tres *llamados años*, llegué a tener catorce mil, gracias al señor Garelly. A la muerte del Rey, conseguí por el señor Seoane esta placita... Y usted dirá que el mayor milagro mío es mantener, con tan poco sueldo, mujer, suegra y cinco criaturas... Hay Providencia. Yo me defiendo con las traducciones; traduciendo a destajo, visto y calzo a la familia. Y ha de saber usted que entre tantos males, Dios me ha dado una hija que es un ángel. Dieciséis años cumplirá el 14 de noviembre. Rafaela se llama: me la sacó de pila mi amigo Rafael del Riego, hallándose de guarnición en la Isla. Pues la he enseñado el francés, y me ayuda. Como me estoy quedando ciego del mucho trabajar, ella sola, solita, se ha traducido más de la mitad del *Buffon*... A más de esto, tengo el recurso de llevar la correspondencia en algunas casas de comercio, y principalmente en la de doña Jacoba...

Este nombre hirió con súbito rayo la mente de Calpena, y pidiendo más explicaciones, oyó de boca de Milagro las siguientes: «Doña Jacoba Zahón, que compra y vende piedras preciosas... Calle de Milaneses... Yo le escribo las cartas y le pongo sus cuentas en orden...»

Campanillazo. Su Excelencia llamaba, y acudieron ambos presurosos. Pidió las cartas escritas; sonrió; leyó detenidamente la de la duquesa de Berry, y sin mirar a Calpena, le dijo: «Está muy bien.» Después, abrumado de quehaceres, y no sabiendo a cuál acudir primero, dio estas atropelladas órdenes: «Usted, Milagro, ponga una carta a Alcalá Galiano, citándole para esta noche aquí... Y otra, lo mismo, a Saavedra (don Ángel). Usted, Calpena, escriba una a la duquesa de Almodóvar, diciéndole que no puedo ir a comer, y tráiganmelas para firmar... ¡Ah!, espere usted: otra a Sir George Williers, Embajador de Inglaterra: Que mis ocupaciones no me permitieron ir anoche a casa de Van-Halen, como le prometí; que si tiene esta noche libre, se venga por aquí a las once... Usted, Milagro, en una carta breve, cíteme a Olózaga para las doce, y también a... No, no, nadie más.»

En aquel momento anunció el portero: «El señor don Fernando Muñoz...»

—Que pase inmediatamente...

Retiráronse los secretarios, y por el pasillo cuchicheaban: «Muñoz... Es la primera vez que viene aquí... Muñoz... *El marido del Ama*...»

XIII

Al quedarse solo, Mendizábal escribió una carta de cuatro pliegos a Córdoba, general en jefe del ejército del Norte. Con nerviosa mano, sin cuidarse de la estructura gramatical, trazaba los conceptos, en algunos puntos ampulosos, pedestres en otros, fiel imagen de su pensamiento, que empezaba a ser desordenado y vacilante por el cansancio de la tremenda lucha. Anhelaba mostrarse amigo del que en su mano tenía la mayor fuerza existente en España, estar en su gracia, pues tomado el pulso al país y a la raza, si mucho temía don Juan del paisanaje de levita y chaqueta, más temía de la tropa... Aunque aplicar quiso toda su atención a la escritura, no lo lograba: el pensamiento se dividía, fluctuaba, y dejando a la pluma formular con incorrecta sintaxis los conceptos epistolares, se escabullía por otros espacios. Trajo el ministro a su imaginación la historia de los últimos años, desde el 14, y veía las trifulcas, los sangrientos y bárbaros motines, las sediciones militares, siniestro brazo de la idea disolvente, ya se llamase liberal, ya realista... Con estas imágenes se confundía en su mente otra, que como un espectro familiar de continuo se le presentaba. Era su promesa de terminar la guerra civil en seis meses. ¡Lucido quedaría si no la cumplía; si el ejército cristino, reforzado pronto con los cien mil hombres de la quinta, no lograba sofocar la facción y restablecer la anhelada paz! Su ensueño era Córdoba, el caudillo denodado y caballeresco, y en medio de aquel trajín electoral, anuncio de las trapisondas parlamentarias y políticas que habían de sobrevenir con la apertura de los Estamentos, volvía don Juan Álvarez sus inquietos ojos al Norte, mirando a lo que era su temor y su esperanza. Si el general no le ayudaba, su empresa de salvación nacional fallaría sin remedio. Y para que Córdoba coadyuvase a la gran obra, era preciso que venciera, o por lo menos que con rudos achuchones quebrantase a los carlistas; y para esto era indispensable enviarle recursos en hombres y dinero. La carta, en su difuso estilo, plagada de noticias de acá y de allá, de referencias diplomáticas y de rumores de intrigas, vino a parar en positivas promesas. «Dentro de quince días le mandaré a usted millón y medio. El mes próximo podré mandarle otro tanto, y si puedo más, más.» Hablábale de remesas de vestuario y calzado, de arreglo de hospitales. Exponía también planes estratégicos que a él se le ocurrían. «Respetando su iniciativa, le diré que si usted lograra ocupar el Baztán con quince mil hombres, podría atacar a los facciosos por retaguardia... Eso usted verá...»

Concluía ofreciendo remesarle nueve millones antes de tres meses, y manifestaba viva intranquilidad por la lentitud de las operaciones. Aplicando a todo su febril genio de travesura y arbitrismo, habría querido que Córdoba moviese en tres días su grande ejército, que desalojase a los carlistas de sus formidables posiciones, que los arrollase, que los deshiciese, dispersando a unos, matando a los más, y cogiendo prisionero a Don Carlos con toda su trashumante Corte. ¡Qué hermoso sería esto, y con cuánto desahogo podría dedicarse entonces el presidente a la reforma del país, que era su ilusión, su sueño!... Pero ¡ay!, al llegar a este punto, cruelísima duda le asaltaba. Si Córdoba obtenía una victoria rápida y decisiva, cortándole de una vez a la hidra todas sus patas y aplastándole la cabeza, Córdoba y no otro había de emprender y realizar la salvación de la infeliz patria. Buen tonto sería, juzgando el caso con el criterio genuinamente español, si siendo él el vencedor guerrero, dejaba a otro la gloria de la campaña política. Lógico era, no obstante, que el militar allanara el camino, y que el civil marchase por él desembarazadamente hacia la victoria política y social. Pero aunque poco ducho aún en artes de gobierno, don Juan de Dios conocía la historia, más por lo que había visto que por lo que había leído, y no ignoraba que, en nuestra tierra de garbanzos y pronunciamientos, el guerrero victorioso es el único salvador posible en todos los órdenes.

Terminada la carta, vagó su mente en aquel meditar triste. ¿Quién salva, quién no salva? ¿Sería un error suyo gravísimo haberse creído capaz de fundar una nación grande y rica sobre las ruinas de las facciones deshechas y de las banderías sojuzgadas? De Londres había salido con esta ilusión; con ella entró en Madrid. Sus entrevistas con la reina gobernadora la confirmaron. El entusiasmo patriótico, la fe en sí mismo y en la eficacia de sus manejos se avivaron cuando Su Majestad le encargó del teje-maneje gubernamental. Ya tenía la máquina en su mano. Ya era dueño de sus iniciativas. ¿No podría desarrollar libremente sus ideas, aplicar su voluntad potente a la grande obra?

Las cosas, y más que las cosas las personas, enfriaron su entusiasmo al mes de gobierno. Cierto que le ayudaba la opinión vocinglera; pero las principales figuras políticas no hacían nada en su favor. Los adictos de fila pedían destinos y actas, y esperaban que el jefe lo diera todo hecho. Los contrarios aparentaban una calma prudente, tras de la cual don Juan de Dios creía sentir el sordo roer de las conspiraciones. Aún no había perdido la confianza en sí mismo; seguía creyendo en su papel providencial; pero ya le anunciaba el corazón que la empresa no era coser y cantar, y que tendría que tragar mucha quina antes de rematarla dignamente.

Conferenció con Galiano, a la hora convenida, sobre asuntos electorales; con Saavedra, sobre la probable benevolencia de los moderados Toreno y Martínez de la Rosa; con Olózaga, para ver de que las sociedades secretas hiciesen entender a las Juntas que había llegado la hora de poner fin a la bullanga, pues en *Palacio* comenzaban los infalibles síntomas de desconfianza y miedo. De esto le había hablado aquella misma tarde don Fernando Muñoz, dándole una prueba de verdadero aprecio. Y, francamente, no había que esperar ninguna ventaja política, mientras no se diese a toda la gente de allá, real o morganática, una plácida confianza y un sueño tranquilo. Con Williers habló de asuntos diplomáticos y de eso que tiempo ha viene siendo la constante pesadilla de los pueblos débiles: *la actitud de Inglaterra*. Mendizábal era muy afecto al leopardo, y esperaba un apoyo más positivo que el de la prometida legión. El astuto representante de la Gran Bretaña repitió a nuestro ministro sus recomendaciones de siempre: refrenar la anarquía, no temer la libertad practicada dentro de las leyes, poner en funciones regulares el Parlamento, acudir a la guerra con toda clase de recursos, y trazar las grandes líneas del porvenir efectuando la venta inmediata de toda la propiedad territorial de las Órdenes religiosas.

Cerca de la una, Mendizábal se quedó solo; mas no se resolvió a retirarse a su casa, porque el aposento ministerial le retenía, le agasajaba; temía dejarse allí las ideas si se iba, y con sus ideas la ilusión risueña y querida de salvar al país y hacerlo dichoso. No menos de media hora estuvo paseándose de un ángulo a otro, a la luz ya mortecina de los quinqués, entre los retratos de personas reales o de eminencias políticas: la reina Amelia, clorótica y triste; Fernando, sanguíneo y echando a borbotones la perfidia por sus ojos de fuego, el sarcasmo por su belfo labio... Más allá, personajes de peluca que habían gobernado la Hacienda y la Marina: Patiño, Ensenada; en un ángulo Riperdá, con su risa ladina; en otro Macanaz, con su hermosa cabeza poblada de ricitos.

Cansado de pasearse, Mendizábal sacó de su pupitre varios papeles, cartas que aún no había leído, de esas cuyo escaso interés se adivina por el sobrescrito, y que se dejan sin abrir por no desperdigar la atención; otras de letra bien conocida, que, positivamente, no eran de asuntos ministeriales, más bien pretensiones ridículas, jaquecas, extravagancias, anónimos quizás, llenos de injurias repugnantes, o denunciando algún proyecto terrorífico de las logias masónicas.

Era hombre don Juan que a lo mejor transportaba toda su atención de lo grave a lo menudo, como espíritu aventurero, que gozara en suponer la existencia de cosas grandes, escondidas de un modo carnavalesco detrás de cualquier insignificancia. Su imaginación le llevaba a la puerilidad. Creía fácilmente en las posibles emergencias de sucesos importantísimos, efecto enorme engendrado por la menor cantidad posible de causa. No estaba exento su espíritu de superstición: esperaba bienes repentinos, no anunciados por la lógica; temía desventuras abrumadoras, caídas como el rayo, sin el antecedente natural de errores determinantes.

En aquella hora de calma y soledad, aplicando a los objetos secundarios más bien la curiosidad que la atención, fijose primero don Juan en una cuenta de zapatero; después pasó la vista por un plan en que anónimo arbitrista ofrecía saldar toda la Deuda de España con una simple combinación de cifras; leyó enseguida una carta procedente de Londres, escrita en español de colegio inglés. En la primera carilla, una mano trémula había trazado quejas melancólicas, reproches agridulces; en la segunda, se lamentaba de un olvido semejante, de abandono; en la tercera, formulaba con indecisa escritura una protesta de firme constancia a prueba de desdenes, y en la última, pedía dinero. En la postdata suplicaba se le mandase inmediatamente orden contra la casa *Tal...* Esta epístola y los documentos anteriores fueron a parar, en pedazos, a la cesta de los papeles inútiles. Cogió luego otra carta, cuyo sobrescrito era un puro adefesio, y abierta, leyó con no poca dificultad: «Señor don Juan excelentísimo: Por encargo de la señora Doña Jacoba Zahón, que permanece enferma en cama, le digo cómo la ropa de la niña importa mil setecientos y veintidós reales efectivos, que hará el favor de remitir a la mayor brevedad, para atender a las urgencias. Pues ha de saber que se debe lo del maestro de piano y baile viceversa, con lo demás que había pendiente del coste del mes pasado inclusive, y son por junto naturalmente trescientos y doce reales netos, con lo de medicinas trescientos ochenta y ocho. Doña Jacoba espera le suministre pronto la suma total de los expresados líquidos reales de vellón, como débitos naturales, y me encarga conjuntamente le diga que le besa las manos, y que tendrá el honor de visitarle en cuanto se alivie de sus reumas achacosos. Dios guarde a usted, excelentísimo, años muchos, y mande a su servidor, que lo es – Cayetano Lopresti.»

Suspirando fuerte, señal inequívoca de lo desagradable del asunto, cogió la pizarrita en que anotar solía las obligaciones perentorias del día siguiente, ya fuesen políticas, ya del orden familiar y privado. Media pizarra estaba escrita ya con diversos recordatorios de varia importancia: «circular intendencias... ver Argüelles, proyecto electoral... Recuento de frailes... Relaciones de monjas... Escribir duque de Broglie...» Con mano enérgica, fruncido el ceño, apuntó debajo: «Asunto Negretti... *Din. Jor.* (que quería decir: mandar dinero a la jorobada).»

Guardó unos pasteles en las gavetas; recogió otros, metiéndoselos en el bolsillo; tiró de la campanilla. El sonido lejano de esta produjo la aparición de un portero que surgió de entre los pliegues de la cortina. «Mi capa... El coche» dijo Su Excelencia dando paladitas en la alfombra, que aún era de verano. Se le habían enfriado los pies, calzados con zapatito mujeril.

Y con esto se fue Mendizábal a su casa de la calle de San Miguel. Durmió mal. Volteaba el cuerpo entre las sábanas, y en su cerebro enardecido por el trabajo se torcían las ideas y se enlazaban como queriendo formar una trenza: «Ley electoral... ¡Pobre Negretti!... La guerra... ¡Pero esa niña, esa fastidiosa niña... Esa guerra, esa maldita guerra!...»

XIV

También el bueno de Calpena durmió mal, a causa de los sobresaltos de su amor propio, que aquella noche, al volver de la oficina, había sufrido nuevos golpes. La última carta de la *mano oculta* revelaba un espionaje fastidiosísimo. Era en verdad humillante no poder dar paso alguno de que no tuviera conocimiento la persona que le protegía. Cierto que agradecía la protección; pero habríala estimado más, si no significara para él la pérdida de toda la libertad. Al día siguiente, el anónimo corresponsal mostró detallado conocimiento de cuanto al señorito le había ocurrido en la oficina: le reprendió por la compañía del tísico Serrano; le incitaba a frecuentar menos los cafés y más la sociedad, pues en aquellos adquiriría hábito de grosería y desparpajo, y aprendería en ésta la finura y distinción de un perfecto caballero.

«Hijo mío —deciale don Pedro, resueltamente conforme con las opiniones de la incógnita—, no te importe esa vigilancia, que puede ser algo molesta, pero que sin duda te apartará de muchos peligros. Frecuenta la sociedad, pues ya tienes relaciones que te introduzcan en casas decentes, donde hallarás exquisito trato, buen comer y placeres honestos. En fin, te conviene *mejorar el terreno*. Es la única manera de irnos librando de este maldito romanticismo que pretende volvernos locos. No desobedezcas a quien quiere llevarte a la regularidad, a la buena escuela de tu padrino don Narciso.»

—Pues le diré a usted con franqueza, mi querido Hillo: la falta de libertad que me resulta de esta subordinación cargantísima a un poder misterioso, a un poder benéfico, lo reconozco, pero enteramente inquisitorial, a estilo veneciano, produce en mí un vivo anhelo de evadirme de tan enojosa tutela. No sabe usted cuánto deseo hacer algo que resulte ignorado por mi anónimo gobernante. ¿Por ventura, el servicio de policía que ha organizado para vigilarme ha de ser tan perfecto que no pueda yo burlarlo, siquiera para probar la habilidad con que lo burlo? En la oficina hay ojos que me observan; aquí, en casa, no digamos; en la calle, en el café, en los teatros, en las casas que visito, ya sabe usted lo que pasa. No respiro sin que *allí lo sepan*. Pues yo quisiera respirar a mis anchas, y decir: «te fastidias, que no lo sabes.»

En el curso de octubre fue introducido el venturoso mancebo por Mesonero Romanos en casa del médico Rivas, padre de tres niñas preciosas, muy saladas: Marianita, Mariquita y Juanita, conocidas en el mundo poético por *Laura, Silvia* y *Rosaura*, con que las designaban sus novios o pretendientes (en aquel tiempo se solían llaman *amantes*), que eran poetas de lo más granadito entonces. Las chicas, eso sí, descollaban por su picante belleza, así como por su ingenio; una de ellas también versificaba, otra pintaba, y las tres hacían en el canto y baile angélicos primores.

Recibido en palmitas fue Calpena en la casa del ilustre médico, y a la segunda noche echó de ver que la mayor de las niñas le gustaba extraordinariamente. A la noche tercera hubo de entender que era correspondido: a las miradas flamígeras siguió el tiroteo de florecillas verbales, y alguna breve y ardorosa promesa. Al fin de la semana, ya corría de sala en sala la opinión de que eran novios. Pero ¡ay!, el domingo recibió Calpena la carta anónima con el siguiente réspice: «Niño, me desagradan lo que no puedes figurarte tus revoloteos con la chica mayor del cirujano Rivas. Simple, ¿en qué estás pensando? ¿Sabes que haces un papel ridículo? Si estás ciego, caiga de tus ojos la venda. No digo que Silvia y sus hermanas no sean honestas: lo son. Pero ya en el nido de sus tiernos corazones ha batido sus alitas otro amor...»

—¡Oh, qué figura tan linda! En el nido de sus tiernos... Adelante. Sigue leyendo.

Y Calpena, dándose a los demonios, continuaba la lectura: «Las tres tienen sus adoradores. Mesonero es el zagal de la tercera pastorcita, la linda Rosaura. En los altares de la segunda, Silvia bella, quema el incienso de su inspiración socarrona Bretón de los Herreros. Y, por último, escucha y tiembla... Ventura de la Vega, tu amigo, ese que te recita sus versos en el café para que convides a toda la partida, es el dichoso amante de Laura; la misma noche que os cantó la niña el aria de *Elisabeth*, del maestro Caraffa, quedó concertado entre Ventura y los padres encender pronto la antorcha de Himeneo... Con que ya ves...»

—¡Qué elegancia de estilo: *encender la antorcha*!...

Concluía la carta con observaciones de otro orden, y la noticia de que ya se habían dado los pasos para redimirle de la quinta de cien mil hombres, mediante el pago de cuatro mil reales. En la del siguiente día se le ordenaba que no volviese a la tertulia del cirujano; que no pensara más en la bella Laura, y que procurase meter la cabeza, pues relaciones iba ganando para ello, en casas de más categoría, en los dorados salones aristocráticos. «Mira, tontín: Roca de Togores, que es un chico muy introducido, puede llevarte a casa de Campo-Alange, y el almibarado Clemencín (llamémosle don Agapito) a casa de Castro-Terreño.»

—Ya ves —decía Hillo cayéndosele la baba— con qué seguro dedo te marca tus altos destinos. Pero, tontín, digo yo ahora, ¿cómo has podido figurarte que te íbamos a permitir entroncar con la hija de un cirujano? ¡Don Fernando Calpena unido en desigual coyunda con una simple Laura, sin más títulos que los ovillejos que le endilgan poetas chirles!... No, hijo, tú no puedes *encender la antorcha* sino con damas de otro cuño; y aunque pienso que no habrá en Madrid las hijas de duques o archiduques que te corresponden, sigue por de pronto el consejo que te da quien darlo puede, y mete la cabeza en las áureas viviendas de los Abrantes y Veraguas, de los Oñates y Medinacelis.

Refunfuñando, Fernandito concluía por someterse a todo, y a fines de octubre le introdujo un amigo (no se sabe fijamente si fue Ros de Olano o Miguel de los Santos Álvarez) en las casas de Almodóvar y de Campo-Alange. En la primera de estas mansiones conoció a una beldad fría y correcta, hija de un aristócrata, que era al propio tiempo general poco afortunado, la cual cautivaba a cuantos la veían, no solo por su marmórea belleza, exenta, eso sí, de toda gracia, sino por su ingenio. Educada en Francia, se traía lecturas varias y admiración muy redicha por Chateaubriand, De Jouy y otros coetáneos, siendo también algo versada en Racine, Marmontel y Madama Genlis.

Con ella platicaba Calpena: notaba este que su conversación y figura eran del agrado de la marmórea, de lo cual vino que él también se sintiese cautivado por la linda estatua, y aun que se lo hiciese comprender en delicadas perífrasis. La *oculta mano* escribió: «Bien, bien, caballerito: ese es el camino. Recomiendo, no obstante, moderación, pausa, fino pulso, y no lanzarse con demasiados ímpetus por un terreno que, a tus inexpertos ojos, parecerá llano, y no lo es. En él hay asperezas y obstáculos enormes, que tú no ves, pobre niño. Habrás notado que nuestra sociedad es la más democrática del mundo, y que en las casas más linajudas no se niega el pase a ninguna persona bien vestida. Para recibirle y agasajarle, a nadie se le pregunta quién es, ni de dónde viene, ni a dónde va. Yo creo que tanta franqueza no conduce a nada bueno. Por más que solo sea aparente, esa igualdad significa que nuestra aristocracia pierde el sentido de su misión y no sabe conservar el orgullo castizo, el cual sería un baluarte contra las confusiones que se anuncian, y que traerán un desquiciamiento social. Perdona mi pedantería.»

—¡Por San Cucufate!, no es pedantería —exclamó don Pedro palmoteando—, sino profundísima filosofía de la historia. Sigue.

—«Esa igualdad es un mal síntoma, y nada más por ahora; una forma de cortesía tolerante... En el fondo, en los hechos, no hay tal igualdad. Por eso, al notar muchos que te aproximas a la marmórea, empiezan a preguntar: *ese Calpena*, ¿quién es? ¿De dónde ha salido ese barbilindo?... Y ya verás, ya verás cómo empiezan pronto los desdenes, las envidias… Para que nada de esto ocurriese y tus caminos fuesen llanos, sería preciso que en aquella misma esfera hubiese personas que evidentemente te protegieran, que respondiendo de ti, dijesen a quien deben decirlo: *ese pobrete* es digno de la niña, y cuando sea preciso demostrarlo se demostrará. Si ahora te digo que la estatua erudita, lectora de Chateaubriand y aun de Destut-Tracy, heredará tres millones y medio, no lo hago porque veas en la riqueza un incentivo a tu inclinación, no *Ese Don Nadie* no busca un enlace de conveniencia, ni necesita los millones ajenos, porque es de los que, por su gran mérito, pueden permitirse la libertad de ser pobres.»

—¡María Santísima, qué frase!… Adelante.

—«De ser pobres… Te hablo de la presunta riqueza de la niña de mármol, para que sepas que tu marcha por ese camino ha de ser muy disputada. Pero no te acobardes. Sobre que tú no sabes si tendrás aún medios de apedrear con doblones a los que ahora hablan de tu nulidad y pobreza, sigue adelante, y no veas en la preciosa damisela más que su educación cristiana, la hidalguía de su familia y de su nombre, su honestidad, su talento instruidito, sus condiciones, en fin, de grandísimo precio, y las virtudes y méritos de sus padres, pues aunque el pobre general nunca ha sabido mandar cuatro soldados, eso no quita para que sea excelente persona, muy atenta a sus intereses; y en cuanto a su madre, bien sabes que no hay en Madrid quien la aventaje en nobleza y virtudes… No escribo más. Me duele la cabeza. ¿Pero qué importa si el espíritu está gozoso?»

Mucho dio que pensar a Calpena el contenido de esta carta, y tanto se entusiasmó Don Pedro oyéndola leer, que casi casi se le saltaron las lágrimas. «¿Ves, ves —le dijo— cómo yo tenía razón? Y que ha de ser una mujer de inaudito mérito esa marmórea chica. ¡Vaya que leer a Destut-Tracy!… ¡Y qué guapa será!… Hombre de Dios, un día iremos de paseo al Prado, a ver si la encontramos para que me la enseñes. Ya me figuro su belleza, su dignidad, su mirar grave, como de la diosa Minerva, su andar majestuoso. Bien, hijo, bien. Ese es el camino, ése… Y ya sabes, dejaré de ser tu amigo y mentor… Si… Ya sabes mi tema: hay que *rematar la suerte.*»

En tanto, Calpena continuaba prestando su servicio de secretario particular del primer ministro, muy a gusto de este, al parecer, pues cada día le fiaba epístolas de mayor delicadeza, aun aquellas que contenían algún secretillo político, o en que desahogaba en la confianza de un buen amigo el recelo que en él iban despertando las dificultades de su magna empresa.

Por aquellos días ya no iba Fernandito a los cafés, y esquivaba todo lo posible la sociedad del tísico Serrano, cuyo pesimismo había llegado a serle odioso. Dos veces fueron juntos al teatro. Dábale Serrano los nombres de todas las personas que en palcos y butacas veían, sin que de esto pudiese sacar ninguna luz el aburrido joven. Y como a cada nombre que el tísico decía agregaba comentarios injuriosos, pues para él no había mujer honrada, ni madre que no vendiese a sus hijas, ni esposa que no imitara la conducta aleve de la señora de Oliván, Calpena no quiso más tal compañía, ni aquella erudición tan mentirosa como terrible.

Con Milagro, su compañero de secretaría, sí que hizo buenas migas Calpena, y en los cortos ratos libres platicaban de política o literatura contemporánea, que el viejo conocía medianamente, o bien de cosas familiares y domésticas. Todo franqueza y espontaneidad comunicativa, Milagro contaba los refunfuños y genialidades de su mujer, las bataholas de sus chiquillos menores, y las gracias habilidosas de sus dos niñas. «Es ridículo —decía— que a una persona como usted, introducida en la mejor sociedad, le invite yo a venir a pasar un rato en mi humilde casa, donde todo es pobreza... también alegría, eso sí... Pero yo creo que habría de gustarle oír tocar el arpa a mi hija María Luisa, discípula de Fagoaga, gran discípula, para que usted lo sepa... y el instrumento es de lo mejor que ha fabricado don Tiburcio Martín, plazuela de Matute... Ni le desagradaría a usted echar un parrafito con mi hija segunda, Rafaela, que sabe francés y me ayuda a traducir *Mujeres célebres*. Lee todo lo que cae en sus manos, y ahora está agarrada noche y día a la *Corina* de Madama Stäel... Y en casa puede usted ver a una notabilidad, un chico poeta de mi pueblo, Chiclana, que aunque soldado de la última quinta, hace versos como los ángeles; solo que es tan corto de genio y tan para poco, que cuesta Dios y ayuda hacerle leer lo que escribe. Se llama Antonio Gutiérrez, y ha compuesto un dramita que titula *El Trovador* o cosa así, y en casa nos ha parecido tan bueno, que yo mismo se lo he llevado a Guzmán para que lo lea, a ver si a él o a Carlos Latorre les da la ventolera de representarlo. Otro chicarrón va por allí, Pepe Díaz, que también hipa por la

94

poesía y el teatro. No les falta más que apoyo, protección, y aquí, ya se sabe, no la hay más que para los necios enfatuados. Yo les digo: «Hijos míos, no os acobardéis, que a falta de otros protectores, aquí me tenéis a mí... ¡Milagro será que no os saque adelante Milagro!... Je, je...»

Cortés y agradecido Calpena, declaró que con mucho gusto aceptaría la invitación, visitándole una de las noches que tuviera libres. Al mismo tiempo recordó el conocimiento de Milagro con Doña Jacoba Zahón, añadiendo que para esta señora había traído de Francia un encargo que aún se hallaba en su poder. Por voluntad expresa del remitente, no lo entregaría más que a la misma persona a quien venía destinado, y esta debía presentarse a recogerlo.

«Seguramente —dijo Milagro— es una caja de pedrerías... ¿Por qué se asombra usted? La Zahón comercia en diamantes y perlas. La casa es muy conocida: *Zahón y Negretti*, calle de Milaneses. Hoy, por muerte de Zahón, se ha quedado al frente la viuda, para quien algunas noches trabajo, escribiéndole la correspondencia y poniéndole las cuentas en orden.»

—No puede ser caja de piedras preciosas lo que traje y aún conservo —observó Calpena—, pues no habían de tardar tanto en recoger cosa de valor grande. ¿Acaso comercia esa señora en pedrería falsa?

—No, señor... Todo lo que compra y vende es de la mejor ley. Si no ha pasado Doña Jacoba a recoger su encargo, será porque ha estado enferma, o porque no tiene noticia exacta de la persona que lo ha traído.

—Debe de tenerla, porque al día siguiente de mi llegada, escribí a Olorón dando cuenta de mi domicilio. Por cierto que me dijeron que esa señora es jorobada.

—Cargadita de espaldas... Yo le hablaré del caso, y nos iremos a su casa si ella no puede salir. Verá usted una mujer lista y estrafalaria, genio desigual, mañas de urraca, agudezas de lince, toda uñas, toda desconfianza...

—Pues yo había creído que el paquete que traigo es de cartas o papeles políticos. Dígame usted... Aquí en confianza, ¿esa señora conspira?

—¡Conspirar la Zahón...! —dijo Milagro perplejo—. No..., que yo sepa, no... ¡Conspirar...! Para la Zahón no hay más política que ganar dinero, engañar a quien puede, y despojar a los infelices que caen en sus garras.

—Ello será como usted lo dice; pero yo puedo asegurarle que un compañero mío de hospedaje, que anda en las logias de la casa de Tepa, supo, a los pocos días de mi llegada a Madrid, que yo había traído ese encargo, y tanto él como sus amigos López y Caballero creían, y así me lo dijeron, que el paquete era de papeles políticos y venía destinado al eterno conspirador don Eugenio Aviraneta.

—Observe usted, amigo Calpena, que los patriotas, de tanto andar al oscuro en logias y *sublimes talleres* soterráneos, ven visiones, y como la policía de aquí vive también palpando tinieblas, entre unos y otros le arman a usted unos enredos que le vuelven loco. El año del fusilamiento de Torrijos vine yo de Sevilla a Madrid en galera, y no acelerada, con mi familia, pasando los mayores trabajos que usted puede imaginar. Diéronme allí un encargo para la señora de don Vicente González Arnao, el amigo de Moratín, la cual era muy obesa y padecía de estreñimiento. Por esto comprenderá usted que el encargo era una lavativa, gran pieza, modelo recién enviado de Inglaterra. Pues no puede usted figurarse la que se armó con el dichoso instrumento, en cuanto me lo descubrieron los de la policía. No le digo a usted más sino que me costó la broma cuatro meses de cárcel, y mi mujer y mis hijos no se murieron de hambre porque les recogió un pariente de Bertrán de Lis...

—¿Y la señora de Arnao...?

—Reventó... Naturalmente... Su muerte debió ser un nuevo cargo para la Superintendencia de Policía, como verdadero asesinato... político.

Campanillazo... Acudió Milagro presuroso al llamamiento del señor ministro.

XV

A los pocos momentos de quedarse solo Calpena en el despacho, entró Iglesias por la puerta interior, que comunicaba con la Secretaría. «En nombrando al ruin de Roma... No hace diez minutos, querido Nicomedes, que le recordábamos a usted.»

—No sería para hablar mal.

—De ningún modo. Al contrario...

—Hace un siglo que no nos vemos, amigo Calpena. Ayer y hoy no he comido en casa. Tenemos usted y yo las horas encontradas, y lo siento, porque en estas circunstancias me conviene verle a usted con frecuencia. Por eso he venido.

—Estoy a sus órdenes.

—Ya sé —dijo Nicomedes dejando sobre la mesa su sombrero, que era de última moda, cilíndrico, enorme, un soberbio tubo de chimenea con alas planas—, ya sé que el presidente le quiere a usted mucho... Eso se llama caer de pie. Usted es de los que se lo encuentran todo hecho. Bien haya quien tiene el padre alcalde... Pues yo, contando con su amabilidad, venía...

—Siéntese el buen Iglesias, y dígame en qué puedo servirle.

Sentose Nicomedes, y pasándose la mano por las melenas, que eran largas y copudas, parecía inquieto, caviloso, extenuado por el insomnio y las ansiedades de la ambición.

«Quisiera que el simpático Calpena, sin faltar lo más mínimo a la reserva que le impone su cargo en la Secretaría particular... ¡cuidado, que no trato de poner a prueba su discreción...!, pues quisiera que usted me dijese si ha escrito a don Juan Álvarez en favor mío...»

—¿Quién? Supongo que será recomendación para las elecciones.

—Justo. Pues se comprometió a escribir al presidente, recomendándome con toda eficacia, imponiéndome más bien, quien menos puede usted figurarse.

—¿Caballero, Trueba y Cossío?

—Esos son amigos míos, y bastante tienen con manipular su elección, el uno en Cuenca, el otro en Santander. A mí me habían prometido incluirme en la candidatura de Murcia. Quiroga me aseguró que allí me votarían hasta las piedras. Luego resulta que no las piedras, sino los electores, votan a Escalante. Al fin, me refugié en Villafranca del Bierzo, donde tengo algunos elementos.

—Por ese lado, Argüelles influye, también don Martín...

—No cuento con esos... Ofreció apoyarme... vuelvo a decirlo, quien menos puede sospechar... En este juego de la política, los extremos se tocan. Pues me apadrina don Francisco Martínez de la Rosa, es decir, prometió hacerlo... En virtud de concesiones mutuas que acordamos en Tepa, interviniendo por los moderados Ramón Narváez; por nosotros, mi amigo Palarea.

—Ya... Comprendo... Y usted quiere saber si Martínez de la Rosa ha escrito... Lo ignoro: si algo supiera se lo diría, pues en ello no veo deslealtad. Por mi mano no ha pasado carta de don Francisco; y si don Juan la ha recibido, habrala contestado por sí propio.

—¿Y su compañero de usted, ese viejo cegato...?

—No sé nada. Es hombre muy reservado.

—Bueno: desde ayer sospecho que esos malditos *anilleros* nos engañan. Siempre han sido lo mismo. Cuando están fuera del poder, nos buscan, nos agasajan, se arriman a la *exaltación*... Otra cosa: ¿No recuerda usted si entre las recomendaciones de candidatos, que hace diariamente este buen señor a Don Martín de los Heros, ha ido mi nombre?

—Tampoco lo recuerdo.

—Voy creyendo que Heros me engaña también. No puede esperarse otra cosa de quien no tiene iniciativa ni criterio para nada. Tanto a él como a Becerra les trata este señor como a criados.

—Pues mire usted —indicó Calpena esforzándose en hacer memoria—, yo tengo idea de haber visto el nombre de usted en alguna de las cartas que me ha dado don Juan para contestarlas...

—A ver si recuerda, hombre, a ver si recuerda... —dijo Iglesias aproximando su silla para poder hablar en voz más queda—. ¿Sería en una carta de don Fernando Muñoz?...

—¿El marido de la reina? No... Don Fernando estuvo aquí una noche, y habló con el presidente, lo que no tiene nada de particular, y por eso puedo decirlo.

—¿Y no ha pasado por aquí una carta de don Juan Muñoz, padre jesuita, hermano de don Fernando? Me consta que le suplicó se interesase en favor mío la persona que le salvó la vida en el colegio de San Isidro el día del degüello, en julio de 1834.

—Tampoco he visto carta alguna de ese señor jesuita.

—Pues no dudo que su hermano habrá dicho algo a Mendizábal. Sepa usted que en Palacio, de tiempo en tiempo, echan una mirada a la *exaltación*, y nos halagan para que no extrememos la guerra. Decididamente hemos vuelto la espalda al señor *Dracón*, que no nos sirve para nada. Ya sabe usted que en el actual momento histórico Doña Carlota y su hermana están a matar.

—No sabía... La verdad, me fijo poco en intrigas palatinas. Creo que mucho de lo que se cuenta es falso, embustes fraguados a gusto del que los pone en circulación.

—Lo que digo es el Evangelio. Están a matar... Nosotros hemos abandonado a *la* Carlota, y apoyando por el momento a Cristina, trabajamos en el extranjero para evitar la protección que dan a don Carlos los legitimistas y vendeanos. Mendizábal hace la misma política: no me dirá usted que no escribe cartas a la hermana de estas señoras, Carolina, duquesa de Berry.

—Nada sé, amigo mío —declaró Calpena, comprendiendo al fin que debía refugiarse en la discreción, y evitar revelaciones inconvenientes.

—Pues bien: decidido a minar la tierra para ocupar el lugar que me corresponde en el Estamento, y viéndome abandonado por algunos amigos, vendido por otros, por ninguno apoyado resueltamente, he pegado un brinco horroroso, solicitando el apoyo de un legitimista francés de gran empuje, para que recabe de la duquesa de Berry una expresiva recomendación...

—Y ese legitimista es el señor conde de la Pommeraye, ayudante que fue del duque de Angulema. Ha escrito a Mendizábal; pero no hace referencia a la de Berry, y se limita a dar las gracias por el reconocimiento que se le ha hecho de varias cruces concedidas el año 23, asunto que quedó suspenso por error, o por olvido de ciertos trámites...

—Me consta que a la de Berry debe el de la Pommeraye que le hayan reconocido dos cruces pensionadas. Lo sé: es amigo de mi familia. Mi tío Andrés le salvó la vida en el ataque y toma de Pasajes... Por lo visto, usted no puede o no quiere darme ninguna luz. Cada día me afirmo más en la idea de que todos me abandonan, de que nadie se interesa por mí... ¡Y esto le pasa al hombre que ha consagrado toda su inteligencia, su vida toda, a la idea revolucionaria, a la redención de este pueblo... ¡Mátese usted, reviéntese, padezca hambres y persecuciones por la regeneración de un país, por ennoblecerle, por desasnarle, por sacarle de las uñas de la feroz tiranía... y cuando cree recibir el premio de su servicio, cuando usted humildemente dice a ese país: «Dame tu representación, dame tus poderes, pues quiero desgañitarme en tu defensa», vese usted desatendido, menospreciado, tratado como un loco... ¡Oh, esto no puede ser, esto clama al cielo!

Dio un porrazo en la mesa el iracundo Nicomedes, y se levantó, irguiéndose con fiera majestad y sacudiendo la melena. Quiso calmarle don Fernando con frases de esperanza: «No desmaye usted tan pronto. Si no es ahora, otra vez será.»

—Lo mismo me dijeron en las primeras Cortes del Estatuto... No, no he nacido yo para vestir imágenes... Ni aun la imagen de la Libertad. No, ya no espero nada... La culpa tiene quien se desvive por sus ideas, olvidando que ha nacido en la tierra de la ingratitud... Créame usted, los carlistas lo entienden. Van tras de su objeto espada en mano; persiguen la realidad a sangre y fuego. Esos no se andan con remilgos, ni fían su éxito a las amistades, ni a los hinchados discursos, ni a recomendaciones impertinentes. ¡Hierro, y nada más que hierro!... Mientras nosotros no hagamos lo mismo, no iremos a ninguna parte.

Y cogiendo el enorme sombrero con tanta violencia, que a punto estuvo de romperle el ala (¡lástima grande, pues lo había comprado aquel día!), se lo encasquetó sobre la melena, diciendo: «Yo le aseguro a usted, querido Fernando, que me la pagan... ¡vaya si me la pagan!...»

Despidiéndole en la puerta, tuvo Calpena una idea feliz: «¿Por qué no se decide usted a hablar con el propio Mendizábal? El llanto sobre el difunto. Pídale usted audiencia ahora mismo.»

—Ya hemos hablado... Me recibirá muy atento. A buenas palabras no le gana nadie. Pero todo se queda en agua de cerrajas... Déjele usted... Déjele. Fracasará por no rodearse de los verdaderos patriotas... Morirá a manos de los *santones*... ¡Que muera, que se hunda!...

En aquel punto entró Milagro con un puñado de cartas, y preguntándole Calpena si el presidente estaba solo, dijo que en aquel momento acababan de entrar don Agustín Argüelles y don Ramón de Calatrava.

«Ahí tiene a todo el *santonismo* —dijo Iglesias con sarcasmo—. Vienen a tomarle medida del féretro... y a cortarle los pies bonitos para que quepa... Es muy grandón don Juan Álvarez Mendizábal... Pero quizás lo que le sobra no es por abajo, sino por arriba... Señores, conservarse.»

No pudieron entretenerse los dos amigos en conversaciones, porque al punto se enfrascaron en el trabajo, que no era flojo aquel día. Milagro dio a su compañero algunas cartas, indicándole el sentido de la contestación, y al instante humilló su flácido rostro, paseando la punta de la nariz sobre el papel, al propio tiempo que la pluma. Contestó Calpena varias cartas de pura cortesía, de esas que no dicen nada y formulan vagas promesas, con arreglo al patrón usual en las secretarías familiares de los señores ministros. Toda la tarde se la pasó el de Hacienda en conciliábulos con prohombres, en firmar asuntos importantísimos de Deuda, de Aduanas, algunos nombramientos, y en repasar el proyecto de discurso que había de leer la reina en la próxima apertura de los Estamentos. A última hora llamó a Milagro. Dejando a un lado la política y apartando de sí todo el papelorio que delante tenía, se dispuso a despachar un asunto privado, que sin duda le causaba inquietud y fastidio, a juzgar por el tono con que dijo a su escribiente: «Otra vez esa pejiguera. Oiga, señor Milagro: mañana me hará usted el mismo favor del mes pasado.»

—A las órdenes de Vuecencia.

—Nada: que esa maldita jorobada, que Dios confunda, ha vuelto a pedirme dinero. Y no tengo más remedio que mandárselo, aunque voy pensando que hay en esto mucho de socaliña... ¡Pobre Negretti! Como usted la conoce y trabaja en su casa, me hará el obsequio de llevarle esta cantidad que me pide... Vea usted qué letra y qué estilo... Cuide de hacerle firmar el recibo en la misma forma de la otra vez... «He recibido del señor Tal... testamentario del señor Negretti... la cantidad de tal, importe de alimentos y demás de...»

—Descuide Vuecencia...

—Es un asunto que me desagrada, y en la posición que ahora ocupo, francamente, no me convienen estos tratos, aunque, bien mirada, la cosa es sencillísima, y nada tiene de particular... Usted, como buen gaditano, conocería al pobre Negretti.

—Sí, señor... Tratante en pedrerías y en metales preciosos. Si no recuerdo mal, era corso.

—No: hijo de padre corso. Oiría usted contar que en uno de sus viajes a Inglaterra conoció a la Montefiori. ¿Sabe usted quién era? Una mujer de historia, muy guapa, francesa o italiana, no lo sé a punto fijo, ni creo que lo supo nadie.

—Algo me contaron...

—A lo tonto, a lo tonto, empezando por galanteos de esos que allí, como en París, son la aventura de un día, o de una semana, sin consecuencias, Negretti se enamoró perdidamente de aquella prójima... Y a tanto llegó la ceguera del hombre, que se casó con ella. Crea usted que el día que me lo dijo, por poco le mato. De nada valieron los consejos, las exhortaciones de sus buenos amigos. Jenaro sentía el vértigo, y se arrojó a la sima.

—Ya, ya recuerdo la historia... Su mujer murió.

—Asesinada, al salir de un baile en Vauxhall, un sitio que hay en Londres, a donde concurre todo el mujerío... ya me entiende usted...

—Comprendo... Mujeres guapas... pues... Esa señora dejó una niña.

—Que recogió Negretti, poniéndola en casa de los Montefioris de *Halton Garden*, una calle de Londres donde está todo el comercio de pedrería. A la muerte de Jenaro, la niña, por disposición testamentaria de este, fue puesta al cuidado del Montefiori de Mallorca, y luego de Zahón y Negretti.

—Y ha quedado al fin bajo el poder de Doña Jacoba, donde ahora se halla. La conozco, señor.

—¿Qué tal es la chica? No la he visto desde que tenía tres años.

—Señor —respondió Milagro dando un suspiro—, Aurorita es preciosa...

—Sale a su madre, que era una divinidad —dijo el gran Mendizábal. Y se le encandilaron los ojos cuando repitió—: Es preciosa la niña...

—Pero muy revoltosa, señor... El carácter más desconcertado que Vuecencia puede imaginar.

—Tiene a quien salir... Pues bien, Negretti dejó en mi poder todo su dinero... No crea usted, pasa de un millón de reales lo que tenía, y con su fortuna me dejó el encargo de atender a la chiquilla durante su menor edad... Ello es enojoso, mayormente hallándose la joven en poder de los Zahones, de quienes tengo malas noticias.

—Puedo asegurar a Vuecencia que la niña de Negretti está muy mal educada y tiene los demonios en el cuerpo; pero merece vivir en mejor compañía, y yo sé que no ha de faltar quien la cuide, con el emolumento que percibe la urraca de Doña Jacoba.

—Autorizado estoy —indicó don Juan Álvarez, distrayéndose ya de aquel asunto y empezando a pensar en cosas de más importancia—, para confiarla a otras personas de la familia; y si averiguar pudiera dónde ha ido a parar Ildefonso Negretti, que se estableció en Bayona, también en joyería, allá por el año 26, de seguro... En fin, señor Milagro, quedamos en que llevará usted a esa señora... Vea la nota, y aquí tiene el dinero... Cuidado con el recibo en regla... Y pueden ustedes retirarse... Yo me voy también, que hoy ha sido día de prueba.

XVI

Acompañado de su amigo y mentor don Pedro Hillo, fue Calpena a las últimas funciones de Toros, y a la apertura de los Estamentos, que se efectuó a mitad de noviembre con la solemnidad de costumbre, asistiendo la reina gobernadora. En la Plaza admiraron la pericia del afamado matador Francisco Montes, y el arrojo y gallardía de don Rafael Pérez de Guzmán, oficial del Ejército, de la noble casa de Villamanrique, que había cambiado los laureles militares por las palmas toreras, y la espada por el estoque. Tomó la alternativa en Madrid en junio del 31, y desde entonces fue la más grande notabilidad del arte en aquella década, después del maestro Montes. Con estos compartía el favor del público Roque Miranda, muy inferior a Montes y a *don Rafael* en la suerte de matar, pero gran banderillero, capaz de poner *pares* en los cuernos de la Luna.

Ya se comprende que con la compañía de Hillo en el fiero espectáculo aprendió Calpena, no solo los terminachos, sino las reglas del toreo, adquiriendo el placer de la lidia. Algunas tardes convidó también a Milagro, grande y antiguo aficionado, solo que la cortedad de su vista no le permitía enterarse bien de lo que pasaba. Hiciéronse amigos Hillo y don José, y su amistad se consolidaba, lo mismo por la comunidad de afición que por la diferencia de criterio en el juicio de las suertes. Si coincidiendo, simpatizaban, disputando como energúmenos simpatizaban y se querían más. Entre los dos sentábase Calpena en el tendido, y a menudo tenía que intervenir para aplacar sus bulliciosos ardores de controversia. Era Hillo devotísimo adepto de la escuela rondeña, y el otro de la sevillana; enaltecía el clérigo el arte propiamente dicho, la destreza en el engaño, la burla ingeniosa del peligro, la distinción, la postura, la gallardía de la figura toreril delante de la fiera; encomiaba Milagro el valor, la brutal acometividad sin remilgos, mirando más a la eficacia de la suerte que al afán de *pintarla* y hacer arrumacos. Eran, pues, el uno clásico, romántico el otro. Disputaba Milagro por temperamento bullanguero y por llevar la contraria. Hillo, firme en el *dogma rondeño*, lo sostenía con seriedad, digna de una tesis escolástica. Tan pronto se arrancaba Milagro a sostener que *don Rafael* era un chambón, que debía su boga a *ser de la Grandeza*, como le defendía resueltamente por su coraje ciego y sin arte. Consideraba a Montes por paisano, pues ambos eran de Chiclana; pero a lo mejor se complacía en llamarle gandul o *figurero*.

«Pero usted, señor alma de cántaro —le decía Hillo sin poder contener su enojo—, ¿se ha enterado de lo que ha hecho ese tío en el segundo toro? Sin duda tiene usted telarañas en los ojos cuando no ha visto ese sublime arte del engaño, cuando no ha visto con qué salero se lo pasó a la fiera por delante de la cara para componerla, para quitarle los resabios adquiridos durante la lidia, para igualarle... ¿O es que usted no sabe lo que es igualar al toro?... ¿Sabe acaso distinguir los pases? Para usted es lo mismo el *natural* que el *redondo*, el *cambiado* y el *de pecho*.»

—Lo que le digo a *zumercé* —afirmó Milagro al concluir la lidia del tercero—, es que este pase *de pecho* de don Rafael no lo hace mejor el Verbo Divino.

—¡Pero si ha sido una gran patochada! ¡Usted no lo entiende! ¡Si no estaba perfilado don Rafael cuando se le vino el toro encima, y en vez de adelantar el brazo de la muleta hacia el terreno de afuera en la rectitud del toro, lo que hizo fue...!

—Usted sí que no lo entiende. Don Rafael no movió los pies...

—¡Pero si parecía un bailarín!

—Le digo a usted que no. Me han salido los dientes viendo matar toros. Don Rafael se estuvo quieto hasta que llegó la res a jurisdicción.

—¡Pero si no llegó a jurisdicción...! ¡Por San Cornelio, que no!... Y el animal no tomó el engaño; y don Rafael, con más coraje que conocimiento, en vez de darle salida por la derecha, se la dio por la izquierda, y no supo emparle. Total, que cuando la res dio el hachazo...

—No hubo tal hachazo.

—Le digo a usted que sí...

—Pues, hijo, si Su Reverencia entiende de decir misa como de toros, lucida está la santa Iglesia.

—Quien no entiende una palotada *sois vos.*

—Paz, paz —les decía Calpena—. No se peleen por un golletazo de más o de menos. Tan difícil es matar bien un toro como gobernar a un país. Tanto mérito tiene el que se pone entre los cuernos de una fiera, como el que se cuadra ante las astas de una nación querenciosa. No disputemos, y aplaudamos a todos.

Salían tan amigos, y hablando de política, el clérigo y el funcionario confundían sus respectivos criterios en un escepticismo zumbón. Fueron también, como se ha dicho, a la apertura de las Cortes, en el Estamento de Procuradores, que tenía por alojamiento provisional la iglesia de *Clérigos menores*, (Carrera de San Jerónimo), convertida en *redondel parlamentario*. Aunque el día no era apacible, la multitud se agolpaba en las calles por ver a la reina y su Corte, y por admirar el lujo de corceles empenachados, los lacayos y cocheros a la Federica, las carrozas de concha y marfil, y todo el elegante barroquismo que constituye el ceremonial palatino de calle. La hermosura de la reina, su gracia y gentileza eran tales, que ante la realidad se achicaban las hipérboles que a su paso se oían. Vestía de negro. Su peinado de tres potencias, con la real diadema y el velo blanco que graciosamente le caía sobre los hombros; la pedrería que al cuello y entre los graciosos moños de su pelo ostentaba; la majestad de su rostro; la sonrisa hechicera con que agraciaba al pueblo dirigiendo sus miradas a un lado y otro, formaban un conjunto que difícilmente olvidaba el que una vez tenía la suerte de verlo. Contaba poco más de veintiocho años, y ya su nombre había fatigado a la Historia, por las circunstancias de su casamiento, de su corta vida matrimonial, de su viudez prematura, que puso en sus manos las riendas de una nación desbocada. Del bien y del mal que hizo se hablará en mejor ocasión. Por ahora se dice tan solo que aquel día de noviembre, camino de la ceremoniosa apertura, estaba guapísima. Era, sin disputa, la más salada de las reinas. Su venida fue un feliz suceso para España, y su belleza el resorte político a que debieron sus principales éxitos la Libertad y la Monarquía. Su gracia sonriente enloqueció a los españoles; muchos patriotas furibundos, a quienes las malas artes de Fernando habían hecho irreconciliables, desarrugaron el ceño. Antes de tener enemigos encarnizados, tuvo partidarios frenéticos. Difícilmente se encontrará en la Historia una reina a la cual se hayan dedicado más versos: verdad que no todos los que se arrojaban a su paso para alfombrarle el camino eran inspirados. Lo que llamamos *ángel* teníalo Cristina en mayor grado que otras prendas eminentes de la realeza, y todos hallaban en ella un hechizo singular, un don sugestivo que encadenaba los ánimos. Por eso Quintana, afectando la confusión lírica, le decía:

«¿Quién te dio ese poder?... ¿De quién hubiste
La magia celestial?»

Y otro no menos famoso poeta, la saludaba de este modo:

«¡Cuán hermosa! ¡Sus ojos celestiales
Cuán apacibles miran!
Ved en su frente pura
La majestad grabada y la dulzura;
Mirad en su mejilla
La rosa del pudor encantadora.
Al Consorte Real, que en ella adora
No menos la virtud que la hermosura,
Ved ¡cuán tierno sonríe
Su labio de coral!...»

Y fue tal la prodigalidad de epítetos dulzones, *angélica, divina, divinal, dulce, amorosa, celeste*, etc., que la lengua se nos hizo empalagosa, y de ahí vino que por devolverle su tonicidad y fuerza la amargaran demasiado los románticos con sus acíbares, adelfas y cicutas.

En otro orden hubo de manifestarse el mismo fenómeno de reacción. Es indudable que muchos se fueron al campo realista, no tanto por convencimiento, como porque estaban hastiados y apestados de tanta *angélica Isabel*, de tanta *celestial Cristina*; protestaban de la virilidad contra el feminismo.

106

Las tres serían cuando entraba la reina en el Estamento, y si en el tránsito por las calles y Puerta del Sol los vivas no cesaban, ni las encantadoras sonrisas de la dama hermosísima, en la casa parlamentaria los aplausos y vítores fueron delirantes. Aclamando a la gobernadora, se rendía tributo a la hermosura y a la ley, a la vida nueva, a la esperanza de un porvenir dichoso. El símbolo era tan bello, que encendía el fuego de la fe con más eficacia que las ideas. No es extraño, pues, que el historiador, o más bien el filósofo de la Historia, se preguntara: «¿Hasta qué punto y en qué medida influyó en la suerte de España el dulce mirar de aquella reina?» Y un faccioso del orden civil, aficionado a las grandes síntesis, consolaba a don Carlos, años adelante, en las soledades de Bourges: «No hay que culpar a nadie, señor, pues así lo ha dispuesto el que hace las criaturas. Todo habría pasado de distinta manera, si la augusta cuñada de Vuestra Majestad hubiera sido bizca.»

Nuestro amigo Calpena, colocado entre los suyos don Pedro Hillo y don José del Milagro, vio desde una tribuna a la hermosa reina, y la oyó leer el discurso. Era la primera vez que la veía, y maravillado de tanta majestad y gentileza, sus ojos no se saciaban de contemplarla. Milagro, renegando de su menguada vista, no hacía más que preguntar a Hillo: «¿Y dónde está Argüelles?... ¿Y Saavedra?... ¿Y los primerizos Pacheco y Donoso Cortés?» Poco fuerte en el conocimiento de personas, Hillo las iba señalando a capricho, y a Pita Pizarro le llamaba conde de las Navas, y a don Antonio González le confundía con don José Landero y Corchado.

«Ahí tiene usted al señor don Juan Álvarez y Méndez, tan orgulloso que parece el czar de Moscovia... —dijo don Pedro cuando ya se retiraba Su Majestad—. Con su pelito rizado y su fraque de última moda, es el más guapo de los que se sientan en el banco negro.

—Ya, ya le veo —manifestó Milagro, que no veía nada—. Está arrogantísimo mi jefe... Ese, ese es el que os ha de poner a todos las peras a cuarto. Ya veréis cómo las gasta.

—Me parece a mí —dijo Hillo—, que trae buenos planes; pero no el trasteo que se necesita para ejecutarlos.

—Trasteo le sobra.

—Le falta mano izquierda.

—¡Qué ha de faltarle, hombre!

—No sabe manejar el engaño. Hay aquí ganado de mucho sentido, volun-
tarioso, que *hace* por los ministros, y no para hasta que los engancha. ¡Pobre
don Juan!... Él ha venido por palmas, y le van a dar...

—¿Qué...?, ¿qué le van a dar?... —dijo Milagro, empezando a amoscarse.

—Nada, hombre: no se sulfure. De toros entiende usted poco; pero de
este tinglado ni una patata.

—Quien no lo entiende es Su Señoría. Me han salido los dientes viendo
Cortes...

—¿En dónde, alma de Dios?

—En Cádiz... En San Felipe Neri.

—Ese santo no es de mi devoción.

—De la mía sí. En mi iglesia adoramos a los patriotas y abominamos de la
clerigalla.

—Paz, caballeros —dijo Calpena con gracia—. No me riñan aquí o a los dos
les mando a la calle.

—Es broma.

—Jugamos, nos divertimos.

En esto salían ya de la tribuna, y empezaba el penoso descenso entre
un gentío bullicioso, mareante, compuesto en su mayoría de señoras char-
latanas y fastidiosas, a quienes todo el espacio de pasillos y escaleras les
parecía poco para sus faldamentas, chales y cintajos. Cerca ya de la salida,
tropezaron con *Edipo*, el polizonte, y Calpena, que ya estaba familiarizado
con su presencia en calles, cafés y teatros, le dijo, permitiéndose tutearle:
«Sí, aquí estoy... No me escapo, hombre... Puedes apuntar, por si no lo sabes,
que esta mañana estuve con Iglesias en el café de Solís, y que hablamos de
la inmortalidad del cangrejo y de la absoluta impertinencia de los empleados
de la policía.»

—No voy contra usted, señor don Fernandito —replicó el corchete risueño
y humilde—. Viva usted mil años, para que proteja a los pobres el día que
venga alguna tremolina.

—¡Lo que es a ti...! ¿A que no me aciertas dónde estuve hoy cuando salí
del café de Solís?

—En la corbatería de Aguayo.

—¿Y antes de ir al café?

—En la peluquería de Cortina.

—Maldito seas, y quiera Dios que te pase lo que al Rey de teatro que te ha dado su nombre.

—Era un Rey que padecía de la vista.

—Ciego te vea yo... Bueno. Pues si me aciertas a dónde iré esta tarde, te regalo una docena de puros.

—¿De veras? Pues ya puede ir por ellos. Tráigamelos escogidos, de la fábrica de Sevilla, de a tres cuartos pieza.

—Antes adivíneme lo que haré esta tarde.

—No necesito adivinarlo, porque lo sé, y usted no.

—¿Y cómo es eso de ignorar a dónde voy, teniendo el propósito de ir a una parte?

—Muy sencillo. Puede que usted tenga la intención de emplear la tarde en picos pardos, y puede que haya hablado de eso con Iglesias, que es muy aficionado a las madamas. Pero aunque el señor don Fernando tenga esos planes, no irá a donde piensa, sino a donde yo sé.

—Explícame eso, *Edipo* maldito, o aquí perece un Rey de Tebas.

—Pues... Esta mañana, mientras el señor andaba de ceca en meca... Fue a buscarle a su casa, tres veces, don Carlos Maturana. Me le encontré en la calle de Peligros, y me ha dicho que tiene precisión de cazarle a usted hoy, y que le cazará, aunque sea con perros.

—¿A mí?... ¡Maturana! Sí, sí, es el pariente de mis amigos de Olorón, a quien me recomendaron. No le he visto aún, porque estaba ausente de Madrid cuando yo llegué.

—Ayer regresó de sus viajes por Italia y Suiza. Traerá relojes y abanicos... En fin, no sé... El motivo de buscarle con tanta prisa es porque usted trajo un encargo para la Zahón.

—El cual aún está en mi poder, porque esa señora, que me han dicho es muy cargada de espaldas, no ha ido a recogerlo.

—Pero va de orden suya el señor Maturana, no solo por el gusto de verle a usted, sino por llevarle a la calle de Milaneses, donde le espera con la cajita Doña Jacoba, que no puede salir. Y como el encarguito será de valor, no tiene el señor don Fernando más remedio que hacer la entrega por sí mismo, y fastidiarse, y echar la tarde a perros.

—Eso no... Con entregar la caja, pedir recibo, tomarlo...

—Puede que le entretengan a usted más de lo que piensa las joyas que hay en la casa.

—No soy aficionado...

—Eso se verá... Cuando lo vea... Hay brillantes, perlas, corales, de los que pintan los poetas...

Y sin decir más, dio dos palmadas a Don Fernando, despidiéndose con palabras de premura: «Con Dios... Hago falta dentro... Mucha gente, y alguna no de lo mejor.»

Reuniose Calpena con sus amigos, que en la puerta hablaban con dos sargentos de la Guardia Real, conocidos de Milagro, y se fueron hacia la calle de Alcalá, rumbo al Caballero de Gracia.

XVII

Exactísimos eran los informes de *Edipo*, y cuando llegó don Fernando a su casa, díjole la chica de la patrona, al abrirle la puerta, que un señor que había estado tres veces por la mañana, le aguardaba sentadito en la sala, al parecer dispuesto a no moverse de allí mientras no lograra su objeto. Minutos después hallábase Calpena frente a un sujeto como de sesenta años, acartonado y pequeñito, que llevaba muy bien su edad; mejor afeitado que vestido, pues su levita era de las contemporáneas de la paz de Basilea; el pelo entrecano y nada corto, con ricitos en las sienes, y un mechón largo cayendo hacia el cogote, como si aún no se hubiese acostumbrado a prescindir del coleto; los ojos reforzados con antiparras de cristales azules montados en plata; el perfil volteriano, el habla cascada y lenta.

«¿Con que es usted...? Bien, hijo, bien. Pues me escribió mi sobrino Felipe; pero hasta ayer no he llegado de mis correrías por el extranjero... Aquí me tiene el señor don Fernando a su disposición. La verdad, poco puede hacer por usted este pobre viejo, pues desde que salí de Palacio... ya sabe usted que era yo primer diamantista de Su Majestad... llevo una vida... Sentémonos, si usted quiere... Pues perdí aquella plaza, después de treinta años de honrados servicios... y no he tenido más remedio que buscar en el comercio un modesto pasar... Ello fue... No sé si estará usted enterado... por malquerencia de esa farolona de *la* Carlota... la mujer del Don Francisco... Otro que tal... En fin, más vale no hablar... Y usted, ¿qué me cuenta? ¿Qué tal le va por Madrid? ¿Ha conseguido que le coloquen? Ay, señor mío, esto está perdido con tantas libertades, y la dichosa Pragmática Sanción, que fue la manzana de la discordia... Al Rey le mataron a disgustos, puede usted creerlo... Y a mí... toda la inquina que me tomaron fue por la amistad que me tenía el príncipe de la Paz primero, y después el señor duque de Alagón... No sé si sabrá usted que don Pedro Labrador me llevó consigo al Congreso de Viena; sí señor... Pero estas son historias marchitas, y usted es joven, vive en lo presente, y le aburrirá esta manía que tenemos los viejos de revolver la hoja seca del pasado... En fin, vamos al asunto.»

—Ello es que yo —dijo Calpena un tanto impaciente por despachar pronto— no he podido entregar...

—Ha hecho usted perfectamente. Encargos de cierta naturaleza no deben entregarse sino en la propia mano de la persona a quien van dirigidos. La mayor parte del contenido de la cajita que confió a usted *Aline* es para mí; el resto, para Jacoba. Esta se halla enferma con un dolor tan fuerte en la cadera, que no puede moverse.

—Iré yo a su casa, si a usted le parece bien.

—Tan bien me parece, que traigo esta comisión, con la cual mato dos pájaros de un tiro. Cumplo con Felipe, ofreciendo a usted mis servicios, y cumplo con Jacoba, llevándole el encargo, y el portador y todo, para que llegue más seguro.

Deseando abreviar, Calpena sacó la cajita, y propuso al señor de Maturana marchar sin pérdida de tiempo. No deseaba otra cosa el antiguo diamantista, y se echaron a la calle, no sin que en el portal recomendase don Carlos a su acompañante que tuviera mucho cuidado con lo que llevaba, pues Madrid estaba infestado de rateros, y al menor descuido le dejarían con las manos limpias. Procuró Calpena tranquilizarle, y asegurando bien el bulto bajo el brazo derecho, avivó el paso. Poco hablaron por el camino, y en cinco minutos se plantaron en la calle de Milaneses. «Amiguito, vaya un paso que tiene usted —dijo el vejete, fatigadísimo, al entrar en el portal—. Ya se ve... un paso de veinticinco años. Subamos ahora despacito, que por aquí no hay peligro y no vamos a apagar ningún fuego. Esta maldita escalera no tiene pasamanos, y usted me ha de permitir que le coja del brazo. Pásmese usted. En esta casa...»

Se paró en el rellano, donde apenas cabían los dos. La escalera, que arrancaba casi en la misma puerta de la calle, ascendía oscura, desigual, angulosa, como los senderos de la traición, y sus escalones patizambos ofrecían al confiado pie celadas espantosas.

«En esta casa... No, en la de al lado, trabajamos juntos, cosa de un mes, Leandro Moratín y yo. Y enfrente, en el que entonces era número 14 de la manzana 71, tuve yo el gusto de cobrar el primer dinero que gané en mi vida. Fue por unas arracadas que hicimos para la infanta doña María Josefa, el año 90... Ea, cinco escalones más y llegamos.»

Tiró Maturana de la campanilla, y al poco rato rechinó la tapa de la mirilla con cruz de hierro. Vio Calpena unos ojos; el viejo no dijo más que «yo», después de lo cual empezó a sonar un claqueteo de cerrojos, al que siguieron vueltas de una llave, luego roce de cadenas, el caer de una barra, y aun después de todo este estruendo carcelario la puerta tardó un ratito en abrirse. ¿Era un hombre el que abría, era una mujer? Fernando no se enteró, porque si el aspecto podía pasar por varonil en la penumbra del pasillo, femenina era la voz que dijo: «don Carlos, no le esperaba tan pronto. La señora duerme, y yo estaba en la cocina echándome unas piezas a la chaqueta... Pasen, pasen. ¿Despierto a Doña Jacoba?»

—No, déjala que descanse. Aguardaremos. ¿Y Aurorita, qué hace?

Replicó el mancebo (pues hombre era por la facha, aunque la voz de tiple lo contrario declarase), que la tal Aurorita había salido de paseo con la señora y niñas de Milagro, y con otras cuyo nombre no recordaba, hermanas de un sargento de la Guardia Real; y en tanto, abría la puerta de la sala, que más bien era tienda, por las dos mesas, con trazas de mostradores, que en ella había, y los armarios de forma pesada y robusta, cerrados con fuertes herrajes, guardando con avaricia sigilosa tesoros o secretos. Dos o tres sillones de vaqueta, de un uso secular, claveteados y lustrosos, y un par de sillas, eran los únicos muebles que en tan extraña sala brindaban comodidad al visitante. Acomodose Maturana en un sillón, y Calpena en una silla, dejando al fin sobre la mesa su enojosa carga, y aguardaron silenciosos, hasta que el diamantista, sacando su tabaquera de concha, tomó un polvito, después de ofrecer al joven, que hubo de excusarse graciosamente. La conversación se reanudó en el mismo punto en que había quedado al subir la escalera. «La buena señora —dijo Maturana oliendo el rapé con la mayor finura y encandilando los ojuelos—, se empeñó en que todo había de ser zafiros... y mi padre y mis tíos estuvieron tres meses y medio buscándolos de gran tamaño... Y que escaseaban en aquel tiempo los zafiros y se pagaban bien, como ahora las esmeraldas.»

—Escasean las esmeraldas... ya —dijo Calpena, solo porque la cortesía le obligaba a decir algo.

—Se han pagado en los últimos años a doce y catorce duros quilate, las de buen tamaño... ya ve usted. Algo bajaron de precio cuando don Pedro de Portugal vendió su soberbia colección, en los apuros de la Regencia en la Islas Terceras... Y a propósito... Este recuerdo de don Pedro y Doña María de la Gloria (que por cierto ha recuperado parte de las esmeraldas y aguamarinas de la Corona de Portugal); este recuerdo, digo, me trae a la memoria al señor de Mendizábal... ¿Es cierto que usted...? Si es impertinente mi pregunta, no digo nada.

—Hable usted.

—Es que... Me habían asegurado que es usted el ídolo del señor ministro; el niño mimado, vamos...

Apresurábase don Fernando a desmentir tan absurda especie, que no por primera vez oía, y cuyo origen atribuyó a las hablillas y murmuraciones oficinescas, cuando sintieron ruido y voces en las habitaciones inmediatas. Maturana se acercó a la puerta, y entreabriéndola, dijo: «¿Qué es eso, Lopresti? ¿Se levanta la señora?» Y la voz de tiple contestó desde dentro: «Allá va...» Momentos después, entraba en la sala Doña Jacoba Zahón, apoyada por la izquierda en el fámulo, por la derecha en un grueso bastón, y con difícil paso, marcado por lamentos y suspiros, llegó hasta soltar sobre un sillón la dolorosa carga de su cuerpo. Antes de saludar a Calpena, despidió al de la voz aguda con expresiones displicentes de ama de casa que gasta mal genio: «Entretente ahora con tus costuras, y olvídate de tus obligaciones, como ayer, que nos diste de cenar a las nueve de la noche... ¡Ah, si yo recobrara mi salud y pudiera estar en todo, cómo te haría andar derecho!... Anda... holgazán, lávame los pañuelos... A las seis, el vinito con la medicina...»

Volvió después su rostro hacia Calpena, y le saludó con graciosa sonrisa, mostrando al joven su senil y enfermiza hermosura, que enormemente contrastaba con su desgraciado cuerpo. Ofrecía su cabeza un exactísimo parecido con la de María Antonieta; mas por el color exangüe y la extremada delgadez del interesante rostro era la cabeza de la infeliz reina después de cortada, tal como nos la ha transmitido la auténtica mascarilla de cera existente en un célebre Museo. Don Fernando sintió frío al contemplar aquel rostro tan fino y transparente, de un perfil distinguidísimo, apagados los ojos, lívido el labio, mostrando una dentadura en buena conservación. El cabello era gris, y para que resultara mayor la terrible semejanza con la decapitada reina, se sujetaba dentro de una escofieta blanca. El cuerpo no debiera llamarse feo, sino monstruoso: cada hombro a diferente altura, corvo el espinazo. Se envolvía en una cachemira muy usada, bajo la cual aparecían la falda de estameña oscura, y los zapatos de paño, holgadísimos, pertenecientes sin duda a su difunto esposo. A la cara correspondían las manos, también de cera, finísimas, bien marcadas las falanges bajo una piel sedosa, las uñas no muy cortas, pero limpias: lucía en sus dedos una sortija negra, con un hermosísimo *ópalo de fuego* de gran tamaño.

«Usted me dispensará, señor Calpena —dijo con voz dulce, musical, que casi daba tonos de italiano al español correctísimo que hablaba—, que haya tardado tanto en avisarle... Que hoy, que mañana... Pero la carta de *Aline* llegó cuando yo me hallaba en lo peor del ataque. Esta maldita ciática me tenía en un grito. Y el año pasado las paletillas... Después todo el esqueleto... Ay, si le dijeran a usted, señor de Calpena, que yo he sido una mujer esbeltísima, se echaría a reír... Vea usted los estragos del reuma en estos pobres huesos... Pues sí, *Aline* me decía... Y ayer el amigo Maturana, al llegar de su viaje, me decía... En fin, que celebro infinito ver a usted en mi casa, y le agradezco la atención de traerme por su propia mano la caja.»

Por iniciativa de Maturana, se procedió a la apertura del paquete, rompiendo los hilos que sujetaban el papel que lo envolvía. En tanto Jacoba continuaba: «Por el amigo Milagro he tenido noticias de usted, y sé que está en gran predicamento con el señor de Mendizábal... No, no lo niegue. Ya sé que es usted la misma modestia... Pues el señor don Juan, en la posición que hoy ocupa, no se acordará de mí. ¡Cuántas veces le vi en mi tienda, calle de la Verónica, esquina a la de la Carne, donde estuvimos tres años antes de pasar a la calle Ancha! Era entonces un muchachón de lo más alborotado que puede usted imaginarse, un busca-ruidos, un métome en todo; ayudaba a los patriotas levantiscos que armaban un tumulto a cada triquitraque. Bien me acuerdo, bien. Juanito Álvarez hizo la contrata de víveres el año 23, cuando tuvimos allí prisionero al Rey. ¡El Rey! ¡Ah!... Me parece que le estoy viendo, con su traje de mahón, asomado a los balcones de la Aduana, mirando al mar con un anteojo muy largo, en espera de barcos franceses o ingleses que vinieran a liberarle... Mendizábal empezaba entonces sus negocios en gran escala, y, si no recuerdo mal, algo traficó en pedrería con Londres y Amsterdam. Por si había conspirado o no había conspirado, le condenaron a muerte, y salió de Cádiz escapado para no volver más... Ya, ya se acordará él de los Zahones, y de los refresquitos de sangría que le hacíamos en casa, cuando volvía de Rota con Jenaro Negretti. En Rota tenían ambos sus novias, las de Urtus, dos hermanas lindísimas. La una murió de calenturas, y la otra casó con un hermano de este, Cayetano Lopresti, maltés, que está en mi servicio desde el año 25... ¡Cómo se pasa el tiempo! ¡Ay, don Carlos!, ¿qué me dice usted de este correr de los años? El 23, cuando fue a Cádiz con la Corte, usaba usted todavía coleta, y los chicos de la calle le hacían burla... ¿se acuerda?»

Más atento a lo que iba sacando del cajoncillo que a las tristes remembranzas de su amiga, Maturana no contestó. Fijose también Doña Jacoba en lo que el viejo ponía con religioso respeto sobre la mesa, y alargó su mano para cogerlo y examinarlo.

«Ya... —dijo—, las peinas que tanto ponderaba *Aline*... El carey es finísimo; los diamantes valen poco... Andanada de veinticinco. Viene bien para completarle a la de Castrojeriz las arracadas que quiere tomar, rostrillo y cinturón para la Virgen de Valvanera.»

—¿Tiene bastante ya? —preguntó maquinalmente Maturana, mirando con lente un joyel montado en plata.

—Tiene... ¡Oh, sí!... Con lo que le vendió la Concha Rodríguez y este, habrá bastante.

115

—Si no... Yo he traído como unos veinte diamantes de desecho... Muy propios para Vírgenes y Niños Jesús... Vea usted, Jacoba, vea qué hallazgo...

—¿Qué?... ¿qué es eso?

—Esto es un joyel de los que se usaban en los peinados Pompadour, convertido en alfiler de pecho con poco arte: conozco esta prenda como a mis propios dedos. No me equivoco, no: es la misma. Esmeralda *hialina* del Perú, superior, con cerco de brillantes en plata. Catorce brillantes, dos de ellos de bajo color, y otro con pelo... Es la misma joya, la que perteneció, con otras del propio estilo, a la Vallabriga, la esposa del Infante don Luis... Todo se vendió en París el año 8; luego hubo algún descabalo, porque Montefiori cedió en Metz los pendientes de este mismo juego... Juraría que este joyel lo compró el corredor de *Aline* en Alsacia: los judíos alsacianos poseían mucha piedra procedente de España, no solo de la Grandeza, sino de la de Godoy y Pepita Tudó.

—Es muy lindo... Lástima no tener las otras piezas —dijo la Zahón, examinándolo sin lente, con ojo muy perito—. Esto viene para usted. Para mí ha de haber un saquito con varias piedras sueltas: venturinas, turquesas, algunos brillantes...

—Aquí lo tiene usted —indicó Maturana, vaciando el saquito en la palma de su mano—. ¡Caramba, qué hermoso brillante!... Talla de Amsterdam, sesenta y cuatro facetas... Vea usted qué tabla y qué culata... Este otro amarillea un poco. No daría yo por el quilate de este ni tampoco cincuenta duros... Las turquesas me gustan, y si usted quiere me quedo con ellas. Tengo yo dos hermanas de estas, tan hermanas, que no dudo en asegurar que proceden de Venecia, como las mías, y que pertenecieron a una dama italiana, no me acuerdo el nombre, de la cual se dijo si tuvo o no tuvo que ver con Massena... Estas *rosas* valen poco... Todo es género corriente recogido en el Bearnés y Languedoc...

Pasando de la mano del viejo a la de doña Jacoba, esta lo examinó fríamente, diciendo: «El brillante bueno no tendrá menos de cinco quilates y tres cuartos.»

—Lo tomará la de Gravelinas, que ya reúne seis iguales, con el último que yo le vendí.

—No quiero nada con la duquesa, que aún me debe la mitad del collar de perlas. Lo reservo para un parroquiano que sabe apreciar el artículo, y es caprichoso, espléndido...

—Ya sé quién es. Mucho ojo, amiga Jacoba. No cuente usted con las esplendideces de los que tienen su fortuna en América, en negros y caña de azúcar. A lo mejor, saldrán estos señores exaltados con la supresión de la esclavitud, y la plumada de un ministrillo dejará en cueros a más de cuatro que apalean las onzas... Y usted, señor Calpena, ¿se aburre viéndonos examinar estas baratijas?

—¡Oh!... Es muy bonito —dijo Fernando—; ¡pero cuántos años de revolver piedras entre los dedos para llegar a adquirir esa práctica, ese conocimiento...!

—La costumbre... —indicó la Zahón—. Desde muy niña ando yo en este comercio... y créalo usted, si dejara de ver piedras y de sobarlas y de jugar con ellas, me moriría de fastidio. Ya mis dedos las conocen solos, y casi no necesito mirarlas para saber lo que valen.

—Yo también, desde que me destetaron, señor don Fernando, o poco después, manejo estos pedazos de vidrio.

—Para mí, lo parecen.

—Y lo son: vidrio fabricado por la Naturaleza en el horno de los siglos... ¡Ah!... ¡oh!, atención. Aquí viene lo bueno.

Al decir esto, sacaba un objeto estrecho, largo como de una cuarta, envuelto en finísimas túnicas de papel de seda. Era un abanico, obra estupenda del arte francés del siglo pasado. Desplegando cuidadosamente el varillaje de calado nácar, obra de mágicos cinceles, y el país pintado en cabritilla, ideal escena de marquesas pastoreando en jardín de amor, entre sátiros, *pierrotes* y caballeros con pelliza, Maturana lo mostró abierto, sutilmente cogido por el clavillo de oro, a los asombrados ojos de Doña Jacoba y Calpena, quienes se maravillaron de obra tan bella y sutil.

«Esta es una de las piezas más admirables que existen en el mundo, en el ramo de abaniquería —dijo el diamantista, ronco de entusiasmo y del gozo que le producía el arrobamiento de los dos espectadores—. Fíjense en esas varillas, que parecen hechura de los ángeles, y no tienen el menor desperfecto; fíjense en la pintura, en esas caras, en los ropajes y en el paisaje del fondo... Observen las ovejitas, que no parece sino que oye uno sus balidos... Pues si notable es esta pieza por su arte, no lo es menos por su historia, que voy a contar.»

Envolvió de nuevo el abanico en sus fundas finísimas de papel, y poniéndolo sobre la mesa, protegido por su mano izquierda, se lanzó con vuelo atrevido a los espacios de la Historia.

XVIII

«Hiciéronlo Lancret y Lefebvre para la reina María Leczinska, por encargo de Su Majestad Luis XV, y naturalmente, apenas concluido, Madame de Pompadour se dio sus mañas para apropiárselo. En el zócalo de la columnita que habrán ustedes visto en el país, a la derecha, pusieron los artistas la divisa de la cortesana, que dice: *virtus in arduis*. A la muerte de esta señora, pasó el abanico por sucesivas ventas a la marquesa de Maurepas, y luego se nos pierde en el laberinto de la Revolución francesa, hasta que reaparece en Coblentza, donde lo compra un mercader italiano y lo lleva a Nápoles. Qué vueltas dio por los aires de mano en mano hasta venir a las del príncipe de la Paz en 1805, yo no lo sé, ni creo que nadie lo pueda averiguar. Lo que afirmo es que lo usó Su Majestad la reina María Luisa. El año 8, por marzo, hallándose la Real Familia en Aranjuez, se perdió uno de los diamantes del clavillo, y por conducto del señor príncipe de la Paz, vino el abanico a mis manos para la reparación consiguiente. Entonces ¡ay!, lo vi por primera vez, y quedé prendado de su mérito. A los pocos días de tenerlo en mi taller, lo entregué compuesto a Su Alteza; mas la Providencia no favoreció al pobre abanico, pues antes de que el príncipe pudiera devolverlo a la reina, sobrevinieron los terribles sucesos del día de San José. A Godoy por poco le matan. Los amotinados saquearon el Palacio y pegaron fuego a los muebles... ¡qué dolor! Era de temer que el precioso objeto fuese a parar a manos viles, a personas ignorantes que desconociesen su valor... Pues no, señor. A fin del mismo año de 1808 reaparece en poder del mariscal Soult, hombre inteligente, soldado artista, que lo estima como merece, y se lo regala a Napoleón en enero del año siguiente. Enviado a Josefina con otros obsequios, esta lo regala a su hija Hortensia, reina de Holanda, que lo lució en una ceremonia, a la cual dicen que fue a regañadientes: el bodorrio del

Emperador con la Archiduquesa de Austria. Después de Waterloo, todo fue peripecias y saltos terribles para el señor abanico, que tuvo en poco tiempo distintos dueños. Primero, un anticuario holandés, que lo vende a la princesa Stolbey, fallecida en Baviera el año 20; segundo, el príncipe Carlos de Baviera, emparentado con Eugenio Beauharnais; tercero, otro anticuario, de Nancy, que lo lleva a París, lo hace restaurar, y consigue venderlo a precio exorbitante a un desconocido, que obsequia con él a Mademoiselle Mars en una representación de no sé qué tragedia... No sé si sabrán ustedes que la célebre actriz es muy aficionada a los brillantes, y tenía colección de ellos por valor de ochocientos mil francos; no sé si sabrán también que el año 27 le hicieron un robo de alhajas, valor de trescientos mil francos. ¡Pues no ha metido poca bulla ese proceso, que creo no ha terminado todavía! Parecieron los ladrones; pero las piedras no. Pues bien: deseando esa señora reponer los brillantes que le quitaron y no disponiendo de dinero suficiente, hizo varios cambalaches con Bertín y con los hermanos Rosenthal, sucesores del famoso Bœhmer, y en uno de estos cambalaches sale otra vez al mercado el famoso abaniquito. Desde entonces puse yo en él los cinco sentidos, deseoso de comprarlo: ha pasado por manos de diversos marchantes; fue a tomar aires por Alemania y Suecia; en cuatro años ha pertenecido a un Poniatowsky, a una gran duquesa de Hesse y a un coleccionista que vive en la Selva Negra, el cual murió el año pasado, y su heredero, que era el santísimo Hospital de Tréveris, hizo almoneda de todo. Vuelve mi abanico volando al mercado, y en Lyón se posa en casa de mi amigo Jobard. Trato de cazarle allí, y Jobard, que es de los que persiguen gangas, me toma a mí por un inocente y quiere explotarme. Finjo desistir del empeño, y me marcho tras de otros asuntos; pero sabiendo de buena tinta que el marchante lionés se tambalea, doy el encargo al amigo Montefiori, de Burdeos, para que esté a la mira y aproveche la ocasión... La ocasión llegó, y hace tres meses fue adquirida, por cuenta mía, la famosa prenda por la mitad de lo que le costó al adorador de Mademoiselle Mars...

—De lo que usted nos ha contado, por cierto muy bien —dijo Calpena, que había oído con deleite—, se saca la consecuencia de que hay objetos inanimados, cuya historia es más interesante que la de muchas personas.

—Eso, admitiendo que sean verdad todas esas traídas y llevadas del abanico —observó la Zahón, escéptica, desdeñosa, pues no le gustaba que su colega supiese más que ella en tales materias—. No se fíe, don Fernando, que este Maturana le compone su historia a cada pieza que vende, forma especial suya de hacer el artículo.

—En esto —dijo Maturana riendo—, me ganaba su marido de usted, Jacoba. Recuerdo que tuvo una pareja de diamantes, que había sido del Tamerlán, después de Antonio Pérez, y últimamente de Godoy... Ya se sabe: todas las joyas de precio que han salido a la venta del año 8 acá, se le han colgado al pobre don Manuel.

—Pues ese abanico —afirmó la Zahón displicente y maligna, entornando los ojos— no se vende en España, tal como están hoy las cosas, aunque lo adornen con más historias que tiene el Cid.

—Este abanico —replicó Maturana, acariciando la joya—, lo vendo yo en España, y al precio que me dé la gana, señora Doña Jacoba, aunque usted no quiera... ¿Cree usted que voy a ofrecérselo a esos pelagatos del Estatuto, o a las señoras de los patriotas, que apenas tienen para poner un cocido?

—Pues a la Grandeza la verá usted completamente acoquinada con estas revoluciones y estas guerras malditas. ¿Dinero? Poco hay, o es que no quieren gastarlo. ¿Gusto? Ya sabe usted que aquí no privan más que las apariencias baratas... Vaya, don Carlos, no ande con misterios, y díganos que piensa encajarle su abanico a la reina gobernadora.

—¡Oh!, no hay otra mujer en el mundo —observó Calpena con entusiasmo— que sea digna de tal joya.

—Eso sí... Sabe apreciar lo bueno. Pero yo pongo mi cabeza a que si don Carlos le propone el abanico, ofrecerá por él una miseria.

—Su Majestad es artista, y además espléndida, generosa...

—¡A quién se lo cuenta!... ¡Ay, ay! Lo fue, sí, señor —dijo la Zahón amargando el concepto con quejidos—. Lo fue... ¡Dios me favorezca, ay!... pero desde que ha empezado a soltar hijos, se ha vuelto muy roñosa.

—¡Si no ha tenido más que uno!

—Y lo que ha de venir... ¡ay! Está ya de cinco meses, ¡ay!... Dos años de casada lleva por lo secreto, según dicen, y al paso que va, no habrá bastantes rentas para el familión que nos traerá esa señora... ¡Y ese Don Carlos, bobalicón, todavía piensa que le va a comprar... Ese juguete!

—Este juguete, y cuanto yo quiera —afirmó el diamantista con seguridad burlona, casi insolente—, me lo comprará la reina, y me lo pagará como a mí me convenga.

—Ciertamente —dijo Fernando—. La reina está obligada a proteger las artes... y es su deber formar colecciones, que luego pasan a los Museos.

Era la Zahón envidiosa, y su egoísmo comercial no toleraba que otro del gremio, aun siendo amigo suyo, hiciese mejor negocio que ella. La seguridad que mostró Maturana de vender en Palacio con ventajas grandes, la sacó de quicio; exacerbados sus dolores por la emulación mercantil, empezó a dar chillidos, y entre ellos iba soltando estas palabras:

«No, no... No puede ser... Maturana loco... Reina no compra, reina guarda dinero.»

—Si María Cristina guarda el dinero —afirmó Maturana frío y cruel, pues cuando se proponía humillar a su rival no conocía la compasión—, lo sacará de las arcas para dármelo a mí... Su Majestad me comprará todos los objetos y joyas de mérito que yo le lleve, y a usted no le comprará nada... A usted nada... A mí todo.

—Bruto... Majadero y vanidoso... ¡Ay, me muero!... Este dolor para usted... para usted debiera ser.

—Gracias... No me conviene el artículo.

—¡Vaya con don Carlos!... Ahora sale con que tiene vara alta en Palacio... Con que le ha caído en gracia a la reina... ¡Ja, ja!... ¡Ay, ay!... Me río llorando, ¡ay de mí! ¡Bien por el nuevo favorito!

—Favorito soy... En mi ramo, se entiende. Y la reina gobernadora me favorece, porque me necesita...

—¡Le necesita!... Buenos estamos. ¿Cree usted que la Señora piensa encargarle arreglos y composturas? ¡Si la moda reinante es volver a lo antiguo!

—La reina no me ha llamado para ninguna chapuza.

—¿Luego Su Majestad le ha llamado a usted? —preguntó Calpena, mientras Doña Jacoba, estupefacta, no sabía qué decir.

—Sí, señor, he tenido esa honra. ¿No llamó a Mendizábal para arreglar la Hacienda y salvar el país? Pues a mí, que en mi ramo soy tanto o más que Mendizábal en el suyo, me llama también la Corona... para fines no menos altos.

—¿Y qué tiene que ver nuestro ramo, la joyería, con nada de lo que está pasando en España?

—¿Qué tiene que ver...? Llega un momento, en las peripecias de un reinado, en que el arte del diamantista puede auxiliar poderosamente a la Monarquía.

—¡Ay, ay!... Este hombre quiere volvernos locos... Don Fernando, no le haga usted caso... Se burla de mí, y quiere ponerme peor haciéndome reír.

—Ríase usted o llore todo lo que quiera.

—No lloro, no, ni me río —indicó la Zahón altanera y burlona—. Estoy indignada por la falta de respeto con que habla usted de la reina. ¡Pues no dice que le ha llamado!

—Seis veces han llegado a mi casa criados palaciegos preguntando cuándo venía del extranjero el señor Maturana... y el Intendente ha estado a verme hoy... No, si no he de decir para qué me quiere Su Majestad. A su tiempo se sabrá.

—Ya... Es que quiere encargar una corona morga... Nática, o como se diga, para el Muñoz —dijo la Zahón venenosa, echando por los ojos toda su envidia, mezclada con su agudo sufrimiento—. Me voy a poner muy mala... Ya lo estoy. Este hombre me irrita... Me cuenta cosas que no me importan... Me ahogo... ¡Lopresti... Condenado Lopresti... que me muero!... ¡La taza de vino, los polvos, esos polvos... Lopresti!

Entró al fin el fámulo, avisado por los gritos de su ama, y le dio a beber una pócima de vino y caldo, en la cual vertió el contenido de una papeleta de farmacia.

«¡Qué amargo está!... ¡No lo has revuelto, condenado! —dijo la señora bebiendo a sorbos—. Ahora te traes una luz: ya no se ve... ¿Y ha sacado las perlas que vienen para mí, don Carlos?»

—Aquí están... Que traigan luz. Quiero verlas.

Traída la luz, examinó Maturana las perlas, y debió encontrarlas excelentes, porque al punto formuló esta proposición:

«Al precio que usted sabe, Jacoba, me quedo con ellas... Vaya, para que usted no chille, en esta partida llego hasta los cuarenta y dos por quilate.»

—Para usted estaban.

—Tiene usted mucho género, Jacoba, género superior, y no sé cómo va a salir de él.

—Mejor... Ea, no empiece a camelarme, que no las cedo.

—¿A ningún precio?

—A ningún precio. Quiero reunir más.

—Y va de historias... Estas perlas que le manda a usted *Aline*, parécenme... No puedo asegurarlo... pero me da en la nariz que son las de la princesa de Beira. Tantas ganas tiene la buena señora de ser reina, que vende sus perlas para comprar pólvora y cartuchos.

—Podrá ser... A usted le llaman las reinas que gobiernan, y a mí quizá me llamen... y me necesiten... las destronadas.

Dijo esto la Zahón solo con el objeto de poner en confusión a su amigo y desorientarle. Seguía don Carlos la broma, sin conseguir sofocar con su donaire el humorismo maleante de la vieja, cuando esta saltó de improviso con un recurso que a las mientes le vino en lo mejor de su charla, y era recurso de ley, fundado en algo verídico, ignorado del astuto don Carlos.

«Amigo Maturana, no le he dicho lo mejor: me ha escrito Mendizábal... ¡Vaya una cara que pone usted!... Sí, señor, me carteo con el ministro. Y si no lo cree, aquí está su secretario particular, que no me dejará por mentirosa...»

—No sé... —balbució Calpena—. Sin duda es cierto... Creo haber oído algo al amigo Milagro.

—A Su Excelencia le da por las botonaduras llamativas —dijo Maturana mirando fijamente a su colega, no sin malicia—. Pero ya caigo: si el ministro se cartea con usted, será porque quiere consultarla sobre ese plan de vender los bienes de los frailes.

Y volviéndose hacia Calpena, le preguntó: «Joven, ¿y será cierto que vende también las alhajas de los santos, y la plata y oro de las catedrales?... Porque con tal medida, si a ella se resuelve, sí que podría sacar de apuros a la Tesorería.»

—No he oído nada de eso —replicó don Fernando—. Parece que se venderán todos los bienes raíces del Clero, y además las campanas.

—Que son los bienes aéreos... ¡Buena se va a armar! ¡Será sonada! Créame usted, Jacoba: si no trasladamos nuestro negocio al extranjero, estamos perdidos.

—Yo no: con el arreglo que nos hará ese señor ministro, verá usted prosperar la nación. Usted no es partidario de Mendizábal.

—Yo creo que vale... Sí vale. Pero fracasará.

—Dios quiera que no... Voy a entrar en negociaciones con él para un asunto... Y el señor Calpena, que, según nos dijeron, es el amigo íntimo del gran ministro, ¿me hará el favor de interceder por mí?

—¿Negocitos con Mendizábal? —murmuró don Carlos.

—Señor mío, si a usted le necesitan las reinas, a mí me necesitan los ministros, que en realidad son los que gobiernan... Señor Calpena, usted es muy amable, y tomará mi asunto con interés.

Excusose el joven con finura y modestia, alegando que no tenía amistad con el ministro, ni podía permitirse recomendarle asuntos de ninguna clase; mas no se dio por convencida la Zahón, y elogiando la delicadeza del joven, y echándole mucho incienso dijo: «Es natural que usted se exprese de ese modo. Pero yo sé que don Juan Álvarez le quiere a usted mucho y le protege, y le hará procurador... Los motivos de esta protección quizás usted mismo no los sepa... Yo tampoco; la verdad, no sé nada: solo sé que... En fin, *Aline* me ha dicho que es usted un joven de gran mérito... No hay que ruborizarse... Por todas esas razones, y otras que callo, yo quisiera, señor don Fernando, que esta noche cenara usted con nosotros...»

Antes que el invitado pudiese formular sus excusas, se metió por medio don Carlos, diciendo muy gozoso: «Aceptará, ya lo creo, y yo también. Quiero decir, que si el señor cena con ustedes, me convido...»

—Lo siento mucho —dijo Calpena—. Otra noche, señora mía, tendré mucho gusto... Esta noche no puedo... Créame usted que no puedo.

—Ya se ve... Es verdadero sacrificio sentarse a nuestra pobre mesa, acostumbrado usted a los convites de las grandes casas.

—No nos tratarán mal aquí, señor don Fernando —dijo don Carlos—; y si Lopresti tuviera tiempo de poner esta noche el pescado en tomatada maltesa...

—Hay tiempo... ¡Lopresti!

Repetía sus excusas don Fernando, cuando llamaron a la puerta. El maltés acudió. Eran campanillazos, golpes repetidos, dados al parecer con el puño de un bastón, y luego voces femeninas, la del sirviente y la de otra persona, riñendo, disputando. «Es ese torbellino —dijo Doña Jacoba—. Aura, hija mía, ¿por qué alborotas? Mira que hay visita... pasa... ven.»

XIX

En el mismo instante vio don Fernando, en el hueco de la puerta, una mujer, una joven, que más que persona humana le pareció divinidad bajada del cielo. ¿La había visto antes alguna vez? Creía que sí, creía que no. ¿Y cómo había vivido tanto tiempo sin verla? ¿Y qué habría sido de él, si por torpeza de su destino no la hubiese visto cuando la veía? Esto pensaba en la perplejidad casi estúpida de que fue acometido su espíritu ante aquella visión celeste. La que respondía por Aura se quedó también suspensa, y pensaba que no veía por primera vez al sujeto, cuyo nombre pronunció la Zahón presentándole.

«Vete adentro: deja la mantilla; deja la sombrilla con que has apaleado al pobre Lopresti, y vuélvete acá... —le dijo la señora—. No hagas la de otras veces, que tengo que ir a buscarte. Ya ves que no puedo moverme.»

Fuese la joven, y tal era su turbación, que ni acertó a saludar con una ligera inclinación de cabeza a la persona que acababa de serle presentada. «¡Qué estúpida soy —se decía, corriendo hacia su cuarto—, y qué grosera y qué desmañada! No he sabido saludarle... Verdad que él no me saludó tampoco, y se quedó como un santirulico que está en oración... ¿Cómo ha dicho Jacoba que se llama? Pues ya no me acuerdo... Yo le conozco... No, no le he visto nunca: no hay más sino que yo sabía que le vería pronto... ¡Y ahora qué vergüenza me da de volver!... No vuelvo... ¡Pero si tardo, y el hombre se cansa, y se va, y no vuelve más, y no le encuentro en ninguna parte...!»

En tanto Calpena, mal repuesto de su trastorno, apenas podía enterarse de lo que Maturana y la Zahón le decían. Miraba para dentro de sí: en su mente había quedado impresa la imagen fugitiva... ¡Qué ojos, qué boca, qué talle! Quería recordar pormenores; cómo eran estas o aquellas facciones, y no podía. La imagen se borraba con el análisis; llegó un instante en que solo quedaba de ella una vaguedad, un rastro, algo como una herida, o como una sombra que doliera. Pero de improviso volvió a presentarse ante los turbados ojos de Calpena, no precedida de ningún rumor de pasos ni de voz alguna. Entró como fantasma, trayendo consigo una luz ideal, y para mayor asombro y arrobamiento de don Fernando, se presentaba risueña, mostrando unos dientes dignos de morder un cachete al Padre eterno. Así lo pensó Calpena, que también se sonrió al verla, y salió como a recibirla, brindándole un asiento...

«No me siento; gracias» —dijo Aura, y pasó... Fue a recoger algo al otro lado de la pieza. Cuando regresaba con una cestilla de labores, recibió de lleno el galán todo el brillo, toda la expresión, toda la intensísima divinidad de los ojos negros de la damisela. El infeliz no dijo nada, miró a la mesa, y cogiendo la silla que cerca tenía, dio un golpecito en el suelo, diciendo o pensando así: «¡Qué rayo de Dios!... Tempestad, locura... Si esta mujer no me quiere, me mato... vaya si me mato. No puedo vivir.»

—Aura —dijo Doña Jacoba dándole un manojo de llaves—. Saca de aquel armario la cajita de perlas, y dásela a don Carlos para que me haga el apartado...

Y mientras Aura traía las perlas, Calpena se decía: «Esto es sueño. Tal mujer no existe. Es la que traigo en mi imaginación desde qué sé yo cuándo... Lo que ahora me pasa es como el morir, como el nacer. No sé si muero o nazco... ¡Vaya una mano! Si me diera una bofetada, vería yo a Dios en su trono... ¡Y qué cuerpo, qué flexibilidad, qué gallardía! Ese traje que antes me pareció verde, ahora es azul, oscurito como un cielo sin Luna, y esas motitas son como estrellas, que en los pliegues se esconden, se apagan... El espacio entre el borde del vestido y el suelo parece, cuando anda, un espacio que ríe, una boca que habla... No sé... Estoy loco... Si la jorobada no repite su invitación, me convido yo mismo. Si me apalean para que me vaya, no me voy.»

—Oye, mujer —dijo Doña Jacoba poniendo las perlas sobre un tablero con bordes y forrado de bayeta, previamente colocado ante sí por don Carlos—, ¿cómo es que no subieron tus amigas las de Milagro?

—Me dejaron en la puerta. Era tarde, y como las de Fonsagrada tenían prisa...

—¿Iban con ellas los dos chicos de la Guardia Real?

—Sí... y también tenían prisa. Les han mandado recogerse temprano en el cuartel. Parece que hay run-run de revolución.

—Todos los días dicen lo mismo, y nunca pasa nada. ¿No sabes, Aura? He invitado a cenar a este señor Calpena, y no quiere, digo, no puede... Convéncele tú.

—¿Y qué caso ha de hacer de mí? —dijo Aura queriendo mirarle y sin poder levantar los ojos—. Estará invitado en otra parte... Comprometido en casas ricas...

—Si mil compromisos tuviera —manifestó Calpena haciendo por tragarse el nudo que tenía en la garganta—, los dejaría todos por la satisfacción, por el honor, por el placer de pasar algunas horas en tan amable compañía.

—Gracias —dijo Aura, echándole toda la mirada y clavándosela con ímpetu, hasta con ensañamiento.

Y la voz de Aura al decir *gracias*, o al decir otra cosa cualquiera, se le metía a Fernando dentro del sentido como una lanceta, y le inoculaba un goce inefable, una turbación honda, ganas de dar gritos y de tirarse al suelo... «¿En qué consistirá —pensaba—, que me parece que la he conocido toda mi vida? Si me equivoco respecto a esta mujer; si no es la que yo soñé, la que ha venido al mundo para mí, que me parta un rayo, o que me asesinen esta noche al volver de una esquina. ¡Esta mujer para otro! No puede ser... Quien me lo diga miente... y si yo lo dudara o lo temiera, estaría loco.»

Mientras doña Jacoba daba órdenes a Lopresti, Aura y Fernando cambiaron palabras insignificantes, sentados uno frente a otro, en el lado de la mesa o mostrador opuesto al que ocupaba don Carlos. Entre este y la pareja estaba la luz, con enorme pantalla verde.

«¿También usted, señorita, entiende de pedrerías, y sabe distinguir los brillantes legítimos de los falsos?»

—No sé nada... Para mí como si fueran cuentas de vidrio. No entiendo nada de esto. Y usted, ¿sabe...?

—Yo no... —dijo Calpena sintiendo un impulso violentísimo de manifestarse—. No sé más sino que... No crea usted que voy a llamarla piedra preciosa, diamante, perla o cosa tal... Eso es no decir nada. Lo que digo...

Digo que cuando la vi a usted entrar... Creí que no era usted persona de este mundo.

—¿Pues de qué mundo?

—Del otro, del Cielo...

—¿Pero usted cree que si yo hubiera estado en el Cielo iba a dejarme caer aquí? ¡Qué tontería!

—No haga usted caso —dijo la Zahón—. Esta niña es una revoltosa sin juicio. Ya es tiempo de que vaya sentando la cabeza.

—Soy muy mal criada —afirmó Aura con graciosa ingenuidad, sin el menor dejo de falsa modestia—. Vamos, que no tengo educación... No he tenido quien me eduque ni quien me enseñe nada... Y ahora trato de educarme yo misma; pero, la verdad, no sé por dónde empezar.

—¡Qué deliciosa modestia!

—¡Modesta yo! No, señor: ya verá usted cómo no lo soy. Algún mérito me parece a mí que tengo, y como lo sé, lo digo.

—La sinceridad es la primera de las virtudes —afirmó Calpena fascinado por los ojos negros de Aura, que no podían ser contemplados de cerca. La ardiente admiración del joven veía en ellos tan pronto una inmensidad de dulzura que atraía, como una inmensidad de peligro que rechazaba. Dulzura o peligro, el hombre sentía un irresistible impulso de comérselos, de apropiarse toda su luz, toda su pasión. ¡Y qué perfecta armonía entre los ojos y lo demás del rostro, en el cual solo se veían perfecciones! El color era moreno suave, blancura encendida más bien, como si en sus mejillas se reflejasen llamaradas lejanas... La frente dominaba tan hermoso conjunto con su pureza de alabastro caldeado.

«Déjeme usted que admire —dijo Calpena en tono y actitud de devoción— esas cejas divinas, esas pestañas que hablan y esos labios que miran... No sé lo que digo.»

—Diga usted de una vez que soy muy bella... ¿Por qué no se ha de decir lo que es verdad? Ya ve usted cómo no conozco la modestia. El ser bonita no tiene ningún mérito, porque así ha nacido una...

—Aura, por Dios, no tontees... —indicó Doña Jacoba levantándose con gran esfuerzo—. Voy a ver qué hace ese pelmazo.

—¿Quieres que vaya contigo?

—No, hija: quédate aquí acompañando a estos señores... Puedo andar sola.

Ponía don Carlos toda su atención en las perlas que examinaba cuidadosamente, y luego las distribuía entres grupos. Aura y Fernando se creían solos.

«¿Qué? —dijo ella viendo al galán suspenso y como asustado—; ¿se enfada usted porque yo misma me alabo y digo que soy hermosa?»

—No; la sinceridad... Todo en usted es extraordinario, inaudito, sin igual.

—No me haga usted caso. Soy muy mal educada... La buena educación pide que cuando una se siente discreta diga: «soy tonta», y que cuando somos bonitas, sostengamos que no valemos nada.

—No es eso buena educación: es gazmoñería, y falsa humildad, máscara de la soberbia.

—A mí me han hecho creer que la verdadera finura consiste en rebajarse y elogiar a los demás.

—¿Aunque no se sienta el elogio?

—¡Ah!, no: eso sí que no puedo hacerlo yo. Por nada del mundo le diría yo a usted, por ejemplo, que me agrada, si no lo sintiera.

—Luego usted me dice que no le soy desagradable.

—Yo no pensaba decírselo... Si lo he dicho sin querer, dicho se queda.

Se le encendieron las mejillas, y después de una pausa, en que Fernando, absorto, no sabía qué expresar, rectificó la joven su atrevido concepto: «La culpa tiene usted por hacerme caso y darme conversación. Se me escapan las tonterías cuando menos lo pienso. Bien dice Jacoba que no tengo vergüenza...»

—Eso no es verdad.

—Quiero decir que soy muy descarada... Y no sabe usted los disgustos que he tenido en Madrid por esta mala costumbre mía de decir todo lo que siento. Mis amigas me critican, y algunas se han negado a salir de paseo conmigo. Otras, en cuanto me han oído hablar dos veces, se han resistido a recibirme en su casa. Vamos, que me tienen por una salvaje, y lo soy, aunque lo disimulo vistiéndome, ya usted ve, como las mujeres civilizadas... Eso lo sabe una sin que se lo enseñen... Pero... Mire usted qué cosas tan raras me pasan a mí: esta noche es la primera vez que siento pena de ser como soy.

Al decirle lo que le dije, ¡me subió un calor a la cara...! Me figuré que usted se enfadaba conmigo, que me iba a querer mal por mi desvergüenza...

—No, no, eso no. Es sinceridad, y yo la admiro y la aplaudo... ¿Pero por qué no hemos de ser todos así? ¿Qué educación es esta que nos impone la mentira en todos los actos?

—Pues ahora me confunde usted más —dijo Aura con una ingenuidad y una sencillez que acabaron de enloquecer a Calpena—. Porque yo empezaba a querer educarme procurando hacerme la vergonzosa, y usted sale ahora diciéndome que cuanto más desvergonzada mejor.

—No, cuanto más sincera... Lo que usted debe hacer es no empeñarse en cosa tan difícil como la educación por sí misma. No acertaría usted. Lo mejor es que confíe ese cuidado a otra persona: a mí, por ejemplo.

—¿Pero cómo me va usted a educar, si no está siempre conmigo?

—¡Oh!... Eso se arreglaría de un modo muy fácil...

—¿Cómo?

—Estando...

—¿Siempre conmigo? Pues le juro a usted que no me disgustaría. En decir esto no veo yo que haya maldad.

—Ninguna...

Al llegar a este punto, miráronse los dos largo rato sin pronunciar palabra. ¿Les estorbaba el viejo diamantista, aunque solo en presencia corporal, por tener todo su espíritu aplicado al examen y selección de perlas? Calpena, perdidamente enamorado de aquella mujer con súbito incendio pavoroso, pensaba en el singular caso, en la inaudita sorpresa que le ofrecía su destino. Era en verdad estupendo que siendo él un misterio vivo, y encontrándose en el mundo, en su florida edad, rodeado de sombras, le saliese al paso, en aquella ocasión suprema de su amor primero (el cual, por la fuerza con que venía, debía de ser único), un enigma tan extraño como el suyo propio. «Ya sospechaba yo —se dijo— la existencia de esta mujer tan hechicera y seductora; ya me anunciaba el corazón que en nuestras sociedades puede encontrarse un ser tan bello, tan ingenuo, en toda la hermosura libre y silvestre de quien no ha pasado por los absurdos tamices de la educación corriente. Esta mujer superior, este admirable pedazo de la Divinidad, aunque sin pulimento, para mí estaba guardada; para mí, que he venido al mundo en algún torbellino de las pasiones humanas, y tengo por ley de mi destino la misión ¿por qué no ha de ser misión?, de venir a chocar con otro misterio como el mío, con otro enigma, y fundirnos misterio con misterio, y...» De buena gana habría roto el silencio soltándole estas preguntas, expresión de la ansiedad de un amor investigador, receloso, policiaco: «¿Quién eres tú?... ¿De dónde has salido tú?... ¿Quiénes son tus padres?... ¿Por qué estás en esta casa?»

El silencio fue interrumpido por Maturana, que, mostrando entre sus dedos una gruesa y hermosa perla, se volvió a los que ya es forzoso llamar amantes, y en tono grave les dijo: «¡Qué hermosura, qué redondez, qué oriente!... ¡Y que este prodigio de la Naturaleza haya salido de los profundos abismos de la mar!... ¡Y que esto sea, como dicen, una enfermedad de la ostra... un tumor, según otros, producto de la baba con que el pobre animal se cura de los golpes que le dan los crustáceos! ¡Y cosa de tanto valor no es, en su origen, más que una baba!... ¡Misterios de la vida, del tiempo!...»

XX

No se manifestaba en la mesa la sordidez de Jacoba Zahón, como vulgarmente creían vecinos chismosos, y amigos desconocedores de las interioridades de la casa. Del trato comercial procedía su fama de avaricia, y cuanto se dijese en este terreno era poco, pues no ha venido al mundo persona que con más cruel ahínco defendiera el ochavo. Los del gremio la temían; gimieron siempre los parroquianos entre sus uñas rapaces; en tratándose de negocio pingüe, no reparaba en medios, ni había para ella compañerismo, ni delicadeza, ni caridad. Reproducíanse en ella todas las cualidades de su marido, Bartolomé Zahón, a quien llegó a sobrepujar en la frialdad de cálculo, en la codicia desmedida y en la dureza de las condiciones de venta o empeño, aprovechando siempre, sin miramiento alguno, las ocasiones ventajosas. No perdonaba; hacía cumplir los contratos, implacable sacerdotisa de la letra, y al propio tiempo los cumplía fielmente por su parte. Jamás la cogió nadie en renuncio legal; jamás tuvo que ver con la justicia humana. Vivía, pues, dentro de la estricta honradez social, del respeto de las leyes y costumbres. No tomó nunca nada que en rigor de derecho no fuera suyo, ni dio a nadie parte mínima de su legal pertenencia. Con tal modo de ser, se fue labrando su fama de miseria, fundadísima en todo, menos en los cuentos que corrían acerca de la mala vida que se daba. Como en su casa entraban pocas personas, y las amistades y relaciones no pasaban de un círculo estrecho, pocos sabían que la mesa de Jacoba no era escasa, que a veces era espléndida, y que si ocurría tener que obsequiar a alguien, lo hacía con decente abundancia y hasta con ostentación. Así queda explicado que la cena de aquella célebre noche fuera excelente, y que Calpena la encontrase muy superior a lo que había imaginado. Añádase que Lopresti era un hábil cocinero, que guisaba a la italiana y a la francesa, y poseía el secreto de algunos platos sabrosísimos a estilo de La Valette y de Cagliari.

Por milagro de Dios, Jacoba se sintió, después de anochecer, muy mejorada de los horrendos dolores que le habían retorcido el cuerpo, y gozosa, renqueando de aquí para allí con el apoyo de su bastón, iba del comedor a la cocina, o al revés; sacaba de los armarios una mantelería riquísima (que había ido a parar allí sabe Dios cómo); exhumaba vajilla fina, alguna hermosa pieza de plata repujada, y en fin, lo disponía todo para lucimiento de su casa y satisfacción de su amor propio. Dígase también que Jacoba Zahón, fuera de los asuntos mercantiles, era bastante agradable, de mucho mundo, conocedora de los usos que constituyen la etiqueta, de hablar ameno y correctísimo. Pero estas cualidades, junto al mostrador, trocábanse en una ferocidad egoísta que ponía los pelos de punta al infeliz que trataba con ella. En esto seguía las tradiciones de su familia: no hacía más que manifestarse en toda la plenitud de su ser, heredado de otros seres, consecuente con lo que los Zahones llevaron siempre en la masa de la sangre. Malta en tiempos remotos; después Mallorca, Gibraltar, Sevilla, y desde mediados del siglo pasado, Cádiz, Córdoba y Madrid, fueron campo donde esta planta Zahónica creció con varia lozanía. Algunos se enriquecieron; otros trabajaron con mediano fruto, y los últimos tuvieron no pocos reveses, que remedió el tino económico de Bartolomé Zahón, y las dotes rapaces de su mujer. En la época en que encontramos a esta señora, toda estevadita, patizamba, y hecha una calamidad, la casa no era más que sucursal de la establecida recientemente en Córdoba por Laureano Zahón, hijo único de Doña Jacoba y su heredero. En Córdoba se había montado un taller, y allí se acumulaba la pedrería más usual conforme a las exigencias de una industria y comercio bastante activos. En Madrid solo quedaba la compra y venta, la red tendida para recoger gangas, todo el género vagabundo que siempre fluctúa en grandes poblaciones; quedaban también valiosos préstamos con prenda, que Doña Jacoba sabía hacer como nadie, a cencerros tapados, sin pagar contribución de prestamista.

Por causa de los achaques de su madre, el Zahón de Córdoba tiraba a suprimir completamente la casa de Madrid, llevándose todo allá, y así lo había convenido con Doña Jacoba; pero dificultaba la traslación la plaga de bandidos y ladrones que había por entonces en Sierra Morena, sin que justicia, ni policía, ni aun el ejército pudiesen con ellos. El envío de alhajas se hacía muy lentamente, aprovechando coyunturas favorables que no se presentaban todos los días. Además, Doña Jacoba, por ley de inercia, lo dificultaba también. El hábito de traficar, de allegar dinero, podía más que todos los planos dictados por la razón: sin darse cuenta de ello, dilataba las remesas, y cuando se proponía no hacer más negocios, se le entraban por la puerta gangas increíbles... En fin, que la codicia y la costumbre daban un carácter de sólida petrificación al establecimiento de la calle de Milaneses.

De las relaciones de la Zahón con Maturana conviene dar alguna noticia. Ya se ha visto que era don Carlos el primer perito y tasador de pedrerías que por aquel tiempo había en España. Criado en los talleres del gran Martínez, y trabajando de continuo para Palacio y la Grandeza, su práctica era al fin tan notoria como había sido su habilidad. Sus viajes frecuentes le afinaron el gusto; el trato mercantil y el roce social hicieron de él un hombre en quien la urbanidad no desmerecía de la inteligencia. Exonerado de su cargo de diamantista de Palacio, a la vuelta del Rey, sin otro motivo aparente que la protección que le dispensara el príncipe de la Paz, hubo de lanzarse al comercio con buena suerte: del 15 al 35 había reunido un buen capital. No tenía taller, ni tienda, ni le hacían falta para nada, pues procuraba colocar prontamente el género, y remitía sus dineros a París, a la casa del señor Aguado, marqués de las Marismas, de su absoluta confianza.

En tiempos bastante lejanos, cuando a Jacoba no le habían salido las corcovas que agobiaban su cuerpo y afligían su existencia, y cuando Maturana, aunque de cuerpo chico, era un hombre de alientos, no exento de gracia, corrieron voces de si se entendía o no se entendía con la mujer de Bartolomé Zahón; pero todo ello fue malicia, malquerencia de compañeros envidiosos. Siempre entró don Carlos en casa de sus amigos con la mayor limpieza de intenciones, y si allí permanecía largo tiempo, era por menesteres periciales y mercantiles. Vivía el diamantista honradamente con su mujer, que nunca salió de Madrid, y tenía dos hijas, casada la una con un teniente de la Guardia, y otra con un capitán de lanceros.

Mirábale siempre Jacoba como un buen amigo, con quien se asociaba en cualquier negocio que uno solo no pudiera emprender. La opinión de Maturana en asuntos de pedrería era para ella cosa sagrada, y la confianza entre los dos, comercialmente hablando, no se alteró jamás. Verdad que Jacoba, como hembra envidiosa, de un egoísmo implacable, no podía ocultar su rabia cuando Maturana hacía un buen negocio en que ella no llevara parte, y le contradecía, le hostilizaba por todos los medios, vengándose de su suerte con burlas y recriminaciones. Pero esto no estorbaba para la confianza, que era incondicional, absoluta. La Zahón le entregaba sin ningún recelo sus llaves; y él, en justa correspondencia de esta fe ciega, le dejaba en depósito, cuando se iba al extranjero, cosas de grandísimo valor. En suma, socios alguna vez, rivales otras, amigos siempre.

Sentáronse a la mesa las dos damas y sus dos invitados a punto de las nueve. Todo estaba muy bien dispuesto, aunque con un poquito de precipitación. Pudo admirar Calpena piezas hermosísimas de porcelana y de plata antigua; todo era heterogéneo, revelando, más que la casa del rico, la del comerciante o el coleccionista. Uno de los candelabros de dos velas con guardabrisas, era evidentemente de iglesia, y había servido en mejores días para alumbrar el Santísimo; el otro de estrado de casa grande; y por este estilo variaban las formas y abolengo de cuanto allí se ostentaba. De lo que cenaron, nada había que decir, como no fuera para elogiarlo sin reservas. Todo era bueno, con tendencias a la condimentación italiana, y revelaba la mano culinaria del atiplado maltés. La mujer, vecina del tercero, que servía, hízolo con destreza, y Jacoba no tuvo que reprenderla más que dos veces... por no perder la costumbre.

Obtenida venia de sus huéspedes para no cambiar de vestido, la Zahón ostentaba en la cabecera de la mesa su cara austriaca, su escofieta, sus jorobas y los trapos con que las envolvía. A su derecha se sentaba Don Fernando, a su izquierda Maturana, Aura enfrente. No apartaba los ojos, y menos el pensamiento, de la hermosa doncella el enamorado Calpena, y pudo observar que en el comer no revelaba salvajismo ni desconocimiento de los hábitos sociales, sino todo lo contrario: «Ella será salvaje en sus afectos, de inteligencia inculta; pero en sociedad sabe lo suficiente para dar relieve a sus extraordinarias gracias naturales... ¡Qué mujer, Dios mío! ¿Pero de dónde ha salido este Sol que viene a alumbrar mi vida?... Ahora veo cuanto hay en el Universo... Antes creía ver, y no veía nada.»

Entabló Maturana la conversación hablando de perlas. «Ya le dejo a usted los tres apartados, a saber: primera calidad, en *elencos* y *avemarías*; segunda calidad, en aljófares, *timpanías* y *berruecos*, y, por último, género *muerto*. Otro día que venga yo a buena hora pesaremos todo lo selecto, formando igualdades. En el primer apartado tiene usted un par de perlas de perfecta redondez y oriente superior, que juntas no pesan menos de 27 quilates. Sé quién daría por ellas 350 duros. Las *muertas*, si usted quiere, me las llevaré a París, donde conozco un platero que ha descubierto la manera de devolverles la irisación por una *alquimia secreta*, en la cual entran, según dicen, 83 drogas. Entre las *avemarías* de segunda, veo una tandita de iguales, lindísimas, que, si no estoy equivocado, son las del medio collar que le cedió a usted Negretti, el papá de Aurorita.»

De esto tomó pie don Fernando para llevar la conversación a la familia de Aura, anhelando explorar aquel interesante mundo desconocido. Algo descubrió de lo que deseaba, y otras cosas quedaron en el misterio. Con mucha gracia describió la joven algunos pasajes de su infancia; y respecto a su nacionalidad, que fue motivo en la mesa de grandes controversias, dijo lo siguiente: «Verá usted, don Fernando, el surtido de sangres que llevo en mis venas. Mi padre era hijo de un corso y de una española, la cual, mi abuela, era hija de portugués, y catalana. ¿Qué tal? Pues voy ahora con mi madre. Verá usted qué lío. Mi madre era hija de un francés y de una griega, y no había nacido en ningún país, sino en medio de la mar, viniendo sus padres de Salónica, donde tenían comercio de oro y plata. Yo nací en un pueblo cerca de Londres, que lo llaman Rochester, y a los tres años me llevaron a Mallorca. De niña hablaba inglés; pero luego se me olvidó, y solo recuerdo algunas palabras. De Mallorca pasé a La Valette, en Malta, donde hablé italiano, y volví a saber un, poquito de inglés. A los diez años, vuelta a

Mallorca, después a Cádiz, y de Cádiz a Madrid, donde me parece que estoy ahora, aunque no lo aseguro: tengo mis dudas de que esté yo ahora donde ustedes me ven... Si es que me ven, que también lo dudo...

—No le haga usted caso, señor Calpena —indicó la Zahón benévola—. Todo el día la tiene usted pensando y diciendo estas extravagancias. Es un genio inflamado, y tan desigual, que si le da por reír y alegrarse, nos atruena la casa con sus gorjeos; y si le da por las tristezas y por lo fúnebre, nos pone a todos con el corazón en un puño. Trabaja como nadie, y hace mil primores cuando le da la ventolera; y cuando se pone a ser holgazana, no hay quien la aventaje. No es constante más que en dos cosas: limpieza, así de su persona como de cuanto cae bajo su mano, y caridad. No deje usted en su poder cosa de valor, porque, de seguro, se la da al primero que se la pide... hablo de cosas metálicas o comestibles, ¿me entiende usted?

—Sí, señora: entiendo perfectamente.

—Oiga usted más: rarísima vez coge en su mano un libro aunque aquí no faltan... La hemos puesto maestro de piano y canto, y de baile. ¿Querrá usted creer que toca lindamente y que baila con toda la gracia de Dios?

—Lo creeré si nos da esta noche una muestra de sus habilidades, en el piano y canto sobre todo, pues la danza es más bien para lucida en sociedad.

—¿Y si no, no lo cree? Pues no toco —dijo Aura—. Tiene que creerlo antes. En estas cosas en necesaria la fe.

—Bueno, pues la tengo... Sin oírla cantar, ya estoy proclamando que se deja usted tamañita a la Todi.

—Eso es burla. No tanto, señor mío. Pero no vaya a creer que salgo ahora con modestias ridículas. Sepa usted que canto muy bien. Digo, muy bien no; me quedo en el bien a secas. Ni me quito ni me pongo nada... Pero no cantaré esta noche... Digo, sí cantaré, con tal que don Carlos me prometa no dormirse.

—Lo prometo... —dijo Maturana—, sin responder, hija mía, sin responder de nada.

—Yo emprendería la completa educación de Aura —dijo Jacoba, que no sabía cómo llegar al asunto que era su objeto principal aquella noche— si me dieran medios suficientes para ello. Y no es que la niña carezca de patrimonio, pues lo tiene sobrado: solo que está en manos que lo escatiman, que lo tasan en demasía, como si desconfiaran de mí... Señor don Fernando, yo espero de usted un favor muy señalado. Me consta su amistad con nuestro gran ministro, el señor Mendizábal; sé que Su Excelencia...

—Señora, ya dije... —interrumpió don Fernando lleno de confusión—. El señor ministro me trata como a todos sus subordinados, con cortesía... y nada más.

—A un lado las modestias, caballerito —añadió la diamantista—, y no me salga usted con negativas, que solo sirven para demostrarnos su delicadeza... Pues sí señor: espero de usted una prueba de amistad hacia mí y de interés por Aura. ¿No adivina lo que quiero? Que usted me ponga en comunicación con su jefe, y si es posible, y quiere extremar el favor, que antes de llevarme a la audiencia, le hable de mí, pues me figuro que el señor Mendizábal tiene de esta servidora una idea equivocada. Sin duda le han llevado algún cuento... En fin, yo quiero ver a Su Excelencia, deseo hablarle, y que usted tome mi empeño como cosa propia...

Interesado en el asunto, por tratarse de la mujer que le fascinaba, Calpena quiso saber más, y descubrir qué relación podía existir entre la hermosa hija de Negretti, nieta de tan distintos abuelos, y el gran Mendizábal, relación cuyo simple anuncio le sorprendía y anonadaba. ¿Qué era, Santo Dios? Solo por tirarle de la lengua a la Zahón y adquirir mayor conocimiento, cedió en aquel punto de sus supuestas confianzas con el ministro, y ni afirmaba ni negaba, dando a entender que favorecería las pretensiones de la jorobada, siempre que se le diese alguna explicación de ellas. Por este medio sutil pudo averiguar que don Juan Álvarez era testamentario de Jenaro Negretti y depositario de su fortuna, con algo más de lo que referido queda.

No se paraba en barras la codiciosa diamantista, y desde que Mendizábal vino a España y se puso a ministro, acarició la idea de que debía transferirle a ella las facultades que le otorgaba el testamento de Negretti. ¡Cosa más natural! Pues ¿cómo podía administrar holgadamente los bienes de la niña, un hombre abrumado de quehaceres políticos, con tantas cosas dentro de la cabeza? ¡Que la Hacienda, que el empréstito, que las juntas, que el Estatuto, que los frailes...! Imposible atender a todo, Señor. De su peso se caía que debía entenderse con la Zahón, y pedirle por favor que se encargarse de la tutela y gobierno de bienes de Aurora Negretti, pues algo habría en el testamento que tal abrogación consintiera. No se le apartaba del magín esta temeraria idea, y si el horrible acceso reumático que en aquellos meses sufría no la imposibilitara totalmente, ya se habría presentado a don Juan de Dios, a fin de proponerle lo que para él era un alivio y para ella una carga muy de su gusto. Bien clara está la razón de que, suponiendo al Don Fernando cordialmente ligado a Su Excelencia, le recibiera con finuras y agasajos, y echara la casa por la ventana en aquel desusado convite.

En los postres sirvieron *curaçao*, que era quizás la única pasión o debilidad del viejo Maturana. Aquel dulce licor le hacía desmentir muy de tarde en tarde sus hábitos de formalidad y grave continencia. Siempre que allí comía o cenaba, Jacoba, por hacerle rabiar, aseguraba no tener *curaçao*; por fin, después de mucho trasteo, hacía traer la bebida y le daba un poquito, cuatro lágrimas, y así se divertía con él, vengándose de alguna trastadilla que en los negocios le había jugado. Pero aquella noche, antes de que la señora empezase el sainete, le convidó Aura, y sacando del aparador la botella, le sirvió cuanto él quiso, y después a Fernando. Mientras don Carlos paladeaba con embeleso los primeros sorbitos y Jacoba le afeaba su vicio con afectado enojo, Calpena charló brevemente con Aura, cuando esta a su asiento volvía. Doña Jacoba no reparaba en ello, o se hacía la distraída, que también pudo ser, y Maturana se halló bien pronto bajo la influencia embelesadora del rico néctar.

«¿Y qué?, ¿canta usted o no?»

—No... Me temo que don Carlos no se duerma si canto. Pero si usted se empeña en ello...

—Deseo que usted cante... Si hablando es su voz tan divina, ¿qué será...?

—¿Cantando? Pues más divina todavía... Bueno; pero conste que, si usted me manda cantar, hace una gran tontería.

—¿Qué está usted diciendo?

—Que hay otra cosa mejor que el canto mío.

—¿Qué...?, ¡por Dios!

—Hablar... que hablemos.

—Chist... Silencio.

XXI

Entró en aquel punto Milagro, que venía sin más objeto que hacer asientos de facturas atrasadas, y se asombró no poco de ver aquel aparato de festín, y a Calpena en la mesa. Pero como en aquella casa todo era raro, y pasaban las cosas en contra de lo usual y corriente, se guardó su sorpresa y no dijo nada. Pareció que a Fernando contrariaba la importuna visita de su compañero de oficina; pero Aura, más lista que la pólvora, se apresuró a tranquilizarle, diciéndole: «Este infeliz es lo mismo que nadie, y además, también se pirra por el *curaçao*. Le ofreceré una copita, ¿sí?»

En esto propuso la señora pasar a la sala, y allá se fueron todos con la botella por delante. Poseídos Aura y Calpena de una audacia loca, cuyo móvil psicológico no se explicaban ni había para qué, se arrimaron al extremo de uno de los mostradores, en el sitio menos alumbrado por la lámpara, y a la mayor distancia posible de los bebedores de *curaçao*. Doña Jacoba hizo plantar su sillón junto a estos, sin perder de vista a la juventud, con quien desde su asiento a ratos hablaba, y ordenó a Lopresti que pusiese luz en el gabinete próximo, y velas en el piano, abriendo de par en par la comunicación de esta pieza, la única bonita de la casa, con la sala o tienda. Milagro y Maturana rompieron, con los primeros tragos, a hablar de política, metiendo en ella su cucharada la Zahón, con ardientes alabanzas del primer ministro, salvador del desdichado Reino, remedio de todos nuestros males. Y conforme aumentaban las ingestiones de bebida, la imaginación de Maturana se lanzaba intrépida al simbolismo: «Reina Cristina es la *Peregrina* entre las perlas, y Méndez el *Gran Mogol* entre los diamantes. Carlos V es el diamante falso, el *strass*... tras, tras... Jacoba el *Ojo de Gato*, tallado en *cabujón*... y tú, Milagro, eres la *Montaña de Luz*... Solo que todavía no te han tallado, hijo... Estás en bruto...»

Con solo probar el delicioso licor, se le quitaban al buen Milagro diez años de vida; y a medida que iba apurando el vasito, presentaba síntomas diversos de exaltación cerebral. Al tercer trago le atacaba infaliblemente una sensibilidad lacrimosa, con recuerdos tiernísimos de su familia e invocaciones a la santa pobreza, a la caridad sublime, a los más altos y puros ideales. Hacia el cuarto o quinto sorbo se le iniciaba la tendencia a expresarse en forma poética, reverdeciendo las aficiones de su edad juvenil, en la cual más le gustaba hacer versos que comer, y era un adepto fidelísimo de la retórica que entonces se gastaba. «¡Ah! —decía con trémula voz, mirando al vaso—: ila reina... Angélica Cristina, pía matrona!... Desde que vino de Parténope, vimos abierto el Empíreo los buenos españoles... Cuando contemplo este doméstico regocijo... iah!, viene a mi mente la imagen de mis pobres niños, de mi dulce esposa, alma virtud... ¿Qué será de vosotros, *oh dulces exuviæ*, el día en que fiera Parca me corte el hilo?... Mendizábal tonante, aplaca el furor de Mavorte... La oliva sucede al laurel... Somos felices... Vuelve el reino de Ceres prolífica... Comeréis, hijos míos, blancos panes y bizcochos duros...»

Doña Jacoba, sin catarlo, era atacada de somnolencia, que procuraba vencer. En tanto, recogía cuidadosa la caja de las perlas, acomodando en ella los paquetitos que contenían las divisiones hechas por Maturana. Esto no le estorbaba para dirigir a la gallarda pareja estas insinuaciones: «señor Calpena, cuéntenos usted algo de política... Aura, ¿por qué no cantas?»

Aprovechaban ellos las distracciones y cabezadas de la señora para entregarse con efusión al ardiente coloquio que enlazaba sus almas, en cláusulas cortas, balbucientes: «¿Me había usted visto alguna vez?»

—No, no... La impresión de usted en mi espíritu es antigua, eso sí... Cuando la vi entrar por esa puerta, creí recobrar algo que se me había perdido...

—¡Qué cosa más rara!... Esta noche, cuando subía yo la escalera, sentí miedo, alegría y qué sé yo qué... No podía respirar... por poco me caigo.

—¿Y por qué pegaba usted a Lopresti?

—Es juego. Suelo darle así, con la sombrilla. A él le gusta, y conozco yo que está de mal humor cuando no le pego. Es un perro fiel, y me quiere con delirio. Esta tarde, al entrar, me dijo: «La está esperando a usted un caballero muy guapo, de parte de su tío el señor Mendizábal.» Ya ve usted cuánto desatino. Me eché a reír... y le casqué más fuerte que otros días. ¿Oye usted? Jacoba me dice que cante... ¿Qué debo hacer?

—Obedecerla, creo yo.

—Lo que agrade a usted haré, y nada más. ¡Qué extraño es lo que me pasa! Hasta esta noche me ha costado siempre mucho trabajo someterme a la voluntad de los demás. He sido voluntariosa, díscola, rebelde... Pues ahora creo que si alguien me pegase, me alegraría, y mi mayor gusto sería obedecer, ser mandada.

—¿Y si yo me tomase la libertad de decirle: «Aura, haga usted esto; Aura, sería yo muy feliz si usted...»?

—¿Si yo qué...? Había de mandarme cosas buenas, las que ahora me parecen buenas... Y también, también yo mandaría un poquito, que es muy grato para una mujer verse obedecida. Obediencia y mandato, pienso yo que deben ir juntos.

—Servidumbre y tiranía en una sola persona, en dos quiero decir —indicó Calpena enteramente trastornado—. El amor nos hace dueños y esclavos de la persona amada... Aura, esta noche, después que yo me retire... y mañana, mañana, ¿se acordará usted de mí?

—Se lo diré cuando vuelva.

—Según eso, ¿he de volver?...

Al llegar aquí sintió Calpena que se ponía tonto. A su primera audacia sucedió una timidez aplanante, y no encontraba fórmula adecuada para la expresión de sus afectos. Pero de súbito, en la tremenda revolución de su alma, vino el golpe de osadía, y poco faltó para que diese un grito, dejando salir, sin ningún recato ni miramiento, las llamaradas que le abrasaban. Con su mirar frío le contuvo la Zahón... Poco después le hizo Aura una pregunta insignificante: «¿Cómo es su segundo apellido?» Y él replicó: «Igual que el primero... Aura, nos conviene que usted cante un poquito, y es de todo punto indispensable que, cuando usted pase al gabinete ese del piano, pase yo también y estos se queden aquí.»

Pronto lo arregló Aura dirigiéndose a la próxima estancia y ordenando a Fernando, desde la puerta, que tuviese la bondad de *volverle la hoja*, pues no daba pie con bola sin mirar al papel... Y ya están allá; ya desliza Aura sus lindísimos dedos sobre las teclas; él a su lado, sin entender la escritura musical, hace como que atiende al papel, mira embelesado a la divina cantora, y más embelesado aún, o transportado al séptimo cielo, la oye. Canta ella el aria de *Semíramis, Bel raggio lusinghier,* y después una canzoneta napolitana.

Duda Calpena si vive o muere, si duerme o vela. La voz de Aura le penetra en el sentido como un himno de deidades lejanas, desconocidas, apenas visibles en su envoltura de blancos cendales. A ratos siente como un súbito rayo que le hiere, que le destroza, que le arrojaría exánime al suelo, si un poderoso estímulo de su voluntad no le contuviera. Desea que calle Aura; desea cogerla y llevársela consigo en aquel mismo instante, como el hecho más natural del mundo. A su timidez sucede una arrogancia que nada respeta, una prepotencia que todo lo allana. Se siente capaz de saltar por encima de los obstáculos más imponentes, y de atravesar con su hermosa conquista por entre las multitudes, que a sus ojos se empequeñecen ya, y solo se compone de figurillas despreciables, microscópicas... Aura sola es toda la vida, Aura toda la ley, Aura el Universo físico y moral, Aura cuanto existe de Dios abajo.

En uno de los que podríamos llamar entreactos, el ardoroso galán, revolviendo papeles de música, como para escoger, le dijo: «Aura, cuando entraste esta noche y nos vimos, ¿no comprendiste que te adoraba?» Acalorada por la turbación que al rostro en centellas le subía, Aura se abanicó con una pieza de música. No se hizo cargo el joven de que la había tuteado, y ella, sin parar mientes en la forma familiar usada por primera vez, pasó maquinalmente sus dedos por las teclas. «El piano me responde por ti, Aura —prosiguió don Fernando—; el piano me dice que tú también me quieres, que no me dejarás morir de desesperación... Un instante ha bastado para hacerme pasar de una vida a otra vida, de la vida muerta a la vida viva... Si es verdad esto que pienso, no necesitas decírmelo. Me lo confirmarás callando...»

—Si callo, y tú lo dices todo... verá Jacoba que... que tú me quieres, que me estás enamorando; y si hemos de hacerle creer que yo no te quiero, porque así nos convenga... Mejor será, tontín, que hable, y que me ría ¿sí?... Como hacen las muchachas que coquetean...

—Conviene que cantes otro poquito... Dos palabras antes del canto: Hagamos de nuestros corazones un mundo aparte, solo para nosotros...

—Mundo aparte... —murmuró Aura con firme acento, arrojando sobre los ojos de su amante toda la luz y el fuego de los suyos—. En un momento hago yo toditos los mundos que quiera.

—Aura, no hables más o me muero... —dijo Calpena casi delirante, violentándose para no gritar—, y si no me muero, te arrebato ahora mismo de esta casa y te llevo a la mía... Canta por Dios, canta un poquito.

—Y tú te callas... Después hablaremos.

—Un momento... ¿Dónde, cómo?

—Luego te lo diré... Silencio ahora.

Mientras cantaba con sublime expresión un trozo de la *Medea* de Cherubini, Jacoba y sus dos amigos, en la otra estancia, hablaban con elogio del joven Calpena. Propiamente, la Zahón lo decía todo, y ellos, bajo la influencia del dulce elixir que alegraba sus gastados cerebros, apoyaban con fáciles exclamaciones y con expansivos movimientos de cabeza las palabras de la diamantista. Maturana se había encerrado en los monosílabos; Milagro, por el contrario, se lanzaba a la verbosidad más desenvuelta; Doña Jacoba tuvo que cogerle por un brazo, obligándole a recobrar su asiento a contestar formalmente a lo que tres o cuatro veces le había preguntado sin obtener respuesta. «No vuelvo a admitirle a usted en mi casa —le dijo— si no me contesta con claridad. A ver: si usted lo sabe, me lo tiene que decir... No valen misterios conmigo.»

—Señora mía —respondió don José plantándose la mano abierta sobre el pecho—. Por el nombre que llevo, nombre ilustre si los hay; por la salud de mis hijos, por el amor purísimo de mi esposa, digo y juro que este mozo gallardo es hijo del mismísimo don Juan Álvarez Mendizábal, mi augusto jefe.

—Me lo figuraba —dijo Doña Jacoba con mirada resplandeciente—. Pero me falta saber otra cosa... ¿Y la madre?... ¿quién es la madre?

—¡La madre!... ¡la madre!... —murmuró Milagro como en grande confusión, pasándose la mano por el cráneo.

—Sí, hombre... ¿quién es la madre?

—¡La mamá!... ¡Ah!, ya recuerdo... Con el maldito néctar se le va a uno la memoria... Pues la madre... Silencio, que no nos oiga nadie... Es... ¡una reina!

—¡Una reina! —exclamó don Carlos con espantados ojos.

—Chitón... Es un secreto... Y créanme a mí... peligran las cabezas de los insensatos que lo divulguen... —dijo Milagro puesto en pie, aplicando su dedo índice a los morros alargados—. ¡Una reina!... Chist... Aunque me amenacen de muerte, no saldrá de mi humilde labio el nombre del Reino en que reside la señora reina que...

XXII

Todos los biógrafos del insigne Milagro están acordes en afirmar que al salir este de casa de la Zahón para dirigirse con inseguro paso a la suya, quitose el sombrero y con él se abanicó, ávido de frescura y de bañar en aire limpio sus sienes abrasadas, su cráneo sudoroso. Y añaden que con el aire y el ejercicio se le aclararon de tal modo las entendederas, que al atravesar la plazuela de Provincia, camino de la Concepción Jerónima, donde vivía, empezó a sentir en su conciencia la garrafal tontería que a propósito del señorito Calpena se había dejado decir, bajo la acción tóxica del nunca bastante maldecido *curaçao*... «¿Pero he dicho yo esa barbaridad, Señor? —pensaba, parándose y mirando al cielo—. ¿Lo habré soñado?... No, no; lo he dicho... Aún me parece que estoy oyendo cuando solté el trueno gordo, cuando afirmé que Mendizábal... ¡Jesús!... y nada menos que una reina... Vamos, que me daría una tremenda bofetada en castigo de tanta necedad, de tanta estupidez... ¡Una reina... Mendizábal!... ¡Válgame Jesús bendito! ¡Que un hombre formal como tú, oh Milagro, haya repetido, dándolo por cosa verídica, esos ridículos dicharachos con que se mata el tiempo en las oficinas!... Pues digo, si el señor ministro se entera de que yo... ¡Válgame mi santo Patriarca...!» Al pensar esto, se le erizaron sobre el cráneo los escasos cabellos que poseía... Consternado, intentó volver a la calle de Milaneses para desdecirse de todos aquellos embustes que no eran más que cháchara insustancial de gente ociosa y frívola; pero no se determinó a desandar el camino, juzgando muy oportunamente que *peor era meneallo*. Siguió, pues, hacia su vivienda, haciendo propósito de rectificar serenamente, en noches sucesivas, los groseros dislates de aquella noche, y se recogió taciturno, caviloso. Su mujer le sintió desvelado, dando suspiros y pronunciando monosílabos con que a sí propio se ponía de oro y azul. ¡Infeliz Milagro!

Embebidos en su amorosa charla, los amantes no repararon en la salida de don José, que les dijo «¡adiós!» desde la puerta del gabinete; ni se cuidaban de ser vistos u oídos por Doña Jacoba, que hablando permanecía con el diamantista, entre cabezadas. Habían alzado, sin darse de ello cuenta, una valla anchísima entre su pasión y el mundo, y nada temían; la pasión crecía por momentos, como una enfermedad fulminante, y a las pocas horas de iniciada, ya no cabía dentro de la reducida esfera del secreto: se salía, se ensanchaba, quería ser patente a los ojos extraños, o por lo menos no temía ser lo bastante poderosa en sí para afrontar la opinión y cuantos obstáculos esta le ofreciera. Mejor que el narrador lo expresaban ellos mismos: «Antes de verte, antes de esta noche bonita —decía Aura—, yo, sin saber por qué, tenía la seguridad de que no estaba sola en el mundo. Cuando te vi, se me quitó de encima del alma el peso terrible de mi soledad.» Y él: «¡De ayer a hoy, qué abismo! Ayer iba tras de tu sombra; hoy te poseo... Había de llegar, puesto que hay Dios, este divino abrazo de nuestras almas.» Y por aquí seguían, en un vértigo de fogoso idealismo, locos, ávidos de amplificar cada concepto con otro más apasionado y sutil.

Viendo que Maturana se ponía en pie, Calpena hizo lo mismo, y dijo a su amante, consternado: «Horror de los horrores. Don Carlos se despide. También yo tendré que retirarme...»

—Mañana volveremos a vernos... lo más temprano posible.

—¡Mañana!, es muy lejano eso...

La mujer, en lances de pasión, posee más iniciativa y más arbitrios que el hombre. En voz muy baja propuso Aura algo que Calpena oyó con alegría. Cuchichearon... Despidiéronse luego en alta voz. Al poco rato, Doña Jacoba le daba al señor don Fernando la venia para retirarse, y con afectuosos apretones de manos le ofrecía su casa, y le rogaba que viniese a honrarla con toda la frecuencia que le permitieran sus obligaciones al lado del señor ministro. Juntos salieron el joven y Maturana; separáronse en la esquina de la calle de Santiago; vivía el diamantista en una de las casitas del Patrimonio, plaza de la Armería, junto a la casa de Pajes.

Consta en las monografías del buen Maturana que en el trayecto hasta su domicilio se agarró más de una vez a las paredes para no medir el suelo; y algún biógrafo añade que hubo de subir a gatas la corta escalera de su casa, y que se acostó al instante, muy arrepentido de sus recientes abusivas relaciones con el *curaçao*. «No está bien, no está bien —decía, desnudándose al revés, quitándose las botas antes que el sombrero, y las medias antes que la corbata—. Un artífice, un tasador no debe... No, señor... Es muy expuesto...» Felizmente, era en él añeja costumbre no aceptar invitación o cena o merienda cuando llevaba en su cartera piedras de valor. Aquella noche no llevaba nada. Tardó en dormirse, y daba vueltas en su abrasado cerebro a las ideas sugeridas por Milagro: «¡Vaya con don Juan Álvarez!... No hay grande hombre que no tenga sus enredos... Ya, ya se ve claro por qué arrambla todos los bienes del clero, que no es flojo botín. Naturalmente, ese dineral lo quiere para sí. Parece tonto, y pide para las ánimas... ¡Tremendas hormigas nos trae Dios acá! Bueno, hombre, bueno: cójase usted media España, y constituya un reino para el niño, para ese hijo de reina... Y ya veo a dónde va a parar con eso de coger todas las campanas de las iglesias y monasterios. Hará un palacio de bronce, todo de bronce, en el que las pisadas de los que entran y salen suenen como campanadas... ¡Ji, ji!... ¡Qué extraño!... El palacio del sonido... tin, tan... Otra: lo mejor sería que afanase las innumerables alhajas de las Santísimas Vírgenes y toda la plata y oro de las reverendas catedrales, echándolo al mercado... ¡Por Belcebú, qué negocio, qué pujas!... No quiero pensarlo. De Londres, de Amsterdam y de Francfort vendrá la nube de marchantes... Mucho ojo, Maturana... ¡Por San Carojulián bendito, no te descuides!... Y tiene que venir, tiene que sacarse a subasta. Porque todo, digo yo, no ha de ser para el niño...»

El niño, el hijo de la reina, se paseaba en la inmediata calle de Santiago. Aura le había dicho: «Mi habitación corresponde al último de los tres balcones por la otra calle. Cuando Jacoba duerma, me asomaré.» El hombre hacía su centinela entre las esquinas del Bonetillo y de Mesón de Paños, temeroso de perder, si se alejaba, el sublime momento en que su amada en el balcón apareciese. La noche era oscura; dieron las doce en el reloj de Palacio; no se veía por allí más gente que las pocas mujeres que entraban por el Bonetillo y se deslizaban calle abajo, y algún hombre que en la misma dirección iba, o hacia las tabernas de la plaza de Herradores. El sereno se hacía presente por la luz de su farolillo, allá junto a los altos muros de San Felipe Neri.

Media hora pasó Calpena en gran ansiedad, recelando que Doña Jacoba, enterada del propósito de los amantes, lo estorbase encerrando a la dama o conminándola con algún castigo. Paseo arriba, paseo abajo, sin quitar ojo del balcón, pensaba en aquella su mudanza súbita, tan semejante a la explosión de un volcán. Toda su vida era nueva; todas sus ideas habían cambiado, dispersándose las de ayer y entrando con empuje dominante las de hoy. Ningún sentimiento de los de ayer, refiérase a la política, a los amigos, a la sociedad, en él persistía. De aquel espacio luminoso, donde flotaba la ideal imagen de Aura, venían nuevos conceptos de todas las cosas. Impaciente por la tardanza de ella, ni por un momento pensó que pudiera burlarle: tenía confianza absoluta en su firmeza y lealtad. Tampoco le amargó la sospecha de que Aura hubiese conocido el amor antes de conocerle a él. Era *mujer nueva*, como la esposa de Adán. Dios les había criado destinándoles el uno al otro, y no estaba en el orden del universo que hubiesen precedido al feliz hallazgo otros encuentros, ni aun siquiera fortuitos y sin importancia. Tal era su ardor ciego y entusiasta, tal su fe en aquella felicísima obra de integración, dispuesta por el destino de ambos.

Al fin... Oyó ruido en el balcón, y aparecióse en él una forma blanca. Era principal el cuarto, y la distancia entre el balcón y la calle como de cuatro varas. Arrimóse el galán a la pared, y Aura echaba medio cuerpo fuera del antepecho, doblándose como un junco, para que el espacio entre las enamoradas voces fuese lo más corto posible. Explicó primero su tardanza, motivada por lo que Jacoba tardara en dormirse, a causa de sus dolores, siendo preciso darle friegas y ponerle bayetas calientes. Ya parecía dormida, y Lopresti, fiel esclavo, quedaba encargado de la centinela, para avisar en caso de que la enferma remusgara. Recayó luego la conversación en un punto interesantísimo: «¿Tú quién eres? Conozco en ti al hombre que quiero, y me basta. Pero deseo saber quién eres para los demás. Lo mismo me da que seas noble, que seas plebeyo, que seas mucho, que no seas nada, pues siendo para mí el único, me basta... ¿Te enteras bien de lo que te pregunto?»

—Sí, vida y gloria mía... Yo no soy nadie. Ignoro quiénes son mis padres. Vivo de la protección misteriosa de una persona desconocida, por quien estoy en Madrid, por quien disfruto ese destinillo, y no sé más. ¿Verdad que es raro?

Contó enseguida concisamente su vida toda: su crianza en Vera, lo del padrino, la estancia en París, la traslación a Madrid y todo lo demás que ya se sabe, poniendo en su relato tal sinceridad y sencillez, que Aura se embelesaba oyéndole; y si no estuviera enamorada hasta la médula, es de creer que solo con aquella historia tan poética y linda se prendaría locamente del pobre desheredado. Refirió ella que no había conocido a su padre ni a su madre: habíanla criado parientes egoístas que jamás la demostraron vivo afecto. Creíase sola en el mundo, hasta que Dios le deparó el compañero de su existencia, su salvador, su *única familia*. ¡Qué hermosura ser los dos solos en sí, reconocerse en medio de los espacios de la vida, como pajarito y pajarita que se encuentran en la espesura de la selva, y, saludándose con sus piquitos, se unen para siempre! No faltaba sino que se declararan libres, sin más obligaciones que las que cada uno para con el otro había contraído, por vía de unión divina, como si Dios les echara un lazo y les dijera lo que dicen los curas cuando casan. De pronto, Aura tuvo una idea, y la expresó al instante con infantil candidez: «¿No sabes?... Como aún no hemos tenido tiempo de decirnos todas las cosas, no te has enterado de que yo soy rica. Sí, hijo, sí. ¿Pensabas que éramos nosotros unos pobrecitos, dejados de la mano de Dios? Mi padre, Jenaro Negretti, dejó mucho dinero. Lo tiene guardado el señor de Mendizábal, que es quien le da a Jacoba para mis gastos... Con que ya ves. No hay que apurarse... Estamos en grande, y seremos los reyes del mundo.»

—Pues yo —dijo el amante con tristeza— soy pobre: nada tengo; pero no me faltan alientos, ni tampoco, creo yo, disposiciones para trabajar... También te digo una cosa, Aura: bien podría suceder que de la noche a la mañana recibiera yo, como caída del cielo, una fortuna grande... Se han dado casos: yo he leído de algunos casos...

—Pues si sale lo que esperas, ¡oh Dios mío, cuánta felicidad!... Eso sería lo más lindo del mundo. Resultaríamos en posesión de unos dinerales que no nos harían maldita falta... Si quieres que te diga la verdad, a mí no me hace dichosa el dinero, ni creo que sirvan las riquezas más que para disgustos. Con poseerte a ti me basta; y si mañana viniera el señor Mendizábal y me dijera: «niña, no tienes ni un maravedí», yo me quedaría tan fresca. ¿Y tú?

—Pienso como tú piensas, y siento todo lo que tú sientes... Quien nos ha puesto hoy el uno junto al otro, se cuidaría de darnos lo necesario, si por nuestra parte no lo tuviéramos. Es hermosísimo, sí, lanzarse a la vida sin más alas que las inmensas del amor. Somos jóvenes, nos adoramos... Esto es la suma dicha. ¡Qué bueno es Dios!, ¡y la Naturaleza qué hermosa!, ¡y nosotros, qué bien hicimos en nacer!... Si tú o yo nos hubiéramos quedado por allá, ¡qué insigne tontería habríamos hecho!

—Es verdad; porque no naciendo, ¿cómo podría yo quererte con toda mi alma?

—Oye otra cosa, vida mía... Si te parece, nos casaremos pronto, muy pronto.

—Sí, sí —dijo Aura con tan vivo movimiento de inclinación, que pareció querer arrojarse a la calle—. ¿Cuándo?

—Pronto. Mañana...

—¿Mañana?... ¿Y hoy por qué no?... ¡Pero qué tonta soy! Eso no puede determinarse así en días, en horas. Tengamos paciencia y formalidad. Lo que acabo de decir es muy desvergonzado. ¿Me lo perdonas?

—Pues si el *hoy* te parece demasiado presuroso, diré: *ahora mismo.*

—Quita allá, hombre... ¿Acaso el casarse es cosa de un soplo? No, niño mío, no seas tan arrebatado. Ten juicio. Pues apenas hay que preparar cosas: ropa, papeles, y, ante todo, casa.

—¡Casa! Tenemos el mundo por nuestro... Dime —añadió el galán, casi loco ya, señalando hacia la bóveda celeste—, ¿te gusta ese techo?

—Es precioso... Pero ahora, desde que te quiero, todo me parece cielo, y la oscuridad claridad, y la noche tan bonita como el día, casi más, y Jacoba me parece amable, y todas las personas muy buenas... Pero tengamos calma, y esperemos.

—Sí, esperemos. ¿Qué nos importa retrasar la felicidad, si la tenemos segura, si es nuestra ya?

Asaltado de una idea triste, cosa natural en aquella irradiación de ventura, Calpena no vaciló en expresarla: «Dime, amor mío, si Jacoba, que me parece persona egoísta... No sé en qué me fundo; pero me lo parece...»

—Y lo es: tú tienes mucho talento y todo lo aciertas. Sigue.

—Pues si Jacoba, y lo mismo podría decir de otro cualquier pariente tuyo, se opusiese, por móviles de interés, a que nosotros nos amáramos: no, no, a eso no pueden oponerse... quiero decir, que se opongan a que nos casemos...

—Eso no puede ser... porque nosotros saltaríamos por encima de todas sus artimañas, y pisoteándoles nos juntaríamos y nos casaríamos, ¿sí?

149

—Pero suponte tú que contra toda nuestra buena voluntad y contra las energías de nuestra pasión, lograran separarnos, imposibilitarnos material-mente de...

—No, no puede ser, no será —dijo la enamorada con expresión de voluntad tenacísima—. ¡Pues si Jacoba fuera tan mala que...! No, no quiero pensarlo.

—¿Qué harías?

Aura se irguió, y apretando en su nervioso puño, con fuerza de mujer furiosa, el hierro del balcón, dijo: «¡La mataría!»

—No, no tendrías que tomarte ese trabajo, mi bien, mi vida, mi encanto, porque antes la habría matado yo.

—Y luego iríamos juntos al presidio, ¿sí?

—No pensemos en eso, que no ha de suceder. Yo digo: ¡qué más querrá Jacoba...!

—Claro: ¡qué más querrá ella! No te creas, Jacoba es buena, siempre que no la arrastra a la maldad la infame codicia. Por un brillante de buenas aguas, o por una docena de turquesas de *roca vieja*, sería capaz de sacrificar a su padre.

A todas estas se les iba pasando la noche. Las primeras claridades del alba trajeron a la calle alguna gente de los mercados próximos, y el sereno pasó varias veces, dirigiendo a Calpena miradas recelosas. Aquí y allá sonaban porrazos; los gallos del comercio de aves en la calle de la Caza cantaban anunciando el día. Sobre esto llamó Calpena la atención de Aura, indicándole con pena que ya era hora de retirarse.

«¿Qué prisa todavía?... Esos pobres gallos enjaulados están tan aburridos por la falta de libertad, que anuncian la aurora antes de tiempo.»

—Ya es de día... ¿No lo ves?

—¿Y qué? Mejor. Así podremos vernos las caras.

De improviso se abrió una de las puertas del piso bajo de la casa, y Calpena se vio sorprendido por un mozo, soñoliento, que salía con una escoba. Luego se abrieron dos puertas más: una cacharrería y un despacho de huevos. Imposible seguir más tiempo allí. Los hados fieros ordenaban la suspensión del coloquio dulcísimo, y que los amantes guardasen la ley del recato ante el público, pues cada cosa tiene su ocasión y lugar propios. ¡Bonita idea tendría de la señorita de Negretti el vecindario de Milaneses si la veía colgada al balcón, al amanecer de Dios, picoteando con su novio! Antes que ella comprendió él la inconveniencia de prolongar la alborada de amor, y así se lo dijo. Convenidos el cómo y cuándo de verse en el curso del día, Calpena se arrancó con esfuerzo del celestial muro. El día se recreaba iluminando con sus primeras claridades la ideal belleza de Aura, quien no se apartó del balcón hasta que hubo recibido el último saludo de don Fernando. Se fue y volvió el galán como unas tres o cuatro veces, jugando al escondite en la esquina de la calle mayor, hasta que al fin, siendo preciso poner término al juego... Se arrancó de veras.

XXIII

Más que inquieto, lleno de zozobra por la desusada tardanza de Fernandito, le esperó levantado su amigo don Pedro, y al verle entrar, conoció por su rostro encendido, por el febril centelleo de su mirada, que algo muy grave le había ocurrido aquella noche. Interrogole dulcemente, y no obtuvo respuesta categórica.

«Luego me lo contarás —dijo Hillo—, que ya es hora de que me vaya a decir mi misa. Me has tenido toda la noche en vela. Como no es tu costumbre trasnochar, me alarmé. ¿Has estado en alguna logia? ¿Se trata de algún mal paso, de algún lance?... Pero no quiero molestarte ahora. No me cuentes nada, y descansa, pobrecito, que estarás muerto de sueño. Yo me voy al Carmen... Duerme todo el día si quieres, y a la tardecita me contarás...»

Se fue don Pedro a celebrar, y al regreso de la iglesia, Calpena dormía. Acercose a su lecho el presbítero, y le vio dormidito como un ángel, con ese leve sonreír que indica un venturoso sueño. A la hora de comer quiso Doña Cayetana despertarle; pero se opuso Hillo diciendo: «No, no, pobre hijo; dejarle que duerma: sabe Dios lo molido y ajetreado que estará ese bendito cuerpo. Guárdesele la comida.» Salió después a una diligencia que le entretuvo dos horas, y al volver a casa díjole Delfinita que don Fernando había comido presuroso y sin enterarse de lo que metía por la boca; que no respondía a lo que se le preguntaba, como si se hubiese dejado en otra parte el pensamiento y la palabra. Y lo más singular fue que, sin probar el postre, que era miel de la Alcarria y queso de Villalón, había cogido el sombrero y echádose a la calle con tanta prisa como si le llamaran a apagar un fuego.

¡Cosa más rara! Indudablemente ocurrían sucesos inauditos. ¿Sería, por fin, la estupenda anagnórisis que Hillo por momentos esperaba? Entregándose a sutiles cavilaciones y al trabajo de adivinar, esperó el clérigo la vuelta de su amigo; pero tuvo el acierto de esperarle sentado, porque Calpena no entró en casa hasta la mañana del siguiente día.

Ya no pudo Hillo aguantar más los ardientes picores de la curiosidad, y tomando una actitud serena, le dijo: «Hoy sí que no te me escapas sin contármelo todo.» Calpena, confuso, no sabía por dónde empezar. Hillo cortó la solemne pausa diciendo *¡Habla!*, con el acento con que esta palabra se pronuncia en las tragedias de secano.

«Pues... Nada.»

—¿Cómo nada? ¿Es acaso alguna intriga política?

—No señor.

—Pues yo sé que en el Ministerio no se vela... Vamos, será cuestión de amoríos...

—Tampoco; porque los amoríos son cosa frívola y pasajera, y esto no.

—Amor entonces —dijo Hillo con benevolencia, y terminó la expresión de su idea con una nota humorística—: ¿Con que amor tenemos? Bueno: con tal que sea clásico...

—¿Y qué entiende usted por amor clásico?

—El que se contiene dentro de los límites de la conveniencia y de la regularidad; el que no es motivo de escándalo, sino ejemplo de buenas costumbres; el que no es furor insano, sino afecto plácido y limpio; el que tiene por norte la familia y por cebo una relación casta, con el consentimiento de los padres...

—Yo no tengo padres.

—Di que no los conoces. Mientras te llega la anagnórisis, tu padre soy yo: yo miro por ti, y te guío en el camino de la vida.

—Me temo, querido Hillo, que después del paso que he dado, tenga yo que arreglármelas solo para seguir andando... En fin, puesto que usted habla de amor clásico, diré a usted que el mío, como águila a quien quisieran encerrar dentro de un huevo de paloma, ha roto los moldes, ha roto el viejo y podrido cascarón del clasicismo.

152

—No te conozco —dijo don Pedro con sobresalto—. ¿Eres tú el joven Calpena?

—No señor... El joven Calpena que usted conoció, se ha transformado radicalmente en días, en horas. Cuando menos uno lo piensa, sobreviene la crisis capital de la vida...

—Hombre, eso es gravísimo. ¿Y quién es ella? ¿Acaso la niña que llamamos marmórea?... ¿Dices que no? ¿Pues de quién se trata? ¿No puedo saberlo? Sea quien fuere podré darte una opinión franca, un buen consejo.

—Me hallo en una situación tal, que toda opinión que no sea la mía me hará el efecto de una enemistad irreconciliable; y en cuanto a los consejos, debe usted esperar a que yo se los pida.

—Arrogantillo estás. Por lo que dices, voy entendiendo que tus amores son de esos que llaman, que llaman... No sé... Esta clase de bregas son para mí desconocidas. Pero ello debe de ser cosa vergonzosa, una pasión de estas que nos ha traído el romanticismo, y que suelen acabar con *descabello* de media humanidad.

Interrumpió el diálogo la llegada de una carta. Era de la *mano oculta*, que no había escrito en toda la semana. A Fernando le dio un vuelco el corazón, y barruntando que el contenido de la epístola heriría su vidriosa sensibilidad, rogó al clérigo que la leyese. Él oiría, procurando enterarse, pues su espíritu, en aquellos días de ansias y delirio, no acudía fácilmente al reclamo de la realidad próxima. Después de suspirar fuerte, don Pedro leyó:

«¿Con que tenemos al niño enamorado? Ya me esperaba yo ese sarampión, que rara vez falla a los veintidós años. Paciencia, y pues no hay más remedio que pasarlo, no lo combatamos, y pónganse los medios para que brote bien... Tontín, se te tolera esa pasioncilla juvenil, que es el paso de la adolescencia a la madurez de la vida. Los hombres conceptúan eso necesario, inevitable; tales turbonadas, dicen, son necesarias, hasta convenientes. Sea: con pena lo admito, y te suplico que acabes cuanto antes, no sea que la enfermedad se meta demasiado en lo hondo. No tengo tranquilidad hasta que sepa el radical fin de esa novelesca aventurilla, y no dudes que he de saberlo, como supe lo del banquete que te dio la Zahón, como tengo noticias del desenfado con que te pones a pelar la pava con la chiquilla de Negretti. También sé que es muy linda. No te acusaré de mal gusto, no; y como te tengo por hombre perspicaz y conocedor del género, presumo que en tus largos plantones al pie del balcón habrás tenido tiempo de comprender que la niña es diamante falso. ¡Ah, tontín!, la pedrería fina es muy escasa, y no se encuentra en la primera cena a que nos convidan...»

Al llegar a esto, Calpena no pudo contener el dolor, la ira que estas apreciaciones le produjeron, y estalló diciendo: «Eso es sencillamente infame... Dígalo quien lo dijere, es inicuo, ultrajante. No debo hacer caso de la opinión de persona anónima, que no puede sentir la verdad, como la siento yo... Y juro que no habrá voluntad que me tuerza, ni razón humana que me persuada de que esto no es para mí el supremo bien, el único bien posible.»

—Espérate un poquito y déjame acabar. Sigo: «Como para estas aventurillas, que mejor será llamar calaveradas, se necesita dinero, te mandaré mañana seis onzas. Más, mucho más recibirás; pero entiende que este dinerito no debe servir para prolongar la enfermedad, sino para ponerle término... Y no te digo más por hoy.»

«¡No puedo, no puedo —exclamó Calpena dando vueltas por la habitación como un loco— sufrir por más tiempo esta tutela anónima!... Y estas burlas, este desconocimiento de la verdad, me lastiman, me hieren más que si me asestaran cien puñaladas... ¡Oh, cuánto diera yo por conocer a la persona que me escribe, y poder decirle lo que siento...! No, no dudo que esa persona se interesa por mí, que me ama. También la quiero yo sin conocerla. Pues bien: yo la convencería... ¿Cómo no había de convencerla, si yo lo estoy firmemente, si llevo dentro de mi alma, no solo todo el amor, sino toda la lógica del mundo?...»

—Hijo mío —le dijo Hillo con expresivo afecto—, lo que la señora incógnita te escribe es el puro Evangelio. Considera tú ese amor como una aventurilla pasajera... Cosas de muchachos, ejercicio vital... y... Dale ya puntillazo...

Le miró Calpena, plantándose ante él desdeñoso, altanero, y con grave entereza contestó:

«Soy un hombre; tengo un alma que es mía, una inteligencia que me pertenece, y con ellas siento y juzgo lo que me incumbe. Ni de usted ni de esa desconocida persona admito lecciones, ni soy un niño para recibirlas en esa forma. Quien nunca ha tenido familia, bien puede declararse independiente como lo hago yo ahora. La soledad en que he vivido me ha enseñado a gobernarme por mí mismo. Soy libre, señor don Pedro; a nadie me someto. Los que me protegen por motivos que aún están rodeados de oscuridad, que den la cara, y entonces hablaremos. Si conseguimos entendemos, bien, y si no, lo mismo. No altero mis propósitos, no me someto, no me rindo.»

Sin dejar de admirar esta noble gallardía, trató Hillo de reducirle a la obediencia ciega de la *deidad velada*, pues así también solía llamarla, no sabiendo qué nombre darle, y el primer argumento que empleó fue que le convenía dicha sumisión para no comprometer su brillante porvenir.

Echándose a reír, le contestó don Fernando que él no contaba con más porvenir que el que por sí mismo se labrase, pues todo lo demás era fantasmagorías y sueños; y en último caso, que no sacrificaría a ninguna consideración, ni a interés alguno por grande que fuese, la pasión que colmaba todos los anhelos de su existencia. Y como Don Pedro insistiese en que la aventura no merecía nombre de pasión seria, y que debía ponerle punto final, replicole el joven con flema: «No puede ser, mi querido Hillo. En esto he querido aplicarme fielmente el precepto fundamental de su filosofía práctica... Para que no diga usted que fracaso como todos los españoles que emprenden algo, me propongo *rematar la suerte*.»

—¡Ah!, pillo... ¿De modo que te casas...?

—Tal creo... Esto no es aventura... para que vaya usted enterándose.

—Estás perdido, perdido sin remedio... Un joven llamado a... qué sé yo... llamado a grandes destinos... ¡Por Dios, Fernandito de mi vida, mira bien lo que haces!... Y a mí que me parecían poco para ti todas las duquesas y princesas que andan por esas cortes.

—Yo soy pueblo, pueblo nací y pueblo me encuentro ahora. ¡Ay!, amigo Hillo, me acuerdo de mi cuna. Era de mimbres, y estaba rota y medio deshecha. Yo ensanchaba los agujeros con mis manecitas, y me echaba fuera para jugar con un perro y dos cabras que había en la pobrísima estancia donde me criaron... ¡Y ahora me habla usted de duquesas y princesas! A usted le ciega, o más bien le enloquece su bondad... Yo no soy lo que era. He dado un gran vuelco: mis ideas son otras. No tengo ya más que una ambición, y a satisfacerla se encaminan todas las potencias de mi alma. Me crió aquel bendito en la templanza, en la regularidad, en el justo medio de todas las cosas. Pues ya no quiero justo medio; ya me solicitan las situaciones extremadas... Quiero exceso de vida, energías poderosas, mucho gozar o mucho sufrir, luchar, hacer cara a los grandes desastres si vienen, hartarme de felicidad si Dios me la depara. No quiero andar por caminos trazados, ni que me cuenten los pasos que doy, ni que me lleven con andadores, ni que me muevan con hilitos, como si fuera yo figura de titiritero. No, no: de un salto me he echado fuera del retablo, y entro en el mundo yo solo. El mundo es grande. Un sentimiento, grande también, llevo yo conmigo. ¿Hay espacio? Sí. ¿Tengo yo alas? Sí. Pues a volar.

Y cogiendo el sombrero, se fue a la calle, sin añadir una palabra, dejando a su excelente amigo todo confuso y turulato, con las manos en la cabeza, desahogando con patéticas exclamaciones la turbación de su espíritu: «¡Señor, devuelve el seso a este noble chico, digno de mejor suerte... le he tomado tanto cariño, que sus asuntos me interesan más que los propios!... ¡Señor, descúbreme el misterio de Calpena; dame a conocer la *mascarita* esa que le protege y le dirige! Que yo la descubra, para llegarme a esa divina tutora y decirle que se declare, que se quite la careta, único medio de que nuestro Fernandito entre en razón. *Tutora* he dicho, pero mejor será decir madre... En su estilo se ve la delicadeza, la gracia, y un cariño intensísimo. Es madre, y además dama ilustre. Su estilo lo revela, esa discreción de alto tono, esa exquisita habilidad para ocultarse... ¡Dios mío, santo Apóstol bendito mi patrono, santa Virgen, y vosotros, santos, santos todos de la Corte Celestial, despejadme esa incógnita, pues creo que entre ella y yo, puestos al habla, salvaríamos a este alucinado chico de la perdición, de la ignominia, de la muerte!»

Su generoso anhelo sugirió al buen presbítero una idea, un plan, y propósito firmísimo de empezar a realizarlo aquella misma tarde. «Voy a minar la tierra para *desvelar* a esa *velada*. Dios me abrirá camino; Dios iluminará las oscuridades que encontraré en los comienzos de mi trabajo. A esta investigación consagraré mi tiempo, pues ya no me importa que me den ni que me quiten la cátedra que me corresponde... Y ahora digo yo: ¿por dónde empiezo?... A ver, Pedro, discurre un poco, *afina la suerte*... Por de pronto, si a ese loquinario le da la ventolera de desdeñar las cartas de su protectora, yo las recogeré cuando vengan, las leeré y las tendré bien guardaditas hasta que a él se le caiga de los ojos la venda. Y si envía dinero, como anuncia, yo lo guardaré también para írselo dando conforme a sus necesidades, que ahora presumo han de ser muchas... Esto lo primero; después...»

Dándose un golpe en la frente, lanzó una exclamación de alegría: «*Eureka*, ya sé cuál es el primer paso que tengo que dar: ir a la casa de esa mozuela de quien se ha enamorado, y verla y hablar con su familia, para lo cual me valdré o del compañero de oficina de Calpena, señor Milagro, o del señor Maturana, el diamantista que vino a buscarle y se le llevó, con la cajita de Olorón bajo el brazo, en aquel aciago día... Perfectamente: ya tengo mi base de operaciones... Luego trataré de averiguar por qué medios, por qué espionaje pasan a conocimiento de la *velada* todos los actos de Fernandito, cuantos pasos da en este Madrid tan grande. Pondreme, pues, en relación con los acechadores o centinelas que tiene esa señora. Sepa ella que yo quiero ser también su misterioso vigía, y que ninguno habrá más diligente ni más desinteresado que yo... Procuraré además el trato y conocimiento de todos los amigos de Calpena: ese empleado tísico, ese Larra, ese Ros de Olano, ese Pezuela, ese Veguita... Ellos quizás me den alguna luz... Y si pudiera colarme en los dorados palacios donde el señorito fue introducido no hace mucho, también me colaría... Sí señor... Dispuesto estoy a todo, hasta a disfrazarme... Sí, sí, señor don Fernando Calpena: usted no se ríe de mí; usted no se emancipa, no, mientras esté aquí su viejo amigo, este pobre clérigo, que beberá los vientos por evitar que un mozo de tales prendas, que evidentemente lleva sangre de reyes... ¡lo dicho, dicho!... Sangre de reyes, caiga en los abismos del amor enfermizo y de la calentura romántica.»

XXIV

No constan los días que empleó el buen Hillo en su investigación preliminar; solo se sabe que no fueron pocos, y que al cabo de una semana conocía algo y aun algos de la familia Zahón, y había hablado largamente con Milagro y Maturana, los cuales, lejos de aclarar el enigma principal, lo que hicieron fue añadirle nuevas oscuridades... Sin desmayar ni un punto en sus tareas policiacas, trató de hacer cantar a Méndez; mas toda tentativa cerca del estirado patrón resultó inútil, bien porque nada de lo sustancial sabía, bien porque quisiera echárselas de discreto, contraviniendo el tradicional tipo de los pupileros y fondistas. Cuando se veía el hombre muy estrechado por la apremiante argumentación de don Pedro, no se le ocurría más que remitirle a *Edipo* y al señor de Azara. Salía don Pedro al ojeo del polizonte, conseguía echarle la zarpa, le interrogaba, y el feo *Edipo* le decía: «señor de Hillo, estoy muy a gusto en mi *colocación* y no quiero perderla. Tengo seis criaturas, que son, vamos al decir, seis candados que cierran mi boca. Si por contestar a sus preguntas me dejan cesante, no será usted quien me coloque. Con que déjeme en paz y llame a otra puerta.» Y don Manuel de Azara, hombre más avinagrado y de mejores despachaderas que Dios ha echado al mundo, le recibía, después de plantones de tres horas, para decirle que se metiera en sus asuntos y dejara los ajenos. Ni un indicio, ni una ráfaga de luz, ni un vocablo indiscreto.

Acudió después mi hombre al tísico Serrano, que llenándole la cabeza de mentiras y encaminándole por una pista falsa, le hizo perder el tiempo y la paciencia; y tantea aquí, tantea allá, se refugió en la amistad y en los grandes conocimientos sociales de su compañero de casa, Nicomedes Iglesias. Si al principio pareció que el politicastro tomaba el asunto con interés, pronto dejó de hacerlo; tan sorbido le tenían el seso los negocios políticos, el interés de las sesiones y el periodiquillo que había fundado en unión de su amigote reciente, Luis González o Luis Brabo, que de ambos modos respondía, en el cual papelejo apoyaban al grupito de oposición parlamentaria que formaron en *Procuradores* Caballero, López y el conde de las Navas. Si el hombre no estaba demente, le faltaba poco; su cortante lengua no desmayaba un instante durante el día, ni su enconada pluma por la noche. Competía con él en acrimonia y acometividad el tal Brabo, andaluz, delgadito, aguileño, más vivo que la pólvora, cortado para la política del ruido y para soliviantar con gracia a las multitudes. Meses después, Brabo escribía en papeles moderados; Iglesias extremaba sus ideas revolucionarias en los del bando liberal; su consecuencia, que era una forma de su orgullo, le valía persecuciones y desdenes. Pero en diciembre del 35 todavía se le contaba entre los hombres de porvenir, aunque su irritación por no haber entrado en el Estamento le creaba enemigos, alejándole de la meta de su ambición.

Mientras Hillo con tan poca fortuna emprendía la reconquista de Calpena, este se transformaba, haciéndose huraño, apartándose de sus primeras amistades para contraer otras nuevas con personas bien distintas de los literatos del Parnasillo y de los concurrentes a tertulias de tono. Abandonó en absoluto la sociedad elegante, y no volvió a parecer por la casa aristocrática, donde se entristecían por su ausencia las bellezas más o menos marmóreas. Cultivaba la amistad de los oficiales de la Guardia y de Infantería, yernos de Maturana, y conoció a los de Fonsagrada, la familia que más trato tenía con la Zahón. Algunas tardes paseaba con el soldadito chiclanero y poeta, amigo de Milagro, Antonio García, autor imberbe de un drama caballeresco que tenían en su poder los cómicos del Príncipe.

Contra lo que Fernando temía, doña Jacoba no se opuso a sus amores con Aura; casi los alentaba y protegía, pero encerrándolos dentro de la esfera de castas relaciones con buen fin, y sometiendo la fogosa pasión de ambos amantes a las reglas caseras que para tales casos se usan, y que en aquel tiempo eran de una simplicidad enfadosa. Hacía esto la Zahón, más que por sentimiento, por cálculo, mirando a su propio interés antes que al de la joven puesta a su custodia. Era ante todo traficante, se había criado en el compra y vende; todas sus canas, que eran muchas, y las jorobas que en su esqueleto se formaban, le habían salido en el continuo y anheloso estudio de la ganancia fácil. Por lo demás, su moral era tan ancha como las mangas del vestido que el reuma le obligaba a usar, y sus creencias religiosas, tibias como las aguas con que se lavaba. La moral de los contratos de cosas, interpretada a su manera, érale muy conocida y familiar; la otra, la tocante al honor y al recato, solo existía en su conciencia con formas desleídas.

Sujetó, pues, a los amantes a un régimen de apariencias estrictamente morales, prohibiendo en absoluto las entrevistas de calle y balcón, y permitiéndoles hablarse a horas fijas en su casa y en su presencia. Con esto cumplía, y sentaba sobre bases decorosas su bien planeado negocio. Muy mal sabían a Fernando y a su dama esta reglamentación de colegio y este régimen de insulso noviazgo, aplicado a una pasión tan flamígera; pero lo soportaban en espera de los arranques de su albedrío, planeando también algo, que muy calladito tenían, y desquitándose por el pronto con el carteo constante y clandestino de que era mediador el cuitado Lopresti. Con los Fonsagradas se les permitía salir alguna vez de paseo, bien vigiladitos, no pudiendo campar libremente ni a la ida ni a la vuelta, ni extraviarse en las arboledas de la Florida, ni jugar a la gallina ciega. Estaba, pues, Calpena hecho un novio *clásico*, contra lo que su temperamento y sus altas ideas le dictaban; pero se sometía o afectaba someterse, con la esperanza de que no había de durar mucho la insípida comedia. Por aquellos días iba al Ministerio nada más que el tiempo preciso para no caer en falta, y a veces dejaba de asistir pretextando enfermedades. Rara vez le llamaba ya el ministro a su despacho para encargarle contestaciones de cartas. Hacíalo siempre dando las instrucciones a Milagro, el cual repartía la tarea y vigilaba la de su compañero, llevándolo todo a la firma.

Hacia el 20 de diciembre, poco antes de la célebre discusión del *voto de confianza*, en días en que Mendizábal estaba gozoso, como hombre que vislumbra el éxito y ve próxima la realización de sus ideas, llamó a Milagro y le hizo sentar frente a sí en la mesa de su despacho. Habíale tomado afición por la donosa vaguedad que sabía emplear en la redacción de cartas de pura fórmula, en que no se dice nada, y por el estilo cortesano y elegante en que envolvía el *perdone usted por Dios*, receta contra los pedigüeños de gollerías.

«Ante todo —dijo Mendizábal con aquella presteza nerviosa que ponía en su trabajo—, póngame usted ahora mismo, pero ahora mismo, una carta a don Martín, diciéndole que detenga el nombramiento de Catedrático de Retórica de un clérigo que se don Pedro Hillo, en favor del cual le escribimos no sé cuándo...»

—Anteayer.

—Me había recomendado a este sujeto Musso y Valiente, si no recuerdo mal.

—Sí, señor; y antes don Manuel José Quintana...

—Y creo que también Juan Nicasio Gallego... En fin, medio mundo. Tanto me han mareado, que me decidí a recomendarle a Heros. Pero después he sabido algo que me pone en guardia... Francamente, yo hago todo el bien que puedo; pero en este puesto, y rodeado de dificultades, no creo estar en el caso de favorecer a mis enemigos. Dígame, ¿conoce usted a ese Hillo?

—Sí, señor: vive con mi compañero de oficina, Calpena, y hemos ido juntos al café y a los Toros. Es muy entendido en tauromaquia.

—¡Qué atrocidad!... Cura, torero y retórico... No he visto jamás una ensalada semejante... Ello es que ese sujeto ha dado en perseguirme... Aquí viene todos los días a pedirme audiencia. Como ahora no estoy para perder el tiempo, no se la he concedido. Pero el hombre ha dado en acecharme cuando entro en mi casa y cuando salgo. Todas las mañanas tira de la campanilla tres o cuatro veces. En la escalera, hoy, bajando yo con Cano Manuel y con Olózaga, me le encontré... Demudado, la voz temblona, me habló... La verdad, no me enteré bien de lo que dijo... Que no quería hablarme de la cátedra... que se había hecho campeón de una causa de moralidad, de justicia... que era preciso descorrer el velo... Esto del velo lo repitió no sé cuántas veces... En fin, me dio lástima. Paréceme que el tal presbítero no tiene la cabeza buena. Yo me zafé como pude, y luego me dijo Olózaga: «¿Sabe usted, don Juan, que este pajarraco de sotana es de los que hacen correr por ahí historias denigrantes en que mezclan, sin ningún miramiento y quizás con aviesa intención, el nombre de usted?... —¿Qué me cuenta, Salustiano? ¡Mi nombre...! —Sí, señor: quieren minarle a usted el terreno, echando a volar especies absurdas, actos o relaciones de la vida privada.»

Al oír esto, palideció el buen Milagro, y contestando a su jefe con un monosílabo que expresaba tanta sorpresa como indignación, hizo solemne voto mental de no volver a probar el *curaçao* en lo que le quedara de vida.

«No es la primera vez —continuó Su Excelencia— que llegan a mí rumores de esta naturaleza, unos verdaderos, referentes a los hechos y casos que no tienen nada de ignominiosos, otros absurdos y sin ningún fundamento, y otros van derechos contra mi reputación, contra mi prestigio. Nada de esto me sorprende ni me arredra: sé que en mi posición, y entre españoles, no puedo esperar más que una guerra en la cual se emplean todas las armas, sin desdeñar las más viles. Con que ya sabe usted: lo primero me escribe esa carta. Que detenga el nombramiento para la cátedra de Alcalá. Ese señor Hillo tiene todas las trazas de un perturbado.»

—No creo tal, señor —dijo Milagro—. Quizás oiría el señor Hillo algún disparate de esos que hace correr la gente mal intencionada, y el pobre señor lo habrá repetido... Y también puede ser que soltara la especie hallándose en ese estado de atontamiento que produce el... la...

—Pero qué... ¿es bebedor?

—No sé... Creo que... Una noche, estando varios amigos en el café con Maturana, el diamantista, este pidió *curaçao* y quiso que yo le acompañara;

pero como no pruebo nunca ninguna clase de bebida, me resistí, dándole las gracias. Hillo bebió y se puso perdido. Salió diciendo cada desatino... ¡Pero después, cuando el aire de la calle le serenó, se desdijo de todo, y hasta lloraba el pobre recordando las borricadas que habían salido de su boca! No es mal hombre: el señor Olózaga me dispense; que si algo contra la respetabilidad de Vuecencia ha dicho ese clérigo, no ha sido con mala idea...

—Bueno —dijo Mendizábal, cuya atención, queriendo abarcar mucho de una vez, se detenía poco en un asunto—. Escríbame usted la carta a Argüelles, incluyendo esta minuta de los principales puntos de Hacienda que debe tener presentes al defender el *voto de confianza*. Luego carta citando a Istúriz y a don Antonio González, para que nos pongamos de acuerdo sobre el orden y método de discusión...

Despedido el secretario familiar, entraron los que iban a la firma, y Su Excelencia trabajó con ellos el resto de la tarde. Dos días después empezó en el Estatuto la gran tremolina parlamentaria del *voto de confianza*, en que Mendizábal, blasonando de atrevido gobernante, pidió a los Estamentos poder y autoridad para disponer de las rentas públicas, con el desembarazo que exigían las críticas circunstancias por que atravesaba la Nación.

Ya en aquellos debates empezó a torcerse la buena estrella del reformador, que hasta entonces no había visto más que satisfacciones, bienandanzas y popularidad. Los patriotas extremaron su oposición; los llamados *moderados* llenaban sus discursos de reticencias maliciosas, chispazos que levantaban llamaradas y humareda en la opinión neutral; y los amigos de Mendizábal, que hasta entonces le habían defendido con ardor, empezaban a sentir ese frío triste, que es síntoma de ver con malos ojos el bien ajeno. Algunos continuaban apoyándole, porque estaban ligados por la gratitud; otros hacían de ésta tabla rasa, y empezaban a mostrarse temerosos de que don Juan de Dios realizase lo que había ofrecido. Entre políticos, el fracaso de los grandes halaga a los pequeños. La masa total no se entusiasma con el éxito si este lo representa un hombre. La vulgaridad colectiva tiende siempre a conservar el nivel.

Empezaron, pues, las inquietudes, las comezones, las ganitas de jarana, y la curiosidad sabrosa de ver al jefe embarullado y sin saber por dónde salir.

Claro que los más votaban como carneros; pero otros se hicieron los bobos, afectando escrúpulos de rigidez constitucional. A estos llamaban *santones*.

XXV

Aburrido y desalentado, vio don Pedro Hillo entrar el año 36, a quien, desde el primer día de su enero, diputó tan calamitoso y funesto como su antecesor el maldito 35, que todo se pasó en guerras, disturbios y trapisondas. Nada había podido adelantar en la noble misión que se había impuesto, y el problema que desentrañar quería presentábasele cada día más oscuro y embrollado. Para colmo de amargura, Calpena no le refería cosa alguna de su vida y planes; apenas pasaba con él breves ratos a las horas de comida y cena, y luego a sumergirse volvía en la tenebrosa cisterna del vicio y la deshonra, pues no otra cosa significaba para don Pedro la casa de la Zahón. Para mayor desdicha, tuvo el buen presbítero el disgusto de saber, por un amigo de *lo Interior*, que hallándose extendido su nombramiento para la cátedra, Don Martín de los Heros le había dado carpetazo por indicación del presidente del Consejo. Esto le llevó a una tristeza profunda, y no veía más que ocultos enemigos y persecuciones misteriosas... ¡Misterio por todas partes, romanticismo y sombras espectrales! Lo único que alegraba su espíritu era las cartas de la incógnita que, autorizado por Calpena, leía y guardaba. En todas ellas latía la tristeza y el intenso cariño de quien las redactaba. Véase un ejemplo: «Aunque diariamente recibo pruebas del olvido en que me tienes, no puedo acostumbrarme a tu desobediencia. Te mandé que fueras a la misa de once en el Carmen, y no fuiste ni a esa ni a ninguna, pasándote toda la mañana en casa de la diamantista. Te encargué la asistencia al Estamento para que oyeras y gozaras la discusión del *voto de confianza*, y tampoco pareciste por allí. Ni en el *Casón* de los Próceres se te ha visto tampoco, por más que te recomiendo concurrir a menudo, para que habitúes el oído a las buenas formas oratorias, para que tomes gusto a la política seria y veas de cerca a los hombres eminentes que han de gobernarnos ahora y después, los cuales serán malos, si quieres, pero con ellos tenemos que apencar, porque no hay otros.»

»Te veo adquiriendo hábitos groseros: te has hecho huraño, desagradecido, siempre devorado por insana inquietud, presuroso en todas partes; te veo encenagado en una pasión loca, impropia de toda persona regular; no haces caso de nada, no miras a tu porvenir, no correspondes a la ternura de quien por ti se interesa y quiere dirigirte, sin que mueva tu voluntad el considerar lo que esta protección reservada cuesta y supone, ni las amarguras y sufrimientos que hay bajo de ella.»

Al terminar este pasaje, tuvo Hillo que suspender la lectura para limpiarse los lagrimones que por sus mejillas resbalaban. Luego siguió leyendo: «Y no paran aquí los estragos de tu devaneo amoroso, pues no solo te muestras ingrato conmigo, sino con ese buen sacerdote, tu compañero de casa, que tanto interés demuestra por ti. Le desdeñas, evitas su compañía porque quiere apartarte, como yo, del despeñadero a que corres. Has delegado en él la lectura de mis cartas y la custodia de tu dinero, prueba de confianza que me agradaría si no significara indolencia y criminal olvido de tus obligaciones. El pobre señor de Hillo, por salvarte y correr tras de tus errores, ganoso de corregirlos, ha dado un mal paso. De los males que se le ocasionen eres tú responsable. Verdad que en su generoso afán, incurrió el clериguito en la tontería de pretender descubrirme y desenmascararme, y esto forzosamente había de producirle algún desavío, porque nosotras las esfinges solemos dar un zarpazo al que intenta descifrar el enigma que encerramos. Buscando indicios aquí y allá, interrogando a gentes diversas, el señor don Pedro ha oído enormes disparates, y cometido después la grave indiscreción de repetirlos. Algunas de las absurdas hablillas que tu amigo recogió en los cafés o en medio de la calle, afectaban al señor presidente del Consejo, y eran escandalosa infracción del respeto que se debe a la vida privada. Alguien se enteró de ello, y fue con el cuento al señor don Juan de Dios (a quien solemos llamar *Juan y Medio* por su gigantesca estatura), y he aquí que el grande hombre se amosca, demostrando cierta pequeñez de espíritu, pues lo que de él dijo nuestro capellán no merecía más que olvido y menosprecio: tan necia y ridícula era la invención. ¡Pobre Hillo! Acordado ya su nombramiento para la cátedra que pretende, el señor Mendizábal ordenó que se anulara. Paréceme este rigor poco digno de un hombre que se nos ha venido acá con la pretensión de traernos el reinado de la libertad, de la justicia y del orden social, y así pienso decírselo. Perdóneme el señor don *Juan y Medio*; pero me parece que ha obrado como un *santón* cualquiera,

de esos que ahora le están armando la zancadilla. El motivo de estas peque-
ñeces es que el grande hombre considera la popularidad como el principal
fundamento de su fuerza, y le saca de quicio todo lo que puede mermar o
poner en peligro ese fantástico y vano poder. ¡Qué error! Fíjate en esto para
que vayas aprendiendo. La fuerza la da el buen gobernar, el cumplimiento de
lo que se ha ofrecido, la energía, la rectitud; de todo esto sale al fin el aura
popular. Pero pretender el calor de la opinión cuando no se hace nada, o se
hacen las cosas a medias, es grande ceguedad. De este mal mueren todos
nuestros políticos... La confianza en un prestigio ilusorio perderá a este buen
señor, que podría indudablemente regenerar el país si se cuidara menos
de aspirar el incienso que le echan sus aduladores y paniaguados. Buenas
ideas trae, grandiosos planes ha concebido; pero difícilmente logrará reali-
zarlos, porque, como dice tu amigo, no sabrá *rematar la suerte.*»

Sonriendo pensativo, guardó la carta Don Pedro en la gaveta donde
metódicamente las iba poniendo, para dar cuenta a Calpena como secretario fiel. Desconcertado por su fracaso, permaneció unos días en situación
expectante, soñando con inesperadas sorpresas de la Providencia Divina,
hasta que llegó otra carta de la incógnita, con la particularidad de que no
iba dirigida a Fernando, sino a él, al propio don Pedro Hillo, presbítero. Con
vivísima emoción se encerró en su cuarto, recatando el papel cual tímido
enamorado que recibe la primera esquela de la niña que adora, y leyó lo
siguiente: «señor de Hillo: Me dirijo a usted como al único leal amigo del
descarriado Fernando, para suplicarle con efusión del alma que, mientras
yo trato de cortar el vuelo de esa criatura por los espacios tempestuosos
del romanticismo, intente usted poner estorbos a su temeraria iniciativa, y
desbaratar sus planes, aunque para ello tenga que valerse de las artes del
disimulo, y poner en juego resortes que, si bien algo violentos, no son ilícitos
tratándose de tan generoso y noble fin. Indudablemente, Fernandito y su
desatinada novia traman alguna travesura, que me temo sea de gravísimas
consecuencias. Sé que ese insensato ha comprado armas: dos pistolas,
espada, navajas grandísimas. Me permito encargar a usted que si el chico
ha llevado las armas a su casa, procure quitárselas sin miramiento alguno,
y esconderlas donde no las pueda recobrar; le recomiendo además que le
prive de dinero, dejándole solo lo más preciso. Todo lo que enviaré estos

días, en la forma acostumbrada, hágame el favor de recogerlo sin darle de ello noticia, y resérvelo para los gastos que ocasionan las diligencias que hará usted, conforme yo le vaya indicando, a medida que reciba más noticias de lo que traman esos pillos.

»Igualmente le invito, afrontando las objeciones que ha de hacerme su delicadeza, a emplear en sus atenciones propias la parte que estime conveniente del dinero de Fernando. No me venga usted con remilgos. Le nombro capellán, o si se quiere, ayo de ese inexperto joven, y es muy justo que perciba los emolumentos que de ley le corresponden. Déjese usted de cátedras y de más correrías por los Ministerios pretendiendo una plaza que ya no le hace falta para nada. Me figuro que sus posibles se van agotando con tan ineficaz y largo pretender, y espero que sin reparo alguno acepte usted lo que con todo el respeto debido le ofrezco. ¿Qué sería de usted si no aceptara? ¿De qué vivirá si, como es muy probable, no le dan la dichosa cátedra? Usted no es hombre capaz de hacer el parásito; usted no se humillará a postulaciones impropias de su severa dignidad. ¿Qué remedio tiene mi buen cleriguito más que dejarse querer, y admitir lo que nunca será proporcionado al gran servicio que prestará a ese pobre niño? Además, ni tiene usted carácter para instruir muchachos, ni podrá nunca acomodar su condición amable a tan ingrata tarea. Si me promete no enfadarse, le diré una cosa: no está mi señor don Pedro muy versado en letras humanas, y apenas conserva en la memoria unas cuantas reglas de retórica anticuada y fiambre, y ejemplos sueltos de prosa y poesía, que ya están mandados recoger. ¿Ni cómo podía ser de otro modo, si usted no coge un libro a ninguna hora del día, y no hace más que hablar de política y toreo, y bromear con Nicomedes? El baúl de libros que trajo de Zamora, lo tiene usted lleno de polvo y telarañas. No ha sacado usted más que un par de cuadernos del *Almacén de frutos literarios*, de Burgos, y el primer tomo (A B) del *Diccionario de Autoridades*... pero no lo sacó para leerlo, sino para recalzar el colchón de su cama que se le hundía por los pies... Quedamos en que no más retórica, no más echar los bofes detrás de una cátedra que desempeñará mejor otro cualquiera. Desde hoy se consagra usted a Fernando, a salvarle del deshonor, a traerle al camino de la honestidad, de la obediencia a los superiores. Es usted, con menos humanidades, pero no con menor abnegación y cariño, el sucesor del benditísimo párroco de Vera, don Narciso Vidaurre. No me replique, señor Hillo, ni me ponga esa cara compungida. Cállese usted y obedezca.»

Mediano rato estuvo don Pedro sobrecogido de la fuerte emoción, que hubo de manifestarse en lágrimas y suspiros. Estimando la confianza que en él ponía la divina incógnita, más que la oferta de recursos materiales, decidió aceptar oficialmente el cargo que ya por su voluntad oficiosa desempeñaba, y consideró que rechazar el estipendio sería insigne ingratitud y gazmoñería. Era una salvación milagrosa, pues ya se le acababan a toda prisa los dineros, sin que de ninguna parte pudieran venirle rentas ni gajes, como no fuesen los de la misa que diariamente celebraba. Precisamente había pensado días antes que si no malbarataba todos sus libros, no tendría con qué pagar la casa.

Contento y animoso, sintiendo duplicado el interés por Fernandito y el respeto y admiración de la oculta deidad, dedicó toda su energía a desempeñar la misión que aquella con suprema autoridad le había conferido. Registrado el cuarto de Calpena, no encontraron armas. Recelando que las tuviera en la cómoda guardadas con llave, pensó en proveerse de ganzúa para sustraerlas, pues la incógnita le había mandado que no se parase en pelillos. Pero en esto llegó nueva carta, que decía:

«No busque más las armas, señor presbítero, porque las tiene en casa de un amigote con quien ahora intima mucho: Patricio de la Escosura, el artillerito ese a quien suponen, y debemos creerlo, la última mosca cogida en las redes de esa araña de la Oliván. Escosura y otro joven llamado Miguel de los Santos (no me acuerdo del apellido), son ahora los inseparables de Fernando: me figuro que este último le acompañará alguna vez a casa de la Zahón. Según mis noticias, es un truhán de primera, que de todo saca partido para divertirse. Vive en la calle de la Gorguera. Suele andar con uno de los chicos de Madrazo, Perico, a quien apenas apunta el bozo, pero que ya es poeta y prosista. Todos estos niños y otros se traen unas ideas sentimentales que creo yo harán más estragos que los devaneos fúnebres, incendiarios y sanguinolentos del romanticismo. Busque a ese Miguelito de los Santos y hágase su amigo.

»Y vamos a lo principal. Esté usted preparado para un viaje, ¡oh pacientísimo señor don Pedro!, y perdone que le haga andar de coronilla. Dentro de unos días, quizás mañana o pasado, será Fernando trasladado a una Intendencia de provincia, probablemente a Cádiz o Barcelona, lejos, lejos. Se le destina a las nuevas oficinas que se crean para la redención de censos y la venta de bienes del clero. No creo que se rebele contra las órdenes del ministro, negándose a salir. Si así lo hiciera, será preciso recurrir a otros medios. Pero no es probable que llegue a tanto su rebeldía... Oiga usted lo que tiene que hacer. En cuanto él reciba su nuevo nombramiento, que irá acompañado de una orden para salir en posta, usted le incita a no dilatar la partida, le dispone coche, se brinda a acompañarle, le dice que volverán pronto; pero la vuelta de ustedes será la del humo; y una vez allá, trínquemele bien. Si logramos apartarle de su infierno siquiera cuatro o cinco meses, estamos salvados, mi buen amigo y *coadjutor.*

»Otra cosa tengo que advertirle. Debe usted, desde que disponga el viaje, abandonar el traje eclesiástico y vestirse de corto. Hasta creo que le sentará bien la ropa *de hombre*, digo, *de paisano*... tampoco es esto; vamos, de seglar. Como los vientos que hoy corren en España no son muy favorables a las personas eclesiásticas, por la guerra que estas hacen al Gobierno, unos con las armas en la mano, otros con sermones y escritos virulentos, no le conviene a nuestro cleriguito echarse con sotana y balandrán por esos mundos. Tenga presente que dentro de quince días, lo más, saldrá el decreto en que se ordena limpiar a los frailes el comedero, y ya verá usted la tremolina que se arma... Con que cuidado: fíjese bien en lo que me permito indicarle, y procure cumplirlo, sin nuevos intentos de descubrirme, porque si llega a mis oídos el *mascarita te conozco*, no hemos hecho nada. Yo me quedo donde estoy; Fernando, en su laberinto de perdición, y usted en su páramo de cazador de cátedras. Adiós.»

XXVI

Jurando *in mente* hacer todo lo que le mandaba la que tenía ya por autoridad suprema y tirana indiscutible, se fue Hillo al Estamento de Procuradores, donde le había citado Iglesias para presentarle a don Agustín Argüelles. Habían concertado destruir, por mediación del que llamaban *Divino*, la mala impresión de Mendizábal con respecto a Don Pedro, haciéndole ver que ni era loco ni había sido difamador de Su Excelencia, pues si bien dijo en cierta desgraciada ocasión cuatro palabrejas inconvenientes, hízolo con el noble fin de condenarlas. Menos le importaba la cátedra, con importarle mucho, que la opinión que el señor ministro formase de él; y hasta que no lograse rectificar aquel temerario juicio, no tenía tranquilidad. Mas desde el momento en que aceptaba el cargo que la divinidad incógnita le había conferido, ya la suspirada cátedra y los ministros que la concedían, y todo el Gobierno, y lo que Mendizábal pensara de clérigos locos o calumniadores, le importaba un bledo. Iba, pues, con ánimo de decir a Iglesias: «Amigo mío, no haga usted nada, ni se tome el trabajo de presentarme a estos señores, pues renuncio a *la mano de doña Leonor*, y es muy probable que me vaya a mi pueblo, a cavar.»

En los pasillos del Estamento había tanta gente, que le fue muy difícil cazar a Nicomedes. La sesión era interesantísima: se discutía el *voto de confianza*. Anduvo de aquí para allá, saludando a los que encontró conocidos, y uno de estos le dijo que Iglesias estaba en la tribuna oyendo hablar a Toreno. Hablaría después Mendizábal, y se procedería inmediatamente a la votación. Arrimose Hillo a una de las puertas laterales, donde había una gran masa de intrusos aplicando la oreja al rumor oratorio, y oyó algunas palabras del conde, pocas y desvanecidas por la distancia. El local era malísimo: el salón de sesiones una iglesia secularizada. Para formar los pasillos circundantes se habían derribado tabiques de la sacristía, aprovechando con fáciles chapuzas la parte de capillas y salas interiores que destruyó el incendio de 1823. Buscó Hillo mejor sitio de escucha por otro lado, y al fin, agazapándose en un rincón de lo que fue camarín de la Virgen, y que caía detrás de la Presidencia, pudo ver y oír algo. Por entre una crestería de cabezas distinguió a lo lejos la del señor Mendizábal y parte de su busto. Acababa de levantarse, y hablaba premioso, mirando, ya al pupitre, ya a los *señores de enfrente*. Por su gigantesca estatura descollaba don Juan entre aquel cúmulo de hombres chicos y medianos. A su corpulencia no correspondía su voz, parda y cavernosa, ni menos su oratoria, que en las cuestiones de Hacienda era muy árida, y en las políticas elevábase tan solo por la energía que le prestaba su convicción y los tonos dulces que le daba la sinceridad. Estirando mucho el pescuezo por entre brazos y cabezas de curiosos que bloqueaban la puerta, pudo pescar Hillo alguna que otra frase: «...Pues habiendo tenido la suerte de negociar un empréstito para una nación vecina a 74 por 100, cuando Don Miguel...» Y después: «Se ha dicho aquí si el Gobierno, en virtud del artículo 3.º...» Siguió un concepto ininteligible, y luego: «Pero, señores, un Gobierno que no quiere apelar a poner una contribución extraordinaria, ¿cómo es posible que...?» Retirose Don Pedro aburridísimo, viendo que nada en limpio sacaba, y esperó paseándose, leyendo la orden del día puesta en una tablilla, o los partes de la guerra, que siempre decían lo mismo. Por fin, comenzada la votación, los parroquianos de tribunas descendían a los salones bajos y pasillos. Los Procuradores, conforme votaban, iban apareciendo por las puertas del salón de sesiones, y el tumulto crecía, la atmósfera era espesa y cálida, y el ruido bastante a marear la cabeza más firme.

Apareciósele Nicomedes, sofocadísimo, echando lumbre por los ojos, entre un pelotón de periodistas, y desde lejos le intimó en esta forma: «¡Eh, clérigo... En qué mal día viene! Imposible hacer nada hoy. Ya ve *su merced* el jaleo que hay aquí.» En pocas palabras le informó don Pedro de que no venía más que a retirar todo lo actuado, y a manifestar a su amigo que ya no quería más recomendaciones ni molestar a nadie. Sin hacer caso de lo que decía el presbítero, prorrumpió Iglesias en ruidosas exclamaciones, a las que siguieron cláusulas narrativas, en pintoresco y familiar lenguaje: «¡Válgame Dios, qué discurso nos ha largado el *camello*! Lo que me hace más gracia es el tonillo sentencioso que toma para decir las mayores simplezas.»

Apretose el corrillo alrededor de Iglesias (metiéndose en él don Pedro con empuje de codos), y uno de los jovenzuelos más avispados que en el cotarro bullían, se echó a reír diciendo: «¿Pero ustedes le oyeron los latines con que hoy nos ha obsequiado?... *Mutatas mutandas*... Es divino este señor.»

—Él no sabrá de *citas históricas*, como dijo ayer... pero lo que es gramática...

—Esto del *voto de confianza* —manifestó con saña Nicomedes— resulta lo que digo en mi artículo de esta mañana: *un cubilete de charlatán*.

—Como que todo esto no es más que un tapujo de los agios y embrollos que este *don Juan y Medio* se trae.

—Bueno es el mundo, bueno, bueno, bueno —dijo uno de los presentes, mozo espigadillo, de grandísimos ojos negros, que relampagueaban en su rostro expresivo, con una seriedad que por ser tan seria resultaba extraordinariamente burlona.

—Eso mismo digo yo —indicó Hillo tímidamente—. Bueno, bueno, superior.

—Mi queridísimo amigo Miguel Álvarez —dijo Iglesias, presentándole.

Diéronse las manos, y don Pedro se mostró muy afectuoso, pues aquel encuentro y presentación colmaban sus deseos, y se permitió decir al joven Álvarez que ya le conocía de nombre por sus galanas poesías, por sus artículos y discursos...

«Discursos no —replicó el otro con gravedad socarrona—, porque todavía no los he pronunciado. Los tengo, sí, aquí en mi mente, y no los cambio por los de Cicerón. Pero todavía están inéditos, padre... Yo también tenía vivos deseos de conocerle a usted personalmente... que de fama ¿quién no le conoce? Mi amigo Fernando Calpena me ha hablado mucho de usted... Sé que es un profundo humanista, y que distrae sus ocios en la afición taurina... Yo soy amantísimo de los Toros.»

—Lo que tú eres, bien lo veo —dijo Hillo para su sotana—: un guasón de primera.

Y siguieron charlando, mientras Iglesias, con hueca voz ponderativa, encomiaba el discurso pronunciado en la primera parte de la sesión por don Agustín Argüelles, a quien se seguía llamando el Divino, si bien no aplicaban todos este lisonjero mote en sentido recto. «¡Señores, vaya un discurso el de Don Agustín! Es de los mejores, de los más elocuentes que ha pronunciado en su larga vida parlamentaria. Si el camello hablara así, ¿quién le aguantaba?»

Y deteniendo a un joven espigado, pulcro, bien afeitadito, vestido con esmero y elegancia, que de un cercano grupo se desprendía, le dijo: «Querido Juan, ven acá. ¿Qué te ha parecido el discurso de la divinidad?»

—Verdadera divinidad tutelar es don Agustín para ese buen señor. ¿Qué sería de Mendizábal sin esta defensa, sin este escudo, sin esta protección?

—Sería lo que la yedra, cuando muere el tronco del olmo a que se agarra —dijo uno de los que se adherían a Iglesias—. A ver, señor don Juan Donoso, usted que lo entiende, ¿qué opinión ha formado del discurso de Don Agustín?

—Admirable como forma —declaró con aire de suficiencia el que llamaban Donoso, joven extremeño que iba para notabilidad literaria y política—, poco sólido como aparato dialéctico. Me recuerda la oración *Pro lege manilia*. Fáltale la primera condición de toda pieza oratoria, el convencimiento. Se ve que no cree en la leyenda de este buen señor, ni en sus planes, ni ve nada dentro del artificio del *voto de confianza*. Le defiende porque no es decoroso despedirle cuando hace tan poco tiempo que nos le han traído con tanta parambomba. Para mí esto es claro. El generoso don Agustín, empleando excesivamente la argumentación *extra causam*, ha sabido cubrir con la púrpura de su elocuencia esta olla vacía...

Alejose llamado desde el cercano grupo, y dejó el puesto a otro de los amigos de Iglesias, al inquieto y vivaracho González, el cual, antes de que le preguntaran, se metió en el corrillo diciendo: «Caballeros, para mí, este buen don Agustín chochea...»

Prodújose después de esto un silencio repentino, porque apareció el propio Argüelles, viniendo del salón hacia la sala donde despachaban y recibían los ministros (que era parte del refectorio del transformado convento; en la otra parte se reunían las juntas de comisiones). Pero acosado por los felicitantes y aduladores, el buen señor no podía dar un paso. «Bien, don Agustín, sublime... Como siempre, el Demóstenes español.» Y él, con bondades y modestias, de esas que se usan en la política, desplegando todo aquel sonreír dulce y un poquito clerical, que caracterizaba su rostro austero, respondía: «He salido del paso como he podido... No tenía más remedio que defender el *voto de confianza*, que es un resorte político y parlamentario muy recomendable en ocasiones como la presente... No sé de qué se maravillan estos señores moderados; si en el Parlamento inglés estamos viendo todos los días esta clase de concesiones amplias a la iniciativa gubernamental... Creo haber puesto la cuestión en su verdadero terreno... Ya se le habrá pasado el susto al pobre Mendizábal...»

—Señor don Agustín —le dijo Iglesias con toda la franqueza compatible con el respeto—, es usted el hombre de más abnegación que existe en el mundo. Yo creí que ciertas virtudes eran incompatibles con la política; pero ya veo que no, ya veo que no.

—¿Por qué dice usted eso? —preguntó el *Patriarca de la libertad*, más risueño que sorprendido—. He cumplido con mi deber... Están ustedes soñando si creen...

—No les ha parecido ésta buena ocasión para derribar el falso ídolo.

—Aquí no somos idólatras, amigo Iglesias: aquí no hay más que hombres de buena voluntad que trabajan por la libertad y el bien del país, cada cual según lo que puede y sabe...

Y acosado por la turba de felicitantes, siguió de grupo en grupo, perdiéndose entre el gentío. Trueba y Cossío, secretario de la Cámara, pasó saludando risueño; mas no quiso dar su opinión. En un grupo de ministeriales, de los empedernidos, claveteados de optimismo, decían: «Argüelles, haciendo equilibrios; Toreno velado, avieso, dejando traslucir, hoy más que nunca, su mala intención; Mendizábal admirable, diciendo claramente lo que debe decir y callándose lo que le conviene reservar.»

—Esta es la verdadera elocuencia parlamentaria, a la inglesa... Lo que yo digo: el Parlamento no es una academia. Aquí se viene a ilustrar las cuestiones.

Y más allá: «Esto es una farsa. Lo que se quiere es desacreditar la representación nacional... poner en un conflicto a la Corona...»

—Y el desquiciarlo y revolverlo todo, ya está visto, para traernos el reinado de la plebe...

—Que sigan así las cosas, y pronto tendremos que no hay más que dos partidos: la camisa sucia y la camisa limpia.

—Se ve venir el imperio de las chaquetas. Las levitas van a menos.

—No así las de *don Juan y Medio*, que cada día son más largas.

Salió al fin del tumulto don Pedro acompañando al joven Álvarez, y como este dijera que iba al Café del príncipe, *vulgo* Parnasillo, se pegó a él, pretextando quehaceres en la misma calle, con la plausible intención de sonsacarle lo que supiera referente a Fernando. En la Carrera encontraron a Pepe Díaz, y estando con él de conversación, llegaron por la calle del Lobo otros dos, que Hillo no conocía. Eran Segovia y Juan Bautista Alonso, que traía bajo el brazo un rimero de poesías. Nada más frecuente entonces que ver a los mozalbetes por la calle cargados de paquetes de versos, como si vinieran de compras.

«Oye, tú —dijo Segovia a Miguel de los Santos cogiéndole de las solapas—, he visto a ese chico que me recomendaste, ese Eugenio...»

—Hombre, sí... Excelente chico. ¡Qué simpático, qué modesto! Por cierto que no acabo de aprender su nombre.

—Ni yo. Espérate a ver si me acuerdo...

—Yo me acuerdo, yo —dijo Díaz rascándose la frente—. Un apellido endemoniado..., así como...

—Es hijo de un alemán —indicó Alonso—. Le conozco, sí... Su padre le ha hecho un flaco servicio llamándose como se llama.

—Ya me acuerdo... *Arzen... Arzin...*

—*Arzembuch*, escrito con *H* y con *n*.

—Justo, así es —añadió Segovia—. Pues, como te digo, el pobre muchacho no sabía qué hacer conmigo. Me llevó a su casa y me enseñó una obra... ¡Vaya una obra!

—¿En prosa o en verso?

—¿Pero qué dices ahí?... ¡Si era una mesa!

—¡Una mesa! Verdad que es carpintero antes que poeta.

—Si a la caoba llamas tú poesía, la mesa es una obra en verso.

—¿Y esa mesa no tenía cajón?

—Hombre, sí; y del cajón sacó cuatro tragedias y dos comedias del teatro antiguo barnizadas por él... *Los empeños de un acaso* y *La confusión de un jardín*.

—Ya caigo —dijo Alonso—: es el autor de aquella famosa *Restauración de Madrid* silbada horrorosamente en la Cruz hace dos o tres años.

—¡Pobre Eugenio! —exclamó Díaz—, es tan tímido, tan para poco, que no saldrá adelante, valiendo mucho y sabiendo lo que sabe.

—Pues veréis: entre las tragedias que sacó del cajón de la mesa, había un drama, los dos primeros actos de un drama...

—*Los amantes de Teruel*... ¿te los leyó?

—Empezaba yo a leer, cuando entró ese loquinario, ese Calpena, y... Él fue quien leyó, ¡pero con una entonación, chico...!, vamos, tan bien leía, que si nos encantó la obra, no nos maravilló menos el intérprete.

—Ya le he dicho —indicó Alonso— que debe dedicarse al teatro, a la escena. Sería un gran actor.

—¿Y dónde dejasteis a Calpena? —preguntó Álvarez.

—Con Eugenio ha ido al Príncipe, a ver el ensayo del *Antony.*

—Pues allá me voy... ¿Vamos?

Excusáronse Alonso y Díaz por tener quehaceres, que debían de ser poéticos; pero Segovia se agarró del brazo de Álvarez, con ánimo de acompañarle. Calle abajo se fueron dos, y los otros, con el pegadizo don Pedro, se metieron por la del Lobo. Por cierto que el buen presbítero, ya en la pista de su don Fernando, si por una parte se hallaba satisfecho de haber encontrado en Miguel de los Santos un diligente y afectuoso auxiliar de su campaña, por otra se sentía contrariado de tener que abandonar el campo, cuando tan favorables circunstancias aquella tarde le ofrecía el acaso, o la Divina Providencia. Al despedirse de Álvarez en la puerta del teatro por la calle del Lobo, le dijo apenadísimo: «No saben cuánto siento no poder colarme con ustedes en el ensayo. Me gusta extraordinariamente ver ensayar... ¿Pero cómo entro vestido de cura? No puede ser. Otra vez será.»

Y se fue triste y cabizbajo, diciendo a las baldosas de la calle: «Razón tiene la señora incógnita al recomendarme que para andar en estos trotes me vista de seglar... No más hábitos. Por San Juan Capistrano, mañana mismo los ahorco.»

XXVII

Salió don Fernando Calpena del ensayo de *Antony* con un grave aumento de la locura que ya por sus exaltados amores padecía, y al despedirse de su amigo Juan Eugenio en la esquina de la calle de las Huertas, le dijo que ni se había escrito ni se volvería a escribir un drama tan excelente, verdadero Evangelio de los desheredados a quienes oprime la balumba del artificio social. El carpintero-poeta, cuya mente conservaba un excelso reposo, no expresó nada en contra de tan radical opinión; pero algo tenía que decir, sin duda, solo que se lo reservaba para más adelante, cuando los años y la experiencia le dieran la autoridad de que entonces carecía. No hizo más que mirar a su amigo con aquella expresión de intensísima agudeza que conservó hasta su vejez, y apretarle las manos. Al separarse le dijo: «Tendré copiado el acto tercero el sábado, y enseguida podrás leerlo. Aparece Isabel en la primera escena, vestida para la boda... luego entra don Rodrigo... En fin, ya lo verás. Adiós.» Y echó a correr hacia su casa, con pasito corto y vivaracho. Era pequeñín, todo nervios, con una cara ratonil, graciosa y llena de inteligencia, unos ojuelos que despedían lumbre, y una boca como la de los ángeles feos, que también los hay, según dicen. Calpena le miró alejarse, y, melancólico se decía: «¿Por qué Dios no me dio a mí su talento?... Bien podía habérmelo dado, sin quitárselo a él... bien podía...»

La transformación moral del enamorado joven se traslucía claramente en lo físico: había enflaquecido; sus ojos, que antes eran hermosos y alegres, brillaban después de la crisis con mayor hermosura, y su alegría era extraña combinación de zozobra y delirio. Hablaba con más viveza, amontonando ideas sobre ideas, empleando con frecuencia imágenes felices. Vestía con elegante descuido, olvidado ya del atildamiento presuntuoso que hacía de él un perfecto *estatuista* en capullo. Dejaba crecer la negra melena y la mantenía crespa, indómita, dando a los rizos y mechones libertad para estirarse o encogerse como quisieran. Había llegado a adquirir, con estas y otras costumbres nuevas, un sello propio, personal, que le distinguía y señalaba entre sus amigos. Estos eran cada día en mayor número desde que se lanzó a la independencia, y los tomaba conforme le iban saliendo, aristócratas o plebeyos: se mezclaba en la turbamulta humana con indecible gozo, ávido de vivir, de ver, de apreciar y discernir, de ejercitar, en fin, toda la energía intelectual y moral que a raudales brotaba de todas las honduras de su alma renovada.

Hizo en aquellos días conocimiento con los Madrazos, Federico y Perico, el uno precoz artista, el otro escritor y poeta, ambos excelentes muchachos, entusiastas, locos por el arte y la belleza; con Ochoa, inseparable de aquellos y co-fundador de *El Artista*, para el cual unos escribían y otros dibujaban; con Villalta, con Trueba y Cossío, político audacísimo al par que escritor bilingüe, pues lo mismo escribía en inglés que en español; con Dionisio Alcalá Galiano, hijo de don Antonio, uno de los jóvenes más despiertos y más inteligentes de aquel tiempo; con Revilla, Gonzalo Morón, Larrañaga y otros que en la literatura, en la crítica y en la política empezaban a bullir; con ambos Escosuras, con ambos Romeas, con Guzmán y Latorre; y al propio tiempo intimó más con Espronceda, Mesonero, Roca de Togores, Ventura, y otros que ya conocía. Aquella juventud, en medio de la generación turbulenta, camorrista y sanguinaria a que pertenecía, era como un rosal cuajado de flores en medio de un campo de cardos borriqueros, la esperanza en medio de la desesperación, la belleza y los aromas haciendo tolerable la fealdad maloliente de la España de 1836.

Más firme cada día en la fe de sus amores, veía Calpena en Aura algo más que una mujer bella, veía la mujer misma, con todas las cualidades propias del sexo en grado superior. Por perfecta la tenía desde la punta del pie a la última mata del cabello; perfecta era también en su inteligencia, que exhalaba rayos; en su voluntad ardorosa, rebelde a los términos medios; en sus caprichos, que escondían una profunda psicología; en todo, Señor, en todo, pues si Aura reía, toda la Naturaleza se alegraba con ella, y si lloraba, Cielo y Tierra se cubrían de tristeza.

Pues, señor: bastantes días habían pasado desde el ensayo del *Antony*; bastantes, sí, porque ya se había estrenado el revolucionario drama de Dumas, cuando ocurrió lo que ahora se referirá. Ello fue al principiar febrero, pasadas las tremolinas parlamentarias de fin de enero, cuando se discutió la ley electoral y derrotaron al Gobierno, y el señor de Mendizábal, entre la espada y la pared, no tuvo más remedio que disolver los Estamentos y convocar nuevas Cortes. Y como el diablo, cuando no tiene que hacer, se entretiene en coger moscas, don Juan de Dios, libre de la fatiga del Parlamento, que tan agobiado le traía, se dedicó a remover el personal de su Ministerio: todo era traslaciones, cesantías, empleados que venían no se sabe de dónde; otros que se iban a sus casas a *mascar el vacío*, como dijo un cesante de aquel tiempo... En fin, que una tarde, hallándose Calpena en su oficina aburridísimo, esperando ansioso la hora, antes que esta llegó un antipático, maldecido papel... ¡Ay!, era nada menos que su traslación a Cádiz, a las secciones recientemente creadas para la Liquidación de Créditos. El efecto que esto le hizo fue deplorable: vio en ello la malquerencia de un oculto enemigo, y echaba pestes contra los malos Gobiernos y contra el propio don Juan de Dios, a quien desde aquel día retiró su admiración y cariño.

En aquel estado de amargura y rabia le encontró Hillo una mañana, cuando de vuelta de misa disponíase a endilgar la ropa *corta* para echarse a la calle.

«¡Pero, chico —le dijo—, si estás de enhorabuena! Vas a Cádiz, *la cuna de nuestras libertades*, como decís los patriotas, y allí vivirás como un príncipe, y harás conquistas, y beberás la rica manzanilla, y tienes ancho campo para conspirar con los Riegos de ogaño por la Constitución del 12.»

—Ni usted sabe lo que se dice, ni yo voy a Cádiz —replicó Fernando de malísimo talante—. Pensaré de hoy a mañana lo que debo hacer, y se lo diré a usted... Veo la mano, sí; veo la mano que en las tinieblas me ha descargado este golpe de maza... Pero no caeré, no: si creen que voy a desplomarme, a rendirme y a pedir perdón, se equivocan. Abur.

Se marchó con esta seca despedida, y Don Pedro no volvió a verle hasta el día siguiente. No pocas noches dormía fuera de casa. Leyendo dramas o charlando de literatura en casa de algún amigo, se le pasaban las horas insensiblemente, y sorprendido por la aurora en esta febril tarea, se quedaba dormidito en un sofá o en el santo suelo, ya en el hospedaje de Álvarez, ya en el de Pepe Díaz. También don Pedro andaba un poco salido: entre diez y once de la mañana se vestía de paisano y se lanzaba a divagar callejero; por tarde y noche frecuentaba los cafés, y hacía en unos y otros diversas amistades. En el de Solís encontró a Calpena con un chicarrón que iba cargado de dramas: le vio desde lejos, se acercó en el momento en que salía, le fue siguiendo, y, por fin, le dio alcance en la calle del Turco.

«Voy contigo —le dijo poniendo en práctica las instrucciones últimamente recibidas—. Tenemos que hablar. ¿No sabes lo que ocurre? Pues que mañana nos largamos.»

—¿A dónde, mi reverendo amigo y capellán?

—A Cádiz: tengo yo también allí un asuntillo. ¡Qué oportunidad!, me acompañas y te acompaño.

—Irá usted solo. Mejor va uno solo que mal acompañado. Yo, señor don Pedro Hillo, no salgo de Madrid... Y no me ponga usted la cara fosca y patibularia, porque como no es usted mi padre, ni mi tío, ni menos mi abuelo, y tan solo es un amigo muy apreciable, yo no estoy en el caso de que usted me riña.

—Hombre, reñirte no —repuso Hillo con mansedumbre—. Somos tan solo amigos, dices bien, y ninguna autoridad tengo sobre ti, como no sea la que me dan los años. ¡Triste autoridad!... Bueno, bueno: no quieres ir a Cádiz. *Ergo*, ¿renuncias a tu destino?

—Renuncio, sin *ergo*; presento la dimisión... le digo al señor Mendizábal que vaya él si quiere...

—Pues, hijo, siento hacerte una observación que te va a saber muy mal... pero qué remedio, es mi deber hacértela, para que medites el caso, y resuelvas tu libérrima voluntad... Ya leo en tu cara que lo has adivinado. Palideces...

—Palidezco de verle a usted tan meticuloso, empleando rodeos y perífrasis para decirme algo que podrá ser amargo y triste, pero que no me anonada, no señor, no me anonada...

—¿Sabes...?

—Y si no sé, sospecho... Vaya, suélteme usted pronto el rayo.

El bigardón que llevaba a cuestas mediano fardo de dramas y tragedias en cuatro y cinco actos, con prólogo y epílogo, comprendiendo que trataban de asunto delicado, se largó, dejándoles en su grave contienda en medio de la calle.

«Pues lo que debía suceder ha sucedido. La deidad próvida, la dulce enmascarada, nuestra grande amiga, nuestra...»

—Hombre, acabe usted de una vez. Total, que se ha incomodado porque no quiero ir a Cádiz. ¿Y cómo sabe mi resolución?

—No la sabe, la teme, y dice en su última carta que si no vas no cuentes más con ella.

—Creo —dijo Calpena con gravedad— que no falto a la gratitud respondiendo que no acepto la protección en esa forma despótica, altanera. Se obedece ciegamente a una madre, a un padre, aun cuando la obediencia nos destroce el corazón; pero ¿quién puede exigir que sacrifiquemos la libertad, dignidad, vida, a los caprichos de un fantasma? ¿Que no es fantasma dice usted? Pues que se quite la gasa, el capuchón... Abandonado estuve, abandonado estoy... ¿Qué me ha dado el fantasma? ¿Me ha dado un nombre? ¿Me ha dado algo más que algunos trajes y algún dinero? ¡Y a cambio de estos beneficios, pide que me convierta en un párvulo sin voluntad, sin iniciativa para nada! Amigo Hillo, antes que el bienestar adquirido con una pasividad humillante, pueril, ridícula, quiero una pobreza con dignidad... No, no entra en mis ideas vivir de lo que se me arroja en mitad de la calle; soy joven, no me falta inteligencia: quiero vivir por mí y para mí...

—Todo eso está muy bien —dijo el clérigo—. Quieres trabajar, lucir tus facultades. ¡Magnífico! Pero, tonto, si con la protección del fantasma lo harás mejor que solo y abandonado. ¿A qué luchar desesperadamente para sucumbir...? En cambio, con la base de tu destinito...

—No sea usted inocente, don Pedro. ¡El destinito!, ¡vivir amarrado al pesebre de la administración! ¿Pero no comprende usted que el que una vez prueba las facilidades de ese pesebre, ya está enviciado para toda la vida, ya no se pertenece, ya es una máquina que los ministros paran o echan a andar, según les acomoda? No, no me digan que sea máquina... En los empleos tiene usted la explicación de la inercia nacional, de esta parálisis, que se traduce luego en ignorancia, en envidia, en pobreza...

—Muy bonito como teoría... pero...

—De esto hablamos anoche largamente Larra y yo, y renegamos de los empleos, que son como el opio o el hastchís para esta nación viciosa, indolente. Por mi parte, digo que antes comerán en un mismo plato constitucionales y facciosos, antes se volverán chaquetas las levitas de don Juan Álvarez, que yo resignarme a ser toda mi vida funcionario público.

—Has empleado lindamente la figura que llamamos *imposible* o *adynaton*.

—Déjese ya de retóricas, don Pedro. ¿Cree usted que están los tiempos para retóricas? Eso pasó. Aquí vendrá un desquiciamiento si no vienen nuevas ideas, aire nuevo, a regenerarnos...

Y abriendo los brazos en plena calle, parados uno frente a otro, dijo a su amigo: «Déjeme usted ser libre, déjeme usted probar mis fuerzas... No quiero protección anónima. Si conoce usted a la divinidad encapuchada, dígale que quiero pertenecerme, pensar por mí mismo y poner en ejecución lo que pienso... ¿Que me estrello?, bueno: Pues estrellado y con media vida, podré decir: "¡Viva la independencia! ¡Viva la dignidad humana!".»

XXVIII

Separáronse. A los pocos días se despidió Calpena de la casa de Méndez, porque en su nueva vida independiente, abandonado de la invisible protección, necesitaba aposentarse con mayor economía. Tanto Méndez como su hija y esposa con lágrimas en los ojos viéronle salir, y le abrumaron con amabilidades quejumbrosas, mostrando lástima de su partida, por un *punto de quijotismo*, como decía el patrón, el cual añadió a esta frase sanos consejos y exhortaciones atinadísimas. «¡Vaya que dejar un empleo tan bueno por no ir a Cádiz!» —clamaba Doña Cayetana, oprimiéndose el pecho, que rebotaba contra la garganta. «Y ¿por qué no han de dejarle aquí? —decía Delfinita bizcando más el ojo—. También es tema querer echarle de Madrid... Todo por una mala novia...»

En fin, que el hombre se fue. Hillo no se hallaba en casa cuando estas patéticas escenas ocurrían. Y por cierto que andaba el tal curita hecho un paseante en corte, vestidito de seglar, con bastón y sombrero de copa, todo el santo día de mazo en calabazo, y no ciertamente en las mejores compañías. Muchos, ignorantes de los móviles de su conducta, le tenían por echado a perder; otros sospechaban que los jacobinos y masones le habían seducido, atrayéndole a sus conciliábulos oscuros. Su buen nombre eclesiástico no ganaba nada con esto; pero a él le importaba ya una higa la opinión clerical, y todo lo que no fuera el honrado objeto de sus trabajos y pesquisas.

Como Calpena no ocultaba su domicilio, calle de las Urosas, allá se iba don Pedro a diferentes horas, sin dar a sus visitas apariencias de persecución o de fisgoneo policiaco. Siempre buscaba un pretexto, comúnmente literario, y hasta llegó a fingir que escribía un *Florilegio de refranes*, y que necesitaba compulsar textos muertos y vivos. Igualmente iba en busca de Miguel de los Santos; pero siempre con mala suerte: no se podía hacer carrera de aquel chico, dotado de excelsas cualidades, que desvirtuaba con su pereza. «Miguelito —le decía Hillo, que al poco tiempo de amistad ya le tuteaba—, tú vales mucho y no serás nunca nada.» Acontecía no pocas veces que iba a buscarle a las nueve de la mañana y le encontraba en el primer sueño. Algunos días tomaba el desayuno a las cinco de la tarde. Con semejante vida, ¿qué había de hacer el hombre, ni de qué le valía su grande ingenio? No concluyó jamás nada de lo que empezaba. De sus propias obras se aburría, a fuerza de admirar las ajenas; amaba a sus amigos entrañablemente; de sí mismo no hacía ningún caso.

Lo que a Hillo mayormente le incomodaba era no encontrar en él eficaz ayuda para traer a Fernando al buen camino, y siempre que de esto le hablaba, salía el bueno de Miguelito con unas filosofías que dejaban helado al pobre don Pedro. Quería este aplicar a todo los principios que establecen el gobierno de los individuos por la familia, y de la familia por el Estado, organizando una especie de colegio universal, y Álvarez profesaba un donoso fatalismo con profundas raíces en su mente. Sacaba de quicio al buen capellán el humorismo con que Miguel de los Santos trataba las cosas más graves; aquella pachorra, aquel mirar tierno con que afirmaba el imperio absoluto, soberano, de la fatalidad. Todo pasa como debe pasar, y es inútil y ridículo pretender desviar personas y cosas del camino que les imprime la escondida fuerza que todo lo gobierna. De esto resulta que no debemos tomar a pechos ningún humano incidente. Desgracia y ventura no son más que términos de relación, convencionalismos. Así como no podemos influir en los fenómenos meteorológicos, nos está vedado el oponernos al fenómeno histórico, afecte a las naciones, afecte a los individuos... Lo único que sacó en limpio don Pedro fue alguna que otra noticia íntima referente a los amores de Calpena. La Zahón, que ya venía algo esquinada, sin que se sepa por qué, vio con malos ojos la renuncia que hizo Fernando de su destino: si primero le había tenido por príncipe con disfraz, luego le tuvo por un ladino pelagatos, que husmeaba la dote de Aura; y deseando poner punto en tales relaciones, empezó por limitar las entrevistas de los novios y dificultar el carteo. De todo esto resultaba la espantosa murria de Calpena en aquellos días. Su exaltada mente le sugería sin duda proyectos audaces, caballerescos, traduciendo a la realidad el peregrino enredo de los dramas románticos. «¿Querrá usted creer —dijo Álvarez— que a nuestro amigo se le ha ocurrido aplicar al caso de la calle de Milaneses el procedimiento del narcótico? Sí... Dar a la señorita un bebedizo para que se quede tiesa y fría, simulando la muerte... Vamos, como en *Romeo y Julieta* y en *Catalina Howard*, y luego cargar con la difunta, que no es difunta más que de mentirijillas, y... ya supondrá usted lo demás. De las distintas clases de raptos, pienso que no se le ha quedado ninguna por estudiar... y ya verá usted cómo sale por algún registro inesperado, teatral, y a todos nos deja con la boca abierta.»

Y mientras Miguelito poníale ante los ojos estas probables contingencias de trágicos lances, la invisible tutora le empujaba cada día con más apremio hacia el remolino que la voluntad y la pasión de Calpena iban formando. En una de las últimas comunicaciones de la *velada*, le decía entre otras cosas: «Por Dios, no olvide usted lo que tanto le he recomendado: que le siga a esa zahúrda donde vive, que procure por cualquier treta ingeniosa intro- ducirse en ella. Cuide usted de que nadie le falte, pues su abandono no es más que aparente. Sin que él pueda sospecharlo, páguele usted su hospe- daje, y encargue a los dueños de la casa que finjan el mal humor de todo patrón que no cobra... Y otra cosa espero de su hidalga cooperación. Sé que se junta de noche con los patriotas exaltados, que asiste a sus nefandas logias y a sus ritos extravagantes. Sin duda, al verse solo y perdido, trata de reformar el mundo, armándonos aquí otra revolución como la francesa, con su convención, guillotina y todo... Pues es preciso, mi querido amigo y capellán, que usted se meta también en esas logias y cavernas endemo- niadas. ¿Qué le importa a usted, si su masonismo es fingido y conserva en su conciencia el amor de la verdad y el desprecio de tales majaderías? Métase usted en la boca del lobo, sin rebozo alguno ni temor de que le crean jaco- bino. Nada debe usted recelar, pues aquí estoy yo para sacarle de cualquier mal paso. Adelante, y no vacile en hacernos esta grande y noble caridad. A nadie tiene usted que dar cuenta más que a Dios y a mí, y Dios sabe la rectitud con que procede mi buen capellán, penetrando en los antros donde se forjan las revoluciones y el ateísmo. De allí saldrá usted como entre, y si consigue sacarme de ese y otros peores infiernos a esa querida alma extra- viada, tendrá usted dos recompensas: la temporal y la eterna.»

«Bueno, señor, bueno», murmuraba don Pedro, cayendo en profundas meditaciones. Y al día siguiente le decía la incógnita: «No solo le seguirá usted a todos los sitios a donde le lleve su reciente amistad con los patriotas furibundos, sino que debe penetrar en casa de la Zahón. Dos días llevo pensando en el medio mejor para realizar este metimiento, y creo haber encontrado uno magnífico, superior. Verá usted: la Zahón es socia, compinche o comadre de Maturana, el diamantista. Maturana, corredor y traficante de alhajas y obras de arte en toda Europa, gran perito, gran joyero, gran chalán, posee un abanico magnífico, que ha pertenecido a la

183

Pompadour, a la Emperatriz Josefina, a Pepita Tudó, a la reina Hortensia, a Mademoiselle Mars y a otras personas que no han adquirido celebridad. Es pieza de gran valor histórico y artístico, y con él pensó Maturana hacer un buen negocio, ofreciendo su compra a la reina Cristina. Pero Su Majestad, que ahora está por lo positivo y prefiere emplear su dinero en salinas, en minas, en empresas de utilidad, le ha ofrecido muy poco dinero, con lo cual ha estado el hombre fuera de sí, tirándose de los pelos. Por fin, creo que se entendió con la Zahón: han hecho un cambalache, dándole él su abanico a cambio de una colección de perlas. Hállase, pues, hoy la hermosa obra de arte en manos de la jorobada. Nada tiene de particular que el señor de Hillo, variándose el nombre y fingiendo el empaque de un señor aficionado a lo antiguo, se presente en la joyería de la calle de Milaneses, y pida que se le muestre el abanico para comprarlo. Usted lo ve, lo examina por un lado y otro, mira bien el país, el varillaje, el clavillo, diciendo algo que revele al conocedor de estas cosas; elogia la perfección del trabajo de Lefebvre y el mérito de Lancret, pintor de la cabritilla...»

Traía después de esto la carta una prolija descripción del país, dando noticia de todas las figuras, de sus trajes, etc., y concluía: «Para que no se maraville mi señor don Pedro de que tan bien conozca yo el abanico, le diré que lo he tenido en mi mano más de una vez, y lo he mirado y remirado... Vaya, lo diré todo: esa artística joya ha sido mía. La poseí dos años, sin que nadie lo supiera... Es decir, alguien lo supo; pero no Maturana... Una vez que usted la vea bien, pide precio, y cualquiera que sea, se descuelga con la muletilla de que le parece caro, y ofrece pensarlo. Después se hace mostrar perlas y diamantes, lo ve todo, y se retira diciendo que volverá. Al día siguiente vuelve, y manifiesta resueltamente y sin rodeos a la Zahón que le compra el abanico al precio propuesto, siempre que ella se comprometa a romper de una manera radical las relaciones de Fernando con la chiquilla de Negretti. Esta manera radical no puede ser otra que sacar de Madrid a esa loquinaria y llevársela a Córdoba o Cádiz, donde también tienen casa de comercio; pero de tal modo y con tal sigilo efectuada la salida, que no pueda Fernando saber a dónde se la llevan, ni, por tanto, pensar en seguirla. ¿Qué le parece, mi bondadoso capellán, este pensamiento mío? Si lo estima feliz, mañana, cuando salga la primera vez de su casa, sobre las diez, póngase el sombrero bien terciado al lado derecho, de modo que le caiga sobre la ceja... Si lo encuentra mal, colóquese el susodicho aparato tapa-cabezas en forma rectilínea, bien aplomado, el ala todo lo horizontal que sea posible.»

Salió Hillo al siguiente día con el sombrero bien derecho. Conceptuaba peligroso y contraproducente el recurso del abanico para avistarse con la Zahón; discurría que siendo ésta mujer avariciosa, y además muy ladina, si se le ofrecía dinero por el quebrantamiento de relaciones, vería en esta oferta el reclamo de gentes poderosas. Era, pues, lógico que, encendida su ambición, pensara en afianzar las relaciones de los dos amantes antes que en destruirlas, o bien pediría más, mucho más que el precio relativamente corto del histórico abanico. «Por esta vez —se decía Hillo—, no ha sido usted, mi señora incógnita, tan lista y perspicaz como de costumbre; y permítame que se lo exprese con el pensamiento, ya que de otro modo no pueda expresárselo... ¡En buena nos metíamos si esa mercachifle astuta llegara a entender que es Fernandito en el orden social persona muy distinta de lo que parece! Déjeme usted a mí, señora invisible, que ya me arreglaré yo para llegar al fin que todos deseamos.»

En efecto, tomadas de un platero de la Concepción Jerónima, amigo suyo, dos lecciones de arte del diamantista, y aprendidos cuatro terminachos, se fue a casa de la Zahón, y trató con ella, arrancándose a comprarle unos aljófares y media docena de *rosas*, todo ello de poco valor. En su segunda visita le habló del asunto con habilidad, enjaretando embustes muy sutiles, para llevar al ánimo de la corcovada sentimientos contrarios a los fines de Calpena. Harta ya Jacoba de un noviazgo que ninguna ventaja le traía, acabó de abominar de él con las tremendas cosas que don Pedro le dijo, y se propuso tomar sin pérdida de momento las medidas necesarias para mandar a paseo al joven romántico, y quitarle de la cabeza a la niña su desatinada pasión. Todo lo temía ya. Calpena, si le dejaban, consumaría el rapto de su *Julieta* con todo el salero, con toda la audacia de que ofrecían ejemplos mil las obras poéticas de aquel tiempo. Urgían, pues, resoluciones eficaces, perentorias; despedir a don Fernando y empaquetar a la chiquilla para Córdoba.

Un poquitín alborotada quedó la conciencia del buen presbítero después de su última conferencia con Jacoba, porque, en verdad, las atrocidades que allí soltó traspasaban quizás la medida de la intriga inocente. «¡Qué pensaría Fernando de mí —se dijo, andando taciturno hacia su casa— si supiera que le he presentado como un desalmado hipócrita... Si supiera ¡ay!, que le supuse en connivencia con Luis Candelas, y otros eminentísimos ladrones!... Pero la buena voluntad me absuelve de esta triquiñuela, y Dios, que ve los corazones, sabe que en el mío no hay más que amor al bien, deseo de impedir el extravío de un ilustre caballero, llamado a los grandes destinos... Creo que no solo Dios, sino el mismo Fernando me absolverá cuando le haya pasado esta calentura... ¡Ah, y entonces los dos nos reiremos de los disparates, de las abominaciones que dije!...»

Y a la mañana siguiente le escribía la *velada*: «Antes de enterarme, por lo que me manifestó quien pudo observarlo, de la postura recta de su sombrero, señor de Hillo, señal de su disconformidad con lo que le propuse, ya había yo reconocido que anduve muy descaminada en aquel plan de comprar con el precio del abanico la liberación de Fernando. ¡Qué despropósito! ¡Cuánto me alegro de que usted opinara de distinto modo, según declaró su *góndola*!... Es que con el cavilar continuo, mi cabeza se pone a veces perdida, señor capellán, y si *dormitó el buen Homero*, como dicen ustedes los retóricos, ¿qué extraño es que no solo dormite yo, sino que sueñe disparates? Despejada mi razón, he visto claro que si la diamantista huele dinero, estamos perdidos. Usted seguramente habrá imaginado y puesto en ejecución otros artificios por llegar al fin que anhelamos. Eso no quita que yo desee adquirir el abanico, y lo adquiriré, Dios mediante, cuando salgamos de este atolladero. No quiero que aquella preciosidad, que ya estuvo en mis manos, vaya a parar a otras, ni aun a las de la misma reina. En este anhelo mío se manifiesta la mujer más de lo que yo quisiera, y quizás me vea usted frívola, caprichosa... Perdóneme, y cierro este paréntesis para decirle que no desmaye, que veo cercano el peligro. Si Fernando consigue apoderarse de Aura y desaparece, cualquiera les coge después... ¡Y si contrariados en sus amores, enloquecidos por la pasión, resuelven suicidarse juntos...! ¡Dios mío, qué horror! Crea usted que esta idea me persigue desde anoche... No duermo nada pensando en los distintos procedimientos de matarse que inventa el romanticismo, y que los malditos poetas han puesto de moda, infundiéndolos a la juventud exaltada, con el continuo ejemplo de dramas y novelas... Estemos alerta... y si hay vislumbres de suicidio mutuo, entonces, iah!, entonces no hay más remedio que transigir... Todo, todo, antes que ver morir a Fernando... Eso no, eso no... Repito que eso no... Concluyo, mi señor capellán, advirtiéndole que en la logia de la plazuela del Carmen andan ahora en grandes peloteras. *Los libres* se desatan, y en su delirio, en la fiebre del motín y de la bullanga, ayudan a los estatuistas a derribar a Mendizábal... Los de la *moderación*, que se traen ahora un cierto tacto de codos con el absolutismo, se proponen no dar tiempo a *Don Juan y Medio* para la realización de su plan de reformas. Tiran a impedir que decrete la supresión de monacales y la venta de sus bienes, porque calculan que con los recursos de la enajenación se haría fuerte el hombre, rodeándose de un baluarte de plata y oro... ¡Y esos badulaques, esos patriotas exaltados no ven que son instrumento de los que abominan de la Libertad! ¡Siempre lo mismo!... Con que ya sabe: métase allá, y no vacile en ponerse al lado de los que alboroten en pro de Mendizábal. No nos conviene que caiga tan pronto don Juan: lo necesitaremos más adelante, quizás muy pronto. Adiós, señor capellán; en sus oraciones no deje de encomendarme a Dios.»

XXIX

Según atestiguan personas coetáneas de la Zahón, tanto se afectó esta con las inquietudes y cavilaciones de aquellos días, que se le disminuyeron las jorobas, y la exaltación de su espíritu fue parte a mermar las graves pesadumbres de su cuerpo. Pero como otros autores afirman lo contrario, manifestando que las corcovas, y con ellas el dolor y tirantez de músculos, aumentaron horrorosamente, el narrador de estos sucesos cree obrar con prudencia quedándose en el justo medio entre tan opuestas aseveraciones, y así declara y establece que las protuberancias, los sufrimientos físicos y morales y el avinagrado genio de Jacoba Zahón, eran los mismos que en los días aquellos del convite que abrió a Calpena las puertas de la casa.

Un día entero estuvo la diamantista rumiando una solución pronta y eficaz: escribió a su hijo, residente en Córdoba, ordenándole que viniese en su ayuda. Era urgente apartar de la familia al exaltado joven, a quien recibió y agasajó suponiendo en él secretos enlaces con damas poderosas y con ministros y personajes de gran viso. ¡Buen chasco le había dado el tal Fernandito, que resultaba un triste y desamparado poeta, uno de tantos pelagatos del romanticismo, sin más fortuna que su melena y su enfática misantropía! Y lo mismo pensaba seguramente el señor de Mendizábal, que habiéndole sin duda colocado por intrigas de las logias, acababa de ponerle de patitas en la calle. Vivía el tal miserablemente en un cuchitril de la calle de las Urosas, entre ratones, poetas, comicastros, y quizás mujeres de mala estofa, y todo en él, su traza y su fraseología, revelaba un presumido sin sustancia, abandonado de Dios y de los hombres. ¡Fuera, pues; fuera don Fernando... que no era bien comprometer el grandioso porvenir de la niña, ni arrojar a puercos las margaritas de la herencia de Negretti! Maturana, y otras personas a quien consultó, opinaban del propio modo. ¡Fuera niños románticos, que no traían consigo más que desvaríos, barullo, hambre!

Aunque hacía días que la Zahón se esmeraba en manifestar al joven, ya con miradas desapacibles, ya con palabras ásperas, el desprecio que hacia él sentía, no le pareció bastante decisiva esta forma de romper amistades, y una tarde le espetó, con seca y rotunda frase, la orden de poner fin al visiteo: «La familia meditaba otros planes con respecto a Aurora; la familia tenía sobre sí la responsabilidad del porvenir de la huérfana de Negretti; la familia no necesitaba explicar a nadie el motivo de sus resoluciones; la familia...»

—La familia de Aura soy yo —dijo Fernando con noble ademán y firme convicción; y dicho esto se marchó altanero, no ciertamente como salen los que no piensan volver.

Pero a Jacoba se le figuró, en su desconocimiento de las humanas pasiones, que Fernando salía de su casa corrido, como si todas aquellas razones de la familia (y vuelta con la familia) hubieran convencido al romántico de la vanidad de sus pretensiones. Creyéndose, pues, victoriosa, ya no le faltaba más que llamar a la tontuela y echarle la rociada que preparado había para aterrarla y reducirla: «Aura, ven acá, Aura: ¿en dónde te metes que no acudes cuando te llamo? Ves que estoy baldadita, que no puedo moverme, y no vienes...»

Por fin apareció en la puerta, como alma del otro mundo, vaga en la forma, insensible el paso, la imagen de Aura, toda palidez en el rostro, en los ojos toda fuego, el pelo sencillamente recogido más que peinado; y antes que hablase la jorobada, le dijo con voz que parecía salir de algún hueco misterioso bajo el suelo de la habitación: «Mi familia es él...»

—¿Has oído lo que le dije, niña?

—Mi familia es él... yo no tengo más familia que él.

—Vete a tu cuarto, simple, y a la noche hablaremos, que ahora espero visita y no me conviene incomodarme... Si quieres tocar y cantar, puedes hacerlo; pero cierra la puerta.

Desapareció Aura, y al poco rato llenaba toda la casa su voz tiernísima cantando *Assisa al pie d'un salice*. Entraron dos marchantes, y allá se entretuvieron largo rato con Doña Jacoba examinando piedras, dándose recíprocamente la jaqueca con el regateo de quilates y precios. Fuéronse ya muy tarde, llevándose aljófar, media docena de esmeraldas de las llamadas *aguamarinas*, y aflojaron dinero: oro, plata. Arrastrando su cuerpo, más bien que llevada por él, llegose la Zahón a los armarios, guardó preciosos objetos, estuvo mediano rato dando vueltas y más vueltas de llaves, y con la misma lentitud pudo ganar el sillón, donde se apoltronó, hasta que Lopresti fue a anunciarle la cena. En el comedor la aguardaba una sopita de sémola y un plato de pescado frito. Viendo que Aura no acudía a la cena y que su cubierto continuaba baldío, la señora dijo al maltés: «¿Y la niña?... Ya: ¿no quiere cenar *su alteza*?... Pues déjala, no la llames otra vez. Que coma música... Me importan poco sus rabietas... Era ya loca, y el maldito romanticismo me la ha trastornado más de lo que estaba. ¡Grande error ha sido! Pero se irá curando... ¡Qué remedio tiene más que someterse!... Con ayuda del tiempo y de la ausencia, me prometo ponerla como un guante. No me dé Dios más trabajo que este...»

A poco de cenar la llamó. Continuaba la joven en el mismo desgaire, mal peinada, mal vestida, con un lindísimo *deshabillé* que marcaba sus incomparables líneas corporales, hermosísima, toda blancura en traje, cara y manos, toda tinieblas en el pelo y en los ojos... El andar ligero, la mirada grave, pasiva, calmosa, fría como una espada cuando la clavaba en la Zahón.

«Siéntate a mi lado, hija mía —le dijo la corcovada, arrimando la silla más próxima—, y óyeme... ¿Qué? ¿No me has oído?... ¿Por qué estás ahí parada, inmóvil...? ¿Cómo quieres que hablemos con la mesa de por medio? Acércate más... Bueno hija, te empeñas en hacer la fantasma y nada tengo que decirte. Tú te cansarás... De verte así, tan callada, me entra sueño... y sueño me da también esa quietud con que me miras... En fin, si no quieres hablar, tendrás que oírme, porque no dormiría yo tranquila esta noche si no te dijese que ese falso duque y trovador de filfa no entra más en mi casa. Nos hemos equivocado, hemos estado en Babia. Acabarás por convencerte de dos cosas; digo, de tres; de tres, hija mía. La primera es que nada de lo que yo disponga puede ser contrario a tu felicidad: con razón se ha dicho "quien bien te quiere... Etc.". La segunda, que te conviene, por tu salud corporal y del alma... te conviene, repito, tomar aires, salir de Madrid... y para esto, niña, para llevarte y cuidar de ti, viene mi hijo... le espero mañana... Y la tercera cosa es que encontrarás, no a docenas, sino a miles, galanes de más mérito y de más enjundia que ese tontaina de Fernandito, que no es más que un pobre pájaro aburrido, tan vacío de mollera como de bolsa... ¿No respondes? ¿Te vas convenciendo?... Parece que te has vuelto tonta... Aura, por Dios, da sueño mirarte...»

Sin responder nada, Aura se fue con lento paso, y Jacoba permaneció un instante con los ojos fijos en la puerta por donde se había ido. Puso atención después, aplicando la oreja... pero nada oyó: ni ruido de pisadas, ni llanto, ni voz alguna.

«Cayetano —dijo después la señora, apartando de Aura su atención—, tráeme eso, y acerca más la luz.»

Púsole delante Lopresti el tintero de cobre con polvorera y la negra carpeta sebosa donde la señora escribía. De ella sacó la jorobada un pliego de buen papel, escrito ya en dos y media de sus carillas, y aproximado el quinqué y bien atizada la mecha, continuó su obra interrumpida, trazando con lentitud y vacilante pulso los caracteres, hasta que llegó al fin, y puso la firma y rúbrica. Leyó cuidadosamente toda la carta, salpicando las comas donde le parecía, arreglando algún trazo de letra torcido, o haciendo leves enmiendas que no afearan la escritura, y bien regado el papel de polvos abundantes, se entretuvo en doblarlo y cerrarlo con prolijo esmero, y extendió al fin despacio, letra por letra, el sobrescrito: *Excelentísimo señor don Juan Álvarez de Mendizábal, ministro.*

Muy satisfecha debió de quedar de su obra, porque sus ojos se animaban, sus labios se movían, hablando para sí, silenciosos, y acariciaba la carta entre sus finísimos y blancos dedos... Pasado un rato de meditación, intentó ponerse en movimiento. «Lopresti, ven, que no puedo levantarme, ¡ay, ay, ay! Cógeme por la cintura... Con cuidadito... ¿Y esa?»

—En su cuarto...

—Déjala... Se pasará toda la noche lloriqueando, y mañana estará más tranquila... Que llueva, que llueva... para que el alma se descargue de nubarrones... Vete a ver si duerme.

—Me parece que sí... No siento nada —dijo el maltés, volviendo de su inspección, que solo duró un par de minutos.

—Pues vamos... Sostenme bien, que me caigo... ¿Has cerrado todo... has apagado la lumbre?... Enseguida que yo me acueste... ya sabes, te traes aquí una manta, y te acuestas en el sofá de paja, para que estés toda la noche al cuidado. Deja encendida la luz... Como tienes el sueño ligero, no se moverá un ratón en la casa sin que tú lo sientas... Clavadas como están las maderas de todos los balcones, me parece que tenemos completa seguridad... Yo me caigo de sueño...

Dejola el buen Cayetano en su alcoba, donde se acostó vestida, bien cubierta de mantas. Una candelilla de aceite dentro de un vaso le daba la claridad suficiente para no estar en tinieblas. Entre la lana oscura, lucía el lívido rostro de María Antonieta guillotinada, y no viéndose configuración de cuerpo, sino un informe bulto, podía creerse que Doña Jacoba no era más que una cabeza colocada al azar sobre montones de trapos.

Transcurrió más de una hora sin que Lopresti, tumbado en el sofá del comedor, conforme a las órdenes de su señora, observase novedad en la casa, ni oyese ruido alguno. Los de la calle, sonar de relojes distantes, pasos de transeúntes, rumor de alguna pendencia, rodar de carros, quedábanse fuera, y no había para qué poner atención en ellos. A las once y media comenzó el roncar suave de la Zahón, que luego fue en aumento, con notas aflautadas y acordes graves, que infundirían pavor a quien no estuviese acostumbrado a oírlos. Lopresti se adormiló un rato, al son de aquella tan conocida música; pero le despertó algo que no era ruido... un presentimiento no más, tal vez una idea.

Dudó un momento si le engañaban sus ojos, o si era, en efecto, la propia persona de Aura aquella imagen que vela, avanzando cautelosa, deslizándose ante la pared del comedor como proyección de linterna mágica. La mesa interpuesta impedíale ver la mitad inferior de la figura... Traía una luz en la mano izquierda, y con la otra apretaba contra el pecho un objeto que no se distinguía fácilmente... ¡Vaya si era Aura! ¿Pues quién podía ser más que ella? «Esta madamita está loca o es sonámbula», pensó el maltés. Pero esta última presunción no se confirmó, porque la joven fijó en Lopresti su ardiente mirada, y luego se fue hacia él indecisa, andando y deteniéndose por segundos. A medida que se acercaba, iba perdiendo aquel aspecto de *Lady Macbeth* con que se apareció a los encandilados ojos del fámulo. Dejó sobre la mesa la luz que traía, y miró espantada a la puerta por donde los furibundos ronquidos de la Zahón llegaban al comedor. Eran el propio ser de la diamantista manifiesto en el sonido.

Lo primero que hizo Lopresti al tener a la señora al alcance de sus manos fue tratar de quitarle de la mano derecha un largo y afilado cuchillo que con ella vigorosamente empuñaba: era el cuchillo de la cocina. «Déjame, déjame, Cayetano... —dijo Aura con voz ahogada, defendiendo el arma con toda la fuerza que desplegar podía—. Esta noche la mato, la mato... Déjame.»

Al pronunciar el último *déjame*, ya Lopresti le había quitado el cuchillo. Aura se sentó, y poniendo los codos sobre la mesa y la cara entre las palmas de las manos, rompió a llorar.

«Eso de matar es cosa mala, señora doña Aurorita; cosa mala casi siempre, y, en todo caso, no es obra para mujeres.»

—Sí que la mato —reiteró Aura, pasando bruscamente de la sensibilidad al insano furor homicida—. Dame el cuchillo, Cayetano; dámelo, y verás... ¿Para qué vive ese monstruo, ni qué falta hace en el mundo? Es un bien que yo le quite la vida, que para nada sirve. ¿No quiere ella matarme a mí? Pues véala yo muerta antes de morirme.

—No, no —dijo Lopresti escondiendo el cuchillo—: el matar es cosa fea y sucia. Se manchará de sangre la señorita, y esas manchas de sangre no se las quitará nunca, por más que se lave...

Vuelta a la llorera y a la aflicción intensísima. «Mira tú, Cayetano: cuando hice intención de matarla y fui por el cuchillo, estaba yo tan decidida, que ya me parecía ver a Jacoba delante de mí, expirando... Sin derramar sangre, porque no la tiene... Yo la mataba de un golpe, así... y le decía: "Villana mujer,

¿por qué quieres asesinar mi alma, matarnos a los dos de pena, de desesperación? Pues muérete ahora rabiando, y vete a donde puedas desplegar toda tu infamia, toda tu avaricia, toda tu maldad hipócrita: al Infierno..."».

Al decir esto, Aura apretaba los dientes; sus ojos despedían llamas, y accionaba fieramente con el puño cerrado. Los ronquidos de Jacoba eran en aquel instante de una intensidad aterradora.

«Y al entrar aquí —prosiguió la Negretti— pensaba yo que me sería muy difícil rematarla... ¿Quién hace pasar de la vida a la muerte todo aquel cuerpo lleno de jorobas? Sería preciso un hacha, ¿verdad, Cayetano...? Porque nada adelantábamos con querer darle en el corazón, porque no lo tiene... Solo conseguiría yo matarle una o dos jorobas... ¡y ella siempre viva!... Es muy grande esa mujer... Hay en ella mujeres muchas, una dentro de otra, y todas malas, muy malas, a cual peor... Matas una, y siempre queda mujer, o demonio, para martirizarme y volverme loca... Sí, sí, tienes razón: mejor es que no la mate... ¿A qué, si ha de morirse pronto?... Le haremos un buen entierro, Cayetano, y le meteremos en la caja todos sus diamantes, perlas y rubíes para que se vaya contenta.»

—Eso no, carambito... Quédense las piedras acá... En la otra vida no sirven más que para hacer peso en el que las lleva y no dejar que se salve...

—Esta no se salva ni con peso ni sin él... En el Infierno le recamarán el cuerpo con carbones encendidos, y le darán a comer esmeraldas fundidas, calentitas, y por cada ojo le meterán brillantes tallados en pico...

Con esto se iba tranquilizando la pobre Aura, y empezaba a sentir calmado el horrendo desvarío, repercusión insana del amor en su caldeado cerebro. Pasábase la mano por su frente ardorosa y por toda la cabeza, sentándose el pelo, y con aquellos pases diríase que se suavizaba su furia y se dispersaban las ideas de exterminio.

«¿Pero quién es esta mujer maldita —dijo en tono más humano—, para querer tiranizarme a mí, para imponerme su voluntad? ¡Si yo no tengo por qué obedecerla, si no es madre, ni tía siquiera, ni nada! Bueno que su marido, si viviera, me mandase... Pero esta, este galápago codicioso, ¿por qué se mete a decidir de mi suerte? ¿Qué razón hay para que no la decida yo misma?... ¡Ah, qué desgraciada soy, y qué bien haría Dios en quitarme la vida esta noche, a mí y a Fernando juntos, pues ni morirme... Mira tú, ni morirme quiero sin él!...»

Rompió en lágrimas amargas, y Lopresti, en el colmo de la compasión, no acertaba a darle consuelo. «Sí, sí –dijo Aura bebiéndose su llanto–, mañana moriremos los dos... Lo hemos decidido y lo haremos... Cuando es imposible la vida juntos, el morir unidos es un bien, un gozo... Nuestras almas subirán abrazadas al cielo, y abrazadas estarán por toda la eternidad... Mañana, mañana mismo; ni un día más...»

–¡Morirse, matarse... Cosa fea! –exclamó el maltés con el más agudo registro de su voz mujeril–. Mala es esta vida; pero... ¿y si la otra es peor? Nadie ha vuelto para decirlo... Verdaderamente que hay vidas aquí tan arrastradas, que le dan a uno ganas de arrojárselas a la muerte... Pero usted, señorita Aura, y el señor don Fernando, no están de muerte... todavía... ¡Pues si yo fuera él, si yo fuera usted, cualquier día me mataba! ¡Él tan guapo, usted tan hermosa...! ¡Ay, quién fuera ustedes!...

Y pasando de la compasión de sí mismo a la suprema piedad por los dos amantes, arrimó más su silla a la de Aurora, bajó la voz todo lo que permitía el estruendo de los ronquidos del ama, y dijo: «A la niña le pasan estas amarguras porque quiere. Cierto que Doña Jacoba no debe imperar en usted. Manda porque la dejan. La autoridad no la tiene ella, la tiene otro que está más arriba, mucho más arriba... En fin, mi Doña Aurorita saldría del despotismo de este *coco* si hiciera caso de mí... Usted no discurre, señorita; yo sí... Usted no tiene más que amor, amor y venga más amor, y yo calculo...»

–¿Qué calculas tú?... ¿Piensas lo que a mí pueda interesarme? –preguntó Aurora tardando mucho en comprender la idea del maltés.

–Ayer tarde, cuando usted se emperró a llorar, después de lo que la señora le dijo, yo, desde aquel rincón, le hacía a usted señas para que no se apurase... y tuviera calma y hablara conmigo. Yo calculaba... Porque no ha de ser todo amor... Es preciso cálculo, señorita, cálculo.

–Que me muera ahora mismo si te entiendo.

–Quise entrar en su cuarto con el aquel de llevarle una taza de tila; pero la niña se había encerrado por dentro, y, naturalmente, no entré... Pues si me hubiera dejado entrar, le hubiera dicho lo que yo calculaba, lo que voy a decirle ahora para que se sosiegue y tenga esperanza de salvación... ¡Qué!

¿Por qué me come con los ojos?... Ahora se lo digo; pero prométame antes hacer lo que yo aconseje...

Diciendo esto, le acercaba el tintero y le ponía delante la carpeta en que había escrito la Zahón: «Tonto, más que tonto. ¿Me mandas que le escriba? Si ya lo hice esta tarde, diciéndole que sí, que nos mataríamos, que preparase todo... ¿No llevaste la carta?»

—Chitón... Aquí no se habla... Ha prometido la señorita hacer lo que yo mande. En guardia. Aquí tiene papel, pluma... Cójala y escriba lo que yo le diga.

—¿Pero a quién?...

—Ponga... Clarito... Con buena letra: *Señor don Juan Álvarez Mendizábal...*

Absorta le miró Aura, posesionándose en un instante de las ideas que bullían en el cerebro del maltés, y lanzó una exclamación de gozo, como el que, perdido en tenebrosa noche, ve de súbito la luz que ha de guiarle.

«¡Qué gran idea, Cayetano!... ¡qué gran idea! ¿Lo has cavilado tú?... ¿Por qué no me lo habías dicho?»

—Si los enamorados, en vez de pensar en la muerte, calcularan... Pero ¿qué han de calcular, si están locos?...

—Es verdad. ¡Qué gran idea! ¡Dios mío, qué alegría, qué esperanza!... ¿A quién he de pedir amparo más que al grande amigo de mi padre... Al que...?

—Doña Jacoba le ha escrito también esta noche.

—¿Qué me cuentas?

—No importa. Puede que el *Excelentísimo* reciba la carta de usted antes que la de ella. Eso es cosa mía. El *coco* manda su carta por Milagro. La de la señorita la mandaré yo por Méndez, mi amigo Méndez, portero en Hacienda. Vamos, vamos, no perder tiempo.

—¿Y qué le digo?... Cayetano, yo que acabo de estar loca, que casi lo estoy todavía, no acierto a discurrir nada.

—Ponga... *Señor*, o *Excelentísimo señor: soy la hija de Jenaro Negretti...* Así, empezar con un golpe bueno: *soy la hija de Negretti, y...*

—Y...

—Y... Ahora vaya poniendo todito lo que le pasa.

Meditó la huérfana un rato, mordiendo las barbas de la pluma, y no tardó en sentir la inundación de ideas en su cerebro, de que eran señal segura la coloración de sus mejillas y el júbilo que flameaba en sus hermosísimos ojos...

«Ya, ya... No necesitas dictarme, Cayetano. Ya calculo... ya sé lo que tengo que decir.»

Y escribió con más inspiración que soltura, sin quitar los ojos del papel, haciendo con sus labios unos hociquitos muy monos.

XXX

No se abatía con los reveses el animoso espíritu de don Juan Álvarez, ni por un tropiezo parlamentario, o por la defección de media docena de amigos a quienes tuvo por incondicionales, dejaba de creer que su buena estrella triunfaría de todo, llevándole al cumplimiento de las promesas hechas a la Nación. La confianza en sí mismo no le abandonaba nunca. Formábanla el conocimiento de las energías que atesoraba su voluntad, y los recuerdos de sus éxitos anteriores, todo ello amalgamado con un poquito de soberbia. En su gigantesca estatura, que dominaba los cuerpecillos de sus compañeros de Estatuto, como el alto ciprés a los helechos humildes, veía un simbolismo de la supremacía de su voluntad. Fe ciega tenía en su entendimiento, más fecundo en recursos sagaces, en mañosos ardides que en concepciones hondas. Verdad que la política de entonces, como la de ahora, no era terreno propio para lucir las supremas dotes de la inteligencia: era un arte de triquiñuelas y de marrullerías. En la oposición sí desplegaban los políticos una ideación fastuosa, con carácter teórico, que deslumbraba a los papanatas del partido y a la parte de opinión neutral que toma en serio las batallas oratorias, comúnmente sin sacar nada en limpio de ellas; pero gobernando no eran más que unos pobres caciques, unos manipuladores más o menos hábiles del teclado de la cosa pública, en pro de intereses siempre inferiores a los supremos de la Nación.

Cierto que Mendizábal tuvo alguna idea grande, y que su ambición, en vez de limitarse, como la de otros, a prolongar todo lo posible las maniobras caciquiles, picaba en los altos fines nacionales; pero no le asistió la inteligencia en proporción de la magnitud de su deseo. Buena es la fecundidad en arbitrios, buenos el ingenio y la travesura; pero el perfecto hombre de Estado, *rara avis*, debe unir a tales dotes otras de carácter sintético. La vista de Mendizábal solía percibir los remotos ideales; pero no discernía bien el camino para llegar a ellos, no poseía la completa y audaz visión del hombre de Estado, el cual necesita saber mirar, sin cegarse, lo mismo al Sol que al polvo.

Las trapatiestas parlamentarias de la ley electoral, que terminaron con la derrota de don Juan de Dios, y el compromiso de proponer a la reina la disolución de los Estamentos, quebrantaron los ánimos del primer ministro. Verdad que la batalla había sido ruda. La cuestión electoral fue entregada sin detenido estudio a las iniciativas de una ponencia, compuesta de cinco procuradores mal elegidos. Todo era desconcierto, imprevisión, ignorancia de los métodos de gobernar. Salió, pues un grande cien-pies, que veían con gozo los moderados. En el partido de Mendizábal no faltaba gente práctica; pero no supo o no quiso prestarle ayuda, ilustrándole en el procedimiento parlamentario para sacar adelante las leyes, y el hombre pasó las de Caín en una mortal semana de estériles y rencorosos debates. Sobre si la elección debía ser directa o indirecta, por provincias o por distritos, sobre si se daría o no voto a las capacidades, estuvieron aquellos hombres, como locos, agotando toda la retórica insustancial que viene siendo la función abusiva de los cerebros políticos, y ha concluido por esterilizarlos.

No tuvo más remedio el jefe del Gabinete, al término de esta desdichada campaña, que disolver los Estamentos. La reina no le puso obstáculos, y Próceres y Procuradores fueron mandados a sus casas. En la brega perdió *don Juan y Medio* la amistad de sus dos más ardientes defensores, Istúriz y Alcalá Galiano, en quienes ya, desde diciembre, se columbraban las ganitas de formar rancho aparte; juego escénico que ha llegado a constituir el resorte más rutinario y más amanerado de nuestra fastidiosa comedia política. Aunque a Mendizábal le llegó al alma esta defección, no por eso se acobardó, y aún soñaba con que el nuevo Estamento le proporcionara medios eficaces de realizar sus grandes propósitos. Pero si no desmayaba en sus alientos y ambiciones, físicamente se sentía fatigado, pues la tarea de los últimos días de enero y de los comienzos de febrero fue para rendir a un gigante. Bien se le traslucía el cansancio en la palidez del rostro, y también en la inclinación de su cuerpo, ya no tan espigado como cuando nos vino de Inglaterra radiante de esperanzas. El buen señor propendía más a la meditación; gustaba de la soledad, donde pudiese ahondar en los graves problemas que la realización le ofrecía; mostraba menos confianza en las personas circunstantes, y un poquito de asco de la adulación, de aquel incienso continuo con que algunos se recomendaban a su benevolencia. En tal situación moral y física le encontramos una noche en su despacho, a hora muy alta de la noche, engolfado en diversos asuntos apremiantes, queriendo resolverlos todos, y aplicando desordenadamente su atención a este y al otro con voluble inquietud. Había comido en casa de Seoane, retirándose después a su Ministerio con varios amigos, a quienes despidió para poder trabajar. Deslizábase el tiempo entre la actividad febril y súbitas caídas en la sima de la meditación. Escribía, soltaba la pluma, revolvía papeles. Su pensamiento iba de un asunto a otro, ondulante, vagabundo, como mariposa que no sabe en qué flor quedarse. A lo mejor se posaba en una idea y en ella permanecía, perdiéndose en un discurrir opaco, dulce imaginar que casi tocaba en la somnolencia.

«Este Córdoba... Este Córdoba... —decía entre dientes escribiendo al general en jefe del ejército del Norte—. ¿Será cierto que es la clave de la situación? ¿Será cierto que vivimos en el Gobierno porque nos tolera, y que moriremos cuando se canse de vernos vivos?» Y luego escribía, interrumpiéndose a menudo para pensar los conceptos, cosa nueva en él, pues comúnmente enjaretaba un largo escrito, como el buen nadador que aguanta mucho tiempo en las profundidades sin tomar aliento. Antes de terminar la carta al general, la dejó para leer párrafos de otras ya leídas, que quería recordar... Y de pronto contemplaba con vago mirar un montoncito de cartas que aún no habían sido abiertas: las removía, se fijaba en los sobrescritos... Apareció de pronto un portero con dos más, y al poco rato volvió con otra carta que dejó sobre la mesa, sin que el señor ministro se dignara mirarla.

Cerrando por fin los pliegos para Córdoba, cayó la mente de don Juan en un sombrío bache de ideas que le tuvieron suspenso, fija la vista en los diferentes papeles que en la mesa había, sin ver nada. He aquí lo que pensaba: «Olózaga acaba de decírmelo, y no me decido a creerlo... En Palacio están hartos de mí... Estoy caído ya... Gobierno aún porque no han encontrado el modo, decoroso para ellos, de ponerme en la calle... Esto no puede ser.

Olózaga es muy mal pensado, y tiene en la masa de la sangre el odio a los Borbones... La reina me ha recibido hoy con visibles muestras de aprecio... ¿Pero quién se fía...? Será o no será sincera... ¡Dichosos reyes!... y nosotros medio locos aquí por defenderles, por sostenerles en el trono; nosotros muriendo para que ellos vivan... No, no es verdad que esté acordada mi caída, ni mi sustitución por Córdoba o Martínez de la Rosa. Creo en la lealtad de Córdoba... que en su última carta, concretándose a cosas militares, nada me dice de política... En Martínez lo creo... De Toreno todo lo temo; los fabricantes del Estatuto se mueren de tristeza lejos del poder... Los señoritos esos de la *suprema inteligencia* no acaban de persuadirse de que el país no existe exclusivamente para ellos... El país, *señores del Anillo*, no es un fraque hecho a vuestra medida... El país...» Estimulado al trabajo por un aguijonazo de su voluntad, pasó la vista por otra carta, y quiso contestarla; pero no tardó en distraerse de nuevo, pensando: «Debe de estar en lo cierto Olózaga... Como que me lo ha dicho también Seoane... El señor don Fernando Muñoz, a quien Romero Alpuente llama con mucha gracia *Fernando Octavo*, no se recata para hablar pestes de mí: me llama *déspota*, y a Castroterreño le dijo que yo soy un *Calígula*... ¡Calígula!... Este buen señor sabe menos de historia que yo. ¡Llamarme Calígula porque me apoyo en la voluntad del pueblo, porque me inflama el amor del pueblo, porque con y para el pueblo me propongo llevar hasta el fin mis planes...! Aguárdese usted un poco, señor Muñoz, buen caballero y amigo mío. Gusta usted, según dicen, de acercarse a los corrillos de las tertulias aristocráticas y palatinas, y aplicar el oído y enterarse de lo que charlan, para dar traslado *al Ama*, como usted dice... Pues lléguese usted aquí y óigame esto que el *Ama* debe saber... Juan Álvarez Mendizábal ha caído en desgracia porque no quiere la cooperación francesa para terminar la guerra, porque no accede ni accederá a que *Palacio* nos traiga acá otro duque de Angulema, que es lo que allí pretenden...» Rápidamente giraba de un punto a otro su pensamiento... La memoria le punzaba, haciendo dar a su atención un salto atrás. «Se me olvidó decir a Córdoba que no deje de poner diez mil bayonetas en el Baztán... Explicarle los motivos por que prefiero la intervención inglesa a la francesa...» Y no tardó en enlazar esta idea con otra: «Williers me apoya, Williers no me falta. Bien claro me lo dijo anoche, añadiendo que no recele de Córdoba. Él y Córdoba son uña y carne. Se escriben todos los días... Pero me decía en París mi amigo Maury, el poeta, que no me fíe nunca de los diplomáticos. Esta noche, charlando en casa de Seoane, dijo aquel joven, secretario que fue de Ofalia, no recuerdo su nombre... Dijo que Williers juega con dos cartas... Yo no hice caso... Confío en Williers. Su apoyo es sincero. ¡Que no tenga uno, en esta posición, un lente milagroso para ver las almas, para ver el pensamiento de los que nos hablan!»

Y divagando siempre, encontrose frente al *Ama*, y le dijo: «Señora Ama, para que Vuestra Majestad se ahorre el pretexto de que no hago nada, voy a demostrar ahora que no quiero que la posteridad ignore quién ha sido Mendizábal... Todo lo paso, menos que los niños de las escuelas, dentro de cincuenta años, pregunten: «¿Quién fue ese Mendizábal?...» Buscó en la mesa un papel que le habían traído poco antes para que lo examinara, por si deseaba corregir algo en él, y no hallándolo tan fácilmente como creía, se impacientó. «...Es mucho cuento... ¡Si lo tuve en mi mano hace dos minutos...! ¡Ah, no me negará la señora reina que está influida por el Embajador de Francia...! Menudean las cartas del hijo de *Igualdad*... ¡Francia, Francia! De allí ha venido siempre la perdición de nuestros Reyes borbónicos... ¡Francia...! ¿Pero dónde lo he puesto, Señor...?, y de los de acá, Martínez es el inspirador de Vuestra Majestad. Reconozco realmente que Martínez es un hombre honrado... pero... padre del Estatuto, le molesta que mi perso- nalidad anule su personalidad... Yo no he fabricado Estatutos, pero sé hacer países... yo no soy poeta; pero soy hacendista, y en este momento voy a cantar una oda, que no le cabe en la cabeza al señor Martínez... porque yo, señor Martínez, no sabré latín, pero sé... ¡Ah!, aquí está... ¿Pero dónde te habías metido, papel? ¿Quién te puso en este montoncito de las cartas de mujeres?...»

Fijó su atención en el largo escrito, y leyó cuidadosamente, recreándose en cada párrafo, en cada palabra, en cada letra. El preámbulo era frío, despia- dado, cruel. El artículo 1.º, semejante a una inmensa hoz, decía con aterrador laconismo: «Quedan suprimidos todos los Monasterios, Conventos, Cole- gios, Congregaciones y demás casas de Comunidad o de instituto religioso de varones, inclusas las de clérigos regulares y las de las cuatro ordenes militares existentes en la Península, islas adyacentes y posesiones de España en África...»

Continuando la detenida lectura, algo hubo de encontrar en el artículo 5.º que no le gustaba. Trazó la enmienda entre líneas, y después de borrar y escribir de nuevo al margen, tiró de la campanilla. A poco de penetrar el portero y de recibir una breve orden del ministro, presentose un señor de mezquina estatura, con anteojos de oro sobre el huesudo caballete de su nariz de trompa; traía en la mano un papel semejante al que don Juan de Dios acababa de leer.

«Mire usted, Sánchez —le dijo el ministro dándole el decreto—, hay que modificar la disposición referente a los conventos de monjas que deben quedar. No están claras las atribuciones de las Juntas que han de determinar el número de religiosas... Prevengamos las malas interpretaciones, los abusos. Vea usted cómo he redactado el párrafo segundo del artículo 5.º... Ponerlo todo en limpio y que lo vea Argüelles... Ese otro decreto (el que Sánchez le traía recién copiado), no necesita más enmienda. Perfectamente claro y preciso...» Recreose también en su texto, fríamente ejecutivo, revolucionario. Como quien no rompe un plato, el artículo 1.º decía: «Quedan declarados en venta, desde ahora, todos los bienes raíces de cualquier clase que hubiesen pertenecido a las Comunidades y Corporaciones religiosas extinguidas, y los demás que hayan sido adjudicados a la nación por cualquier título o motivo, y también los que en adelante lo fueren, desde el acto de su adjudicación.»

«¿No tenemos ya nada que corregir aquí?» —preguntó el de la aventajada nariz.

—Absolutamente nada.

—¿De modo que...?

—A la *Gaceta* con él...

—¡A la *Gaceta*! —replicó el funcionario, recogiendo de manos de su jefe el terrible documento.

—Daremos el otro dentro de unos días... Me lo trae usted mañana, puesto en limpio... Y ahora... Media noche ya... pueden ustedes retirarse... Yo me quedaré un rato más examinando esta correspondencia... Que se aguarde Milagro.

Volvió a quedarse solo; y tan grande excitación sentía, que tuvo que espaciar sus ideas y sacudir sus nervios, paseándose de largo a largo en la vasta pieza. «¡Para que digan que no hago nada!... ¡Qué revolución, qué colosal sacudimiento!... Entrego a la clase media... *Cuatro mil millones*... ¿qué digo?, más, mucho más.» Volvió a la mesa, y rápidamente trazó algunos números... «*Seis, siete mil millones*, y aún me quedo corto...» Mirando al espacio, quedose como en un embeleso dulce o embriaguez financiera... Su mente se lanzaba a las presunciones del porvenir, nadando en un océano tan revuelto como profundo, con olas de cifras cada vez más hinchadas...

XXXI

Otra vez en su mesa el señor don Juan, incansable, desvelado... Adquirida la costumbre de trasnochar, no le apuntaba el sueño hasta la madrugada. En las altas horas de la noche sentía sus facultades más claras, su ingenio más agudo, y extraordinariamente aumentada su fecundidad de recursos expeditivos, de mañosas tretas, para escamotear las dificultades antes que para vencerlas.

«Que venga Milagro»; y al punto se presentó el buen don José con varias cartas a la firma. Firmó Mendizábal, y entregó cuatro más que requerían contestación. Eran todas referentes a negocios electorales. Este pedía la procuración para sí; aquel para su pariente o amigo. Quién solicitaba humildemente; quién reclamaba con soberbia mal envuelta en cortesía, alegando servicios a la Libertad y una larga historia bullanguera. A unos se les contestaba con el *perdone, hermano*; a otros se ofrecían esperanzas bien rebozaditas, y ciertos y determinados nombres sacaban tajada, seguridades de éxito.

«Oiga usted, Milagro —dijo Su Excelencia cuando ya el funcionario se retiraba—, hágame el favor de manifestar a su amiga de usted, a esa cansada Zahón, que no puede ser y que no puede ser... En una larga carta muy difusa, que no he podido leer entera... Me pide un desatino tal, que le contestaría con un puntapié si estuviera yo en otra posición... Pero diga usted, ¿es loca esa mujer?»

—Me parece que sí... Abusa horrorosamente del *curaçao*.

—Ya... Pues le dice usted que no me maree más... No le contesto por escrito porque tendría que tratarla con dureza... y puede añadir que ya sé el paradero del tío de Aurorita, Ildefonso Negretti, y que le escribiré un día de estos para que venga a hacerse cargo de su sobrina. No quiero que esa pobre niña permanezca más tiempo en poder de la Zahón... ¿Y qué?... No sé quién me ha dicho que es hermosa.

—Hermosa es poco decir; es divina, señor... pero tan romántica, que no hay quien pueda con ella. Mejor estará con su tío que con Doña Jacoba.

Otra vez solo, engolfado el pensamiento en el maremágnum político: «Traeré un Estamento a mi gusto... La ingratitud de Galiano, la envidia de Istúriz no prevalecerán... Yo no miro más que a la libertad, que deseo afianzar; a la guerra, que quiero concluir a todo trance; al país, a esta infeliz patria devorada por las malas pasiones, por tantos odios... pobre, sumida en la ignorancia... ¡Triste herencia la del tal don Fernando VII! Si este señor hubiera sido de otra condición, ¡qué bien estaríamos!... Quizás podría yo ahora desarrollar tranquilamente mi pensamiento, madurarlo bien... Con estas prisas, allá va todo como Dios quiere... ¡Qué lástima, Señor, qué lástima!... Porque tiene razón Caballero. ¡Cuánto mejor, en política y economía, repartir al pueblo esta masa de bienes en vez de sacarlos al mercado! ¿La parte de deuda que se amortiza vale más o vale menos que los intereses territoriales que podrían crearse con ese reparto, hecho juiciosamente? ¿Es preferible el crédito circunstancial, para encontrar quien preste, a las ventajas futuras de la buena distribución del terreno?... ¿Y qué decir de los abusos que en las subastas pueden cometerse?... Resultará que los caciques de los pueblos, la clase bursátil, los que poseen ya una mediana fortuna, adquirirán bienes considerables pagándolos a largos plazos con el mismo producto de las tierras... Y en tanto el pueblo agricultor y laborioso no podrá adquirir propiedad... ¡Si lo he pensado, Señor, si lo he pensado!... ¡Pero no le dan a uno tiempo para nada!... ¡Esta política, esta vida...! No es posible, no es posible. Que venga aquí el *Sursum corda*, y se volverá para arriba, para el Cielo, sin haber hecho nada. ¡Vivir al día, defenderse hoy de las asechanzas de mañana, temblando siempre, sin hora segura... y tener que sufrir una descarga cerrada de discursos...! ¡Las dichosas polémicas, los malditos abogados...! Y menos mal si uno contara con tener bien cubiertas las espaldas... ¡Pero si *Palacio* le pone a usted en la calle el mejor día, como a un criado...! ¡Ah! Con esta inseguridad, con esta zozobra, ¿qué planes, ni qué reformas, ni qué soluciones grandes son posibles? Esto es un vértigo, dar quiebros al enemigo, agarrar el poder con las dos manos, sujetarlo además con los dientes para que los de allá no nos lo quiten... No puede ser, no puede ser... Pero Mendizábal no se va sin realizar algo, ya que no toda la grande obra, y le dice al país: te he quitado *treinta y seis mil frailes y diecisiete mil monjas*; te doy *cuatro mil millones, seis mil*, para que empieces a formar un conglomerado social fuerte y poderoso... De mogollón lo hago... No me dan tiempo para más. Luego, Dios dirá...»

Cambio repentino de ideas: «Se me olvidaba... Tengo que decir a Córdoba que irá la remesa de zapatos la semana que viene... y dos millones en metálico. Lo apuntaré en la pizarra, para que no se escape de la memoria... ¡Ya se ve... Con tal diversidad de asuntos!... ¡Pero este Córdoba!... El eterno enigma: si la reina le llama para que forme Ministerio, como cuentan por ahí, tratará de enjaretar una situación mixta, combinando las fuerzas moderadas con las liberales... En este caso, yo le ayudaría... ¡Pero si no puede ser; si es todo un puro embuste de los periódicos, y de esa turbamulta de desocupados que hormiguean en este pueblo chismoso y novelero! Córdoba me dice que no se cuente con él para nada que sea política... Y en su alocución al Ejército, bien claro lo expresa... Va uno haciéndose, insensiblemente, a no creer nada, a considerar toda palabra de hombre... O mujer, como un ruido del viento, como el gotear de la lluvia... Veremos grandes cosas. El nuevo Estamento nos traerá batallas formidables. ¡Hablar, hablar y siempre hablar! Señor, en aquel Parlamento inglés es otra cosa: discuten y votan el mensaje en un día. Son mal mirados los oradores galanos que van a lucirse, y los abogados indigestos y sofísticos... Debo decir también a Córdoba que corre una especie saladísima: los Grandes de España le proponen para formar Gabinete... ¿Quién meterá a los Grandes en camisa de once varas?... ¡Ah! También le contaré lo que anda diciendo por ahí *don Fernando octavo*... que la Corte se trasladará a Burgos, para estar más cerca del Ejército... ¡Qué tontería!... No creo que el *Ama* participe del cerval miedo de sus cortesanos.» (Nuevo trazado taquigráfico en la pizarra).

Puso la mano sobre un montoncillo de cartas, algunas de las cuales aún no estaban abiertas. Diríase que una de ellas se pegó a sus dedos. La cogió maquinalmente, y empezó a leer por el medio: «¡Bueno está!... *(Soltando la carta con desdén.)* Las Navas se me incomoda. Otro que se tuerce... ¡Como si yo pudiese hacer Procuradores a todos los amigos de mis amigos...! Y aquí otra y otra carta pidiéndome destinos, contadurías, administraciones, secretarías, intendencias, y... ¿Pero de dónde, señores y amigos, de dónde voy yo a sacar tantas plazas?... ¿Y este que se me atufa porque no le he dado privilegio en el asunto de las campanas?... No faltaba más. Bastante tengo con los azogues, que me darán no poca guerra cuando se abra el Estamento... ¡dichosas campanas, azogues malditos!... Pero estos señores no ven en el Estado más que una vaca muy gorda y muy lechera, a cuyas ubres es ley que se agarren todos los ambiciosos, todos los glotones, todos los hambrientos... ¿A ver esta otra carta? Ya conozco la letra... ¡Pobre duquesa de Berry! También esta se ha echado marido morganático, y hoy es condesa de Lucchesi Pella. Por andar menos lista que otras, ha perdido la tutela del chiquillo... El Delfín... A ver qué me cuenta. *(Lee por el final.)* Lo de siempre: sus hermanas no le hacen caso... la vituperan por la campaña desastrosa de la Vendée... *(Se ríe.)* Y no le perdonarán, no, el famoso episodio de la chimenea... *(Leyendo por el centro.)* Me da las gracias por haber admitido en el Ejército español al hermano de su esposo, el oficial napolitano Lucchesi, que recomendé a Córdoba... ¿Y qué más? Vaya, vaya con las princesas destronadas... parece que les hizo la boca un fraile. Ahora pide que admitamos a otro hermanito, subteniente... ¿Por qué no les coloca en las tropas carlistas? ¡Ah, es que allí las pagas son en papel, en ilusiones!... Verdad que las pagas de acá... también andan como Dios quiere.»

Puesta a un lado la carta, trazó con rápida mano nuevas apuntaciones en la pizarrita, y luego extendió las demás epístolas sobre la mesa formando abanico... Entre los sobrescritos, de muy diversa escritura, vio uno que no se le despintaba. Sonriendo se dijo: «Quien no te conoce, que te lea», y la sacó del semicírculo con ánimo de someterla a cuarentena rigurosa. «Pues sí, debo leerla —pensó variando inmediatamente de propósito, en la versatilidad de su espíritu inquieto—; veamos qué cuenta.» Era una de tantas comunicaciones de los secretos agentes que el Gobierno tenía en la frontera. Diariamente llegaban dos o tres por diferentes conductos, y la que a la sazón leía Su Excelencia era remitida por una tal *Madame Aline*, de fantasía tan novelesca y de tan extremado celo en el desempeño de su misión, que cuando no había sucesos graves que referir, los sacaba de su cabeza; y si escaseaban las maquinaciones, o no sabía la verdad de ellas, ponía en el telar los productos más inspirados de su numen. Engañado varias veces por los cuentos de esta poetisa del espionaje, Mendizábal le había tomado ojeriza, y aguardaba coyuntura para suspenderla del cargo; si ya no lo había hecho era por consideración a nuestro Embajador en París, que aún creía en ella y se fiaba de sus embustes.

«Ya te veo. *(Leyendo.)* La historia de siempre... Que los carlistas han recibido proposiciones de la reina... Que han llegado a Oñate dos clérigos emisarios de *Palacio*... los cuales se entienden con otro clérigo de Madrid para poner en autos a Doña Cristina de los deseos y opiniones de don Carlos... Que los agentes de Aviraneta en Olorón han entrado también en negociaciones con los facciosos, ofreciéndoles un levantamiento en Madrid. Que al propio tiempo los realistas franceses se proponen armarla, si Thiers se decidiera al fin por la intervención. Que la frontera está infestada de frailes trashumantes y perdidizos, que huyen de las degollinas de Zaragoza, y muchos de ellos, transfigurados de la noche a la mañana, se afilian en el ejército de Gómez o de Villarreal... Que Zaratiegui y otros andan a la greña con los palaciegos y toda la *ojalatería* de Oñate, y que de tantos piques y desazones tiene la culpa el carácter despótico y entrometido de la princesa de Beira, que de continuo pasa y repasa la frontera, acompañada de *Monsieur* Saint-Silvain, o sola, con dos pastores: las autoridades francesas no la molestan... Que don Carlos se propone formar Corte y Ministerio de verdad, y que para presidir el Gabinete faccioso ha venido de Londres don Juan Bautista Erro. Por el Ministerio de Gracia y Justicia andan a la greña el obispo de León y Don Wenceslao Sierra... El confesor del Rey, don Juan Echevarría, gobierna interinamente el ramo de Guerra. En medio de este grande aparato político, en la Corte apenas tienen qué comer. Don Carlos y sus allegados van viviendo con castañas y leche... Las borrajas son el plato de cada día, y el cocinero de Palacio discurre los diferentes modos de poner las alubias... Por referencia de un ayuda de cámara del Rey, que despidieron por haberle pegado una tremenda bofetada al gentil-hombre de servicio, sabe la manifestante que don Carlos se casará en secreto con la princesa de Beira... Esta había comprado en Olorón varios objetos de bisutería falsos para su dueño y señor, y había vendido dos docenas de perlas magníficas, para adquirir con el producto de ellas fusiles... También gestionaba que le vendieran dos obuses, ofreciendo unas arracadas que posee... La comunicante las ha visto, y no duda que Su Alteza encontrará quien por ellas le facilite un par de cañones... Que los realistas habían logrado entenderse con Aviraneta, ofreciéndole la Superintendencia de policía para cuando triunfara don Carlos... y que últimamente se le habían enviado desde Francia papeles que comprometían al señor Mendizábal, y al señor Caballero, y al señor duque de Zaragoza, documentos que se publicarían en *El Jorobado* para armar gran escándalo...

Aturdido ya, la cabeza mareada con este aluvión de noticias, que no eran en su mayor parte más que repetición de anteriores informes, don Juan echó a un lado la carta sin acabar de leerla. Por natural encadenamiento de ideas, la mención de *El Jorobado*, papel violentísimo, le llevó a pensar en *El Mensajero*, que también había comenzado a atacarle, y en *El Eco del Comercio*, que ya cerdeaba... «No es bueno que la prensa abuse de la libertad —se dijo mal humorado—. A bien que con *El Liberal*, que fundaremos nosotros, zurraremos de firme a los que se vengan con injurias y enredos... ¡Lástima que no encontremos muchachos despabilados de estos que salen ahora con la fiebre del romanticismo!... Me dice Palarea que casi todos los que valen están ya colocados en papeles enemigos... ¡Colocados!... Me río yo de esto. Ya vendrán, ya vendrán al reclamo...»

Apuntó algo en su pizarra, pertinente a prensa y al nuevo periódico, y fijándose en otra carta, cuya letra menudita y elegante conocía, la leyó al punto: «Pepe no escribe a usted porque está consagrado hoy en cuerpo y alma a la limpieza de sus panoplias y a la colocación de las espadas del siglo XVII, que ayer adquirió. A su gloriosa ferretería se han añadido unas espuelas, que diz pertenecieron a Íñigo Arista; el almirez que a Doña Blanca de Borbón le servía para llamar a sus servidores en la torre de Sigüenza, y otras quincallas magníficas... En nombre de Pepe, y en el mío, le invito a usted a comer, mañana viernes. Por Dios, no falte, mi buen Don Juan, que tenemos mucho que hablar, y he de contarle cosas muy tristes, ¡ay!... Si le sobran a usted campanas, mande hacer rogativas porque recobre el juicio su consecuente amiga —*Pilar.*»

«¡Pobrecilla... —pensó el grande hombre, soltando la carta—, sí que es desgraciada!... ¡Qué mundo, qué cosas!...» Y con mental propósito de aceptar el grato convite, pasó a otro asunto... Algo de elecciones, de una probable conferencia con Williers. Mas no tardó en distraerle otro sobrescrito que en la rueda de cartas lucía con gruesos y algo torcidos caracteres. Dijérase que aquella desconocida escritura le miraba y atraerle quería, pues los ojos de don Juan se habían como enganchado varias veces en sus letras. Habíalas visto ya y hecho intención de abrir y leer... Por fin, salpicado de curiosidad, se apresuró a satisfacerla. La carta, después del nombre y la fórmula de respeto, empezaba con esta frase: «Soy la hija de Jenaro Negretti...» Era bastante larga. Leídos los dos primeros párrafos, no encontró, sin duda, el ministro interés bastante intenso en la lectura, y su mente fugaz corrió otra vez hacia la idea política. «¡Ah, me olvidaba... *(Modulando entre dientes.)*, de la ley de mayorazgos! ¡Qué cabeza la mía! Prometió Argüelles traérmela hoy, y yo, tan torpe, que no se lo recordé esta tarde... *(Rápida anotación en la pizarra.)* Mañana me explicará don Agustín su protección a la revista *El Mensajero*, que publica contra mí artículos que se atribuyen a Galiano... ¡Qué amigos, Señor!... He de procurar atraer para el nuevo periódico, a las primeras plumas... Ese Espronceda, ese Larra... Todos ellos, según dicen, viven miserablemente. Pues demos a Espronceda y a otros poetas destinos adecuados a su mérito: las secretarías de las subdelegaciones, plazas en las Bibliotecas, si queda alguna... Dígase lo que se quiera, la prensa no vive solo de libertad...» Cayó en profunda meditación, cogiéndose la barbilla con las puntas de los dedos. Dio después un palmetazo sobre la mesa, y formuló en su mente graves acusaciones contra sí mismo: «Hubiera yo podido impedir los sangrientos sucesos de Barcelona, que me han perjudicado enormemente... ¿En qué estabas pensando, Juan, cuando le diste al don Eugenio Aviraneta la carta para el general Mina? Tenemos cuartos de hora funestísimos, mortales... En un instante se compromete una posición; una idea mala y extraviada esteriliza miles de ideas grandiosas, fecundas...» Se pasó la mano por la frente. Su cansancio era muy grande. Pensó en los pobres empleados que por la índole de su cargo tenían que permanecer en las oficinas a horas tan absurdas, mientras el ministro no se retirase.

Campanillazo... «Que venga el señor Milagro. Mi capa, el coche...»

Cayéndose de sueño, recibió Milagro las últimas órdenes de Su Excelencia para el siguiente día. «Estas cartas me las contestará usted a primera hora; las demás no son tan urgentes. Es muy tarde. Estarán ustedes rendidos. Hasta mañana... ¡Ah! Milagro, un momento: no me olvide lo de la Zahón... Que no puede ser... que... En fin, mejor será ponerle una carta. Recuérdemelo usted mañana.»

Y por engarce de ideas, ya cuando el portero le estaba poniendo la capa, volvió presuroso hacia la mesa por recoger algo que quería llevarse a su casa. «Soy la hija de Jenaro Negretti...» Este párrafo inicial de la dolorida carta le andaba por el cerebro, disputando el sitio a pensamientos de mayor bulto y gravedad. Fuese a su casa el grande hombre, soñoliento ya, revolviendo todo el fárrago de aquella noche: Córdoba... Galiano... Palacio... Ley de mayorazgos... Campanas... Aviraneta... prensa... Frailes... Chiquilla de Negretti...

XXXII

La desconsoladora respuesta que dio el señor ministro a la carta de la codiciosa diamantista puso a esta en formidable, épica irritación. En tres días no le sacaron del cuerpo más que palabras airadas y monosílabos rencorosos; en sus manos escribió, con sus propias uñas, cifra lastimosa del despecho que la dominaba, y los marchantes o compradores que por allí asomaron salieron o desollados vivos o llamándose a engaño, con pocas ganas de volver. En la comida decretó parvedades de la escuela del licenciado Cabra; y tales fueron, que Aurora y Lopresti se habrían quedado en los huesos si no tuvieran la precaución de reservar en sus respectivos escondrijos pedazos de pan y otras cosillas de comer. Sentía la maldita Zahón odio a toda criatura humana, y a las que más próximas tenía, hacíalas responsables de la bofetada que le diera el ministrillo gaditano, aquel que conoció con manguitos y la pluma en la oreja, *en la casa de los Méndez*, allá por los años 97 y 98 del siglo pasado. Porque el hombre de las levitas, el verdugo de frailes y monjas, el secuestrador de campanas, no se contentaba con tomar a chacota la proposición de constituirse en administradora de la huérfana de Negretti (con lo cual aliviaba al señor ministro de sus cuidados), sino que la relevaba ignominiosamente del cargo honrosísimo de custodiar y dar alimento y educación a la niña, confiriendo estas funciones a Ildefonso Negretti, hermano de Jenaro.

No obstante su fiereza y despecho, pasados tres días de crisis, juzgó prudente disimular la grave herida de su amor propio, y astuta y cautelosa reservó de la familia y de los amigos la dura respuesta de don Juan Álvarez. Ni se le pasaba por la imaginación oponer resistencia a las disposiciones de este, pues su naturaleza medrosa, calculista, alma de mercader en pedrería, repugnaba el giro dramático en los actos de la vida y todo lo que fuese ruidoso y violento. Encerrose, pues, en una resignación torva, como gato a quien le han cortado las uñas; esperó los acontecimientos envolviéndose en sus corcovas con cierta dignidad, quejándose del reuma con más fuertes alaridos, elevando el precio del quilate en los brillantes de talla superior, y extremando los rigores con que celaba a la doncella puesta a su cuidado.

Aumentó su tristeza en aquellos días la demora de su hijo Laureano Zahón. Había salido éste de Córdoba hacia Sierra Morena; pero tales historias en el camino le contaron de los bandidos que la infestaban, que tomó ascos al paso de Despeñaperros y se volvió para su casa, con idea de esperar a que saliese tropa para venir con ella. Tal contrariedad no tuvo poca parte en la prudencia que desplegó la Zahón después de su fracaso. Con Aura era toda sequedad y desabrimiento; no le permitía apartarse de su lado y de su vista; no creyendo bien guardada la casa con la fidelidad de Lopresti, se procuró dos cancerberos más: una tal Verónica, asistenta para centinela de día, y para vigilante nocturno, Severo Meca, dependiente de Maturana, hombre a prueba de sobornos, incorruptible, probado en veinte años de manejo de alhajas. Con tal guardia, y el examen y reparación que mandó hacer de todas las llaves, cerrojos y cerraduras, se creía libre de un atropello.

Inopinadamente se presentó Hillo a comprar otra partida de aljófar, que regateó, poniéndose muy pesado, para encubrir con el negocio su espionaje, y haciéndose mostrar el abanico, pidió precio, que la Zahón fijó en setecientos y cincuenta duros, ni un maravedí menos. No le fue difícil al presbítero llevar la conversación comercial al terreno doméstico, y se enteró de la situación, por referencia espontánea de la despechada Doña Jacoba. «No sabe usted bien —decía, poniendo los ojos en blanco— cuánto me agrada la resolución del *caballero ese de las campanas*, que por lo visto tiene tiempo sobrado para atender a todo. Él sabrá lo que hace. No estoy yo para cuidar niñas, y menos a esta diablesca dislocada, sin respeto a nadie, ni a mí misma. Mentira me parece que ha de venir su tío y ha de quitarme este cuidado, pues aunque tengo costumbre de guardar cosas de precio y de asegurarlas contra ladrones, no sé cómo se custodian estas joyas que andan y enredan, que discurren todo lo malo; joyas que es forzoso clavar en los estuches para que no se escapen de ellos... También le digo a usted, señor de Timoneda (con este falso nombre había ocultado Hillo su personalidad), que si deseo perderla de vista, no deseo menos conservarla, mientras esté aquí, libre de todo detrimento. Quiero que su nuevo guardián la reciba en situación de honestidad material, aunque mentalmente la haya perdido. Cuando esté fuera de mi casa, que haga lo que quiera, que se deshonre; pero aquí no... Esto es un sagrario, señor de Timoneda; aquí viven y han vivido siempre el recato, la virtud. De esta casa, no ha salido jamás una piedra falsa... ¿Cómo había yo de consentir que ahora saliera?»

Alabó mucho el disfrazado clérigo estos alardes, y se permitió aconsejar a Jacoba que, lejos de estorbar, favoreciese el traspaso de aquella joven al tío carnal, pues la tal niña le daría disgustos muy gordos si no la echaban pronto de Madrid. Y añadió a esto tales observaciones y noticias, que la jorobada, fácil al miedo, no necesitó más para verse rodeada de catástrofes. Dos veces más, en diferentes días, volvió don Pedro, regateando el abanico y haciéndose mostrar unos topacios, que no compró; y con esto finalizaron sus averiguaciones en la caverna de la Zahón, pues ya había adquirido los datos y conocimientos más importantes: Aura delirante de amor; extremadas las precauciones para evitar que se vieran los amantes, y, por fin, próximo el arribo del tío carnal para cargar con la romántica niña y llevársela a los quintos infiernos. Cuando esto fuera un hecho positivo, solo restaba impedir que Calpena descubriese a dónde había ido a parar la cabra loca; y establecida la radical separación, no era ya difícil traer al buen camino al descarriado joven. A este le visitaba diariamente, guardándose bien de contarle sus tratos y contubernios con la diamantista; lo que no impidió que Calpena los supiera por aviso de Aura, atisbadora infatigable de quién entraba y salía en la casa.

No pareciéndole aún bastante inquisitorial la incomunicación entre los tórtolos, sometió Jacoba a escrupuloso registro al menguado Lopresti, guardando bajo llave papeles, pluma y tinta: por su gusto habría borrado de las costumbres humanas, como ocasionado a la desobediencia, el arte de la escritura. No creyendo eficaces estos rigores, y desconfiada del maltés, determinó asimismo la señora que no pusiera los pies en la calle mientras tal situación durase, y los recados los hacía Meca, el bárbaro y frío Meca, incapaz de aliviar una pena de amor, aunque le dieran un brillante de talla superior por cada lágrima que evitase. Ya se sabrá la causa de esta insensibilidad. El último mensaje que llevar pudo Lopresti a los portales de Santa Cruz, donde Calpena aguardaba la cartita, fue verbal y nada satisfactorio: «señor don Fernando —le dijo, afilando la voz más que de costumbre por la fuerza de su congoja—, ni traigo carta, ni la traeré más: válgame la Virgen. Estamos dejados de la mano de Dios. La señora me ha registrado al salir, todo, señor, como si fuera yo una mujer... ¡Qué vergüenza me ha hecho pasar, ay! Y no es lo peor que me meta las manos por entre la ropa, haciéndome cosquillas, sino que ya no me deja salir de casa. ¡Preso yo también, sin comerlo ni beberlo!... preso de desconfianza, porque hago este favor a dos que se quieren... Es mi gusto, señor; es mi único gusto servir a los amantes finos... Salgo esta tarde porque voy por la medicina, aquí, calle Imperial... ¡Ay! Dios mío, que no se le volviera solimán... y ya me despido de la bendita calle, porque desde esta noche hace los recados ese Meca, montador que fue de la familia, montador de piedras finas, y hoy vive de la tasa y fiel contraste... Pues verá: la señorita, que, como enamorada, discurre más que cien doctores, me encarga diga a usted que esta noche le escribirá. Tiene papel y lápiz, que le he dado yo... Para mandar a su amador la carta ha inventado una graciosa treta... Ahora tenemos allí todas las noches a don José del Milagro. Entra... Deja su sombrero en la percha... En el forro del sombrero pondremos el papelito. ¿Qué le parece? Lo que no inventa el amor, ni Dios lo inventa... Pues lo que falta es que usted se haga el encontradizo con Milagro, cuando este salga de casa; que le convide; que le entretenga hasta sacarle el embuchado; que mañana le vuelva a convidar y a entretenerle para que lleve la respuesta del mismo modo, y arreglárselas como pueda para seguir trayendo y llevando papeles ensombrerados cada lunes y cada martes... Con que ya lo sabe. Prevenido, señor... ¡Ojo al casquete!... Adiós, don Fernandito de mi alma; no puedo entretenerme más... Si tardo, me mata.»

Véase aquí cómo fue conductor inocente de la amorosa correspondencia el tubo grasiento y anticuado que cubría la venerable cabeza del buen Milagro. No le fue difícil a Calpena echarle la zarpa, acechándole a la salida de Milaneses, y le convidó a cenar (felizmente, por ser domingo, no tenía que ir a la Secretaría de Hacienda), y hablaron cuanto les dio la gana. Concluyó Fernando por fingirse delicado de salud, y suplicar a su amigo que le hiciese diariamente compañía en los ratos libres, pues de ello recibiría gran consuelo. Hubo de manifestar sentimientos contrarios a los que llenaban su alma; hizo el papel de que le pesaba haber abandonado su destino; mostrose arrepentido de sus amores, sobre los que hacía recaer toda la culpa de tantos infortunios, y pedía consejo a su buen amigo sobre la conducta más propia y eficaz para volver a la gracia de Su Excelencia. Con gran júbilo le oyó Milagro, que de veras le apreciaba, y prometió visitarle en el rato libre, entre la contabilidad de la Zahón y el trabajo nocturno de la oficina.

Con tal ardid tuvo Calpena carta fresca todas las noches. No eran palabras amorosas lo que Milagro llevaba y traía en su sombrero; era fuego, llamas cogidas a puñados del mismo Sol. Véase la muestra:

«*De Fernando a Aura*. Si hallamos libre el camino del cielo, al cielo. Si no hay otro camino que el del abismo, al abismo... Todo antes que arrastrar esta oprobiosa cadena del presidio social; todo antes que sufrir el ultrajante despotismo de los cabos de vara que, con el nombre de autoridades, civil, doméstica y política, cobran el barato en este patio inmundo. Huyamos de ellos. Busquemos el aire libre, lejos del aliento infecto de los cabos de vara. Sobre todas las leyes, prevalece el amor, ley suprema, porque él es la creación, el principio de las cosas.»

«*De Aura a Fernando*. Cariño, ¿verdad que me sacarás pronto de este encierro? Con esta esperanza vivo. Cuento las horas que me faltan para el momento dichoso en que dejaré de ver el rostro patibulario de Jacoba Zahón. ¿Cómo no odiarla, si me priva de verte? Si ella me asesina, ¿cómo no desear que se la trague el infierno, como se tragó Jonás a la ballena?... Digo, no: fue la ballena quien se tragó a Jonás, y no pudo digerirlo. Tampoco el infierno digerirá a Jacoba, y tendría que vomitarla con todas sus preciosas... Es la una de la noche: la bestia monstruosa duerme; yo velo. El amor siempre alerta. ¿Cuándo nos echamos a volar? Quiero ser pájaro y mirar desde lo alto de una ramita a estos pobres caracoles, que nos quieren llevar a su paso... Una de estas noches mi desesperación me inspiró la idea de matar a Jacoba... Estuve loca un ratito... ¿Verdad que me librarás pronto? ¿Verdad que si no nos dejan vivir nos mataremos? Sin ti, no quiero la vida ni la muerte. ¿Qué sería de mí solita dentro de la sepultura?... Voy a decirte una cosa que no sabes... Te adoro... Tonto, no te rías... Me estoy muriendo por vivir...»

«*De él a ella*. Duerme tranquila; yo velaré, velaré siempre. El sueño no quiere amistades conmigo. Si tu cárcel fuera de diamantes y la custodiaran todos los ejércitos del mundo, de ella te sacaría yo... Si Jacoba fuera la hidra de seis cabezas, yo se las cortaría todas... Nunca me tuve por héroe. Ahora lo seré, porque te amo. El amor me hace indómito; el amor me hace invulnerable. Si fuese preciso ir hasta el crimen, hasta el crimen iré... Ser tú mía, ser yo tuyo, es hablar con vaguedad: somos un solo ser... ¿No sientes un solo ser en nosotros? No estamos separados, sino divididos; cada mitad en diferente esclavitud. Pronto estará todo el ser integrado en la libertad. Pronto te fijaré el día y hora en que debe terminar esta doble agonía. Será sin bullicio, sin aparato; será la suma sencillez... No puedo más. Bendiga Dios el divino fieltro en que irá esta carta. Adiós.»

«*De ella a él*. Poquito me faltó para besar el fieltro sublime cuando de él saqué la luz de mi vida. Pero no lo besé... No hice más que acariciarlo... Pronto, sí, mi bien, que sea pronto. Estoy alegre, porque tú me lo mandas. Jacoba despide de sus ojos un veneno verde, como el rayo de las esmeraldas. Pero ya no le tengo miedo: confío en mi caballero, a quien amo, a quien pertenezco por toda esta vida fugaz y por la eterna...»

En este tono se escribían siempre. Arrebatado el espíritu de Calpena a las altas cimas de la idealidad, no conocía freno. Tan profunda era su transformación, que hasta se olvidaba de cómo fue, y de lo que había sentido y pensado bajo la férula del buen don Narciso Vidaurre. Aquella serenidad del alma, aquel justo medio en que blandamente se mecía su voluntad, ¿dónde estaba? ¿Dónde la placidez clásica, el amor de las reglas, el gusto de lo incoloro, del vivir cómodo y bien repartido en casillas metódicas? Todo aquel mundo blancucho y opalino se había resuelto en un orden de sentimientos y de ideas que le asemejaba al famoso héroe de Dumas, Antony. Como este, se había erigido en desheredado, y con los fueros de tal, en aborrecedor de toda la sociedad; como este, no vivía más que para un amor frenético, dispuesto a consumar, por la satisfacción de sus anhelos, las violencias y tropelías más abominables.

XXXIII

¡Quién le había de decir a Fernando Calpena, cuando con un amigo vio representar el *Antony* en la *Porte Saint-Martin*, que aquel drama, que entonces le pareció afectado, mentiroso, uno de tantos artificios con que los dramaturgos amañados satisfacen el convencionalismo teatral, había de ajustarse, traducido al castellano, a la realidad de su pensamiento! El drama de Dumas, y el de Calpena, drama real, no se parecían en el asunto, aunque sí mucho en la enfática desesperación del héroe, no bien motivada, y en el ardor de su lenguaje. El odio a la sociedad no era en él más que una repercusión hueca del criollo de Dumas. En política había extremado bruscamente sus opiniones, simpatizando con los revolucionarios más ciegos y brutales. Para don Fernando no tenían derecho a la permanencia ni el Gobierno aquel, ni otro semejante, ni el Trono mismo. La Familia Real, de cuyo seno había nacido una espantosa guerra, que llevaba trazas de no concluir nunca, tampoco debía continuar ligada a la suerte del país. Las disensiones entre los hijos de Carlos IV habían convertido a España en una inmensa jaula de locos furiosos. Por averiguar si debía reinar hembra o varón, se vertían ríos de sangre... Y no pareciéndoles bastante sangría a nuestros prohombres, todavía andaban a trastazos por si repartían las mercedes del presupuesto los negros o los blancos, los amarillos o los rojos. El propio Mendizábal, a quien siempre vio Calpena descollando sobre la turbamulta política, se había empequeñecido a sus ojos: ya no era el grande hombre que debía salvar y refundir la nación. Malogrados sus propósitos por falta de constancia o malicia para llevarlos a la realidad, resultaba perfectamente sentencioso y oportuno aplicado a él, como a todos los del oficio, el dicho de Hillo: *No remata la suerte.*

Por otra parte, si el conocimiento de las conexiones jurídicas de Mendizábal con Aura le indujo a mirar al ilustre gaditano con simpatía, cuando supo que a la carta de la joven había respondido verbalmente, por mediación de Milagro, sin darle más consuelo de su esclavitud que la promesa de mudarla de cárcel, sacándola de las cadenas de Zahón para ponerla en las de Negretti, la simpatía hubo de trocarse en ojeriza y mala voluntad. Hallándose obligado a mirar por la huérfana, debió don Juan atender en otra forma a su angustiosa solicitud. Ni de tutor ni de caballero era esta fría respuesta: «Diga usted a esa señorita que estoy atareadísimo y no puedo ocuparme de ella todo lo que quisiera. He escrito a Ildefonso Negretti para que vengan a recogerla. Yo hablaré con él y le recomendaré que la cuide mucho y procure perfeccionar su educación.»

«Pues yo le aseguro a usted, señor don Juan Álvarez —decía Calpena *in mente*, paseándose solo por las calles— que cuando venga el tan cacareado tío carnal para hacerse cargo de mi Aura, no la encontrará. Aura me pertenece, y todos los Negrettis del mundo, auxiliados por todos los Álvarez gaditanos, que no saben *rematar la suerte*, no me la quitarán. Ahora veremos quién puede más: si Vuecencia con sus altanerías de ministro y jefe de partido, o yo solito, inerme, sin más fuerza que la que me da la ley de amor... Ley es esta que no entiende ningún político, ni Vuecencia tampoco... Creerá que es como la Ley de amortización de la Deuda, o la de Redención de censos, imposiciones y cargas... Y no necesito extremar las conjeturas, señor don *Juan y Medio*, para ver segunda intención en su proyecto de poner a la huérfana en manos de un Negretti, que seguramente será sumiso ejecutor de los deseos de un amigo poderoso. ¿Tendremos aquí una comedia en que le toque a Vuecencia el papel de tutor, de ese anciano verde, siempre chasqueado? ¿Le seducen a Su Excelencia los viejos de Moratín? Pues tampoco ha de valerle el hacer el don Diego, aun cuando tomara las precauciones para asegurar un desenlace contrario al de *El sí de las niñas*, porque aquí estoy yo para llevar las cosas a su término natural. Y si para esto tuviera yo que pegarle a Vuecencia un tiro, se lo pegaría, como a Negretti, si este me contrariara con malevolencia... Por mi Aura, voy yo a las grandes y nobles virtudes, como a las más negras demostraciones de la maldad; por mi Aura, escalo yo el cielo o me precipito en los abismos. Nada tiene valor para mí; cuanto hay en el universo se cifra en ella. Póngame usted entre Aura y mi voluntad todas las llamadas leyes morales y sociales, y salto por encima de ellas; y si quieren que pase sin saltar, pasaré, y pisaré, y si pongo el pie sobre alguien que reviente con mi peso, quéjese al diablo, porque Dios no ha de oírle.»

Entró en casa de Hillo, con quien hablar quería. Don Pedro le esperaba: encerráronse en el cuarto de este. «Tu puntualidad en acudir a la cita me demuestra que el caso es urgente. Necesitas dinero: ayer no pude dártelo; hoy te lo daré, pero no sin condiciones.»

Adivinando las terribles condiciones que su amigo, cruel usurero en aquel caso, le impondría, Calpena sintió frío glacial en el corazón, y en la boca todo el acíbar que suele ser producto natural de la carencia de dinero. «Te daré lo que necesites —prosiguió Hillo con severidad noble—; pero has de darme garantías, seguridades de que ha de ser empleado dignamente. Esas órdenes tengo.»

—Pero usted —dijo Calpena con voz cavernosa— entiende por empleo digno lo que para mí es el fin más alto que se puede imaginar. No nos entendemos.

—No nos entendemos... Yo tengo órdenes que he de cumplir estrictamente. Para lanzarte sin freno a la perdición, necesitas oro. Es natural: sin dinero no se puede realizar el bien... Ni el mal. Para el bien tendrás lo que quieras, Fernando: demuéstrame que quieres el bien, abandona tus locos devaneos, y partiendo los dos de Madrid esta misma noche...

Calpena se levantó del asiento sin decir más que: «Guarde usted su dinero... Me voy.»

—Oye... No seas tan vivo de genio. No hago más que cumplir las órdenes que recibo... Muy dañado estás, hijo mío, cuando así me vuelves la espalda; a mí, que te quiero como a un hermano... No, no eres digno de esta hermosa fraternidad, ni tampoco, lo digo muy alto, ni tampoco eres digno de la piedad suprema, del cariño lejano, escondido, para que sea más bello, de la persona que...

Ahogado por la emoción, Hillo no pudo continuar, y se llevó ambas manos a los ojos...

«Para que yo venere a esa persona como ella se merece sin duda –dijo Calpena en grave desconcierto–, es preciso que... Se necesita que... Yo la adoraré si la conozco, lo primero... Encubierta, y oponiéndose a la felicidad de mi vida, no puedo, no puedo quererla.»

Hillo le cogió de una mano, no secas aún sus lágrimas, y en grave tono le dijo: «Te doy mi palabra de que si haces lo que dije... Renunciar radicalmente a ese devaneo, impropio de tu condición, y partir conmigo de Madrid esta misma noche sin ver a nadie... la deidad invisible dejará de serlo... Así lo declara y promete en su última carta... Se nos revelará... pero es condición previa que tú... ya sabes...»

El rostro de Calpena se volvió de mármol; sus manos quedáronse heladas; sus miradas perdieron toda luz. Miró al clérigo con estupidez; hízole repetir la proposición. Repetida por Hillo, este añadió hasta tres veces: «¿Te conviene el trato?»

De súbito fue acometido Fernando de un frenesí nervioso; cayó en un sillón, mordiose los puños, contrajo todo su cuerpo, y clavando las uñas en el brazo del sillón, prorrumpió en gritos dolorosos: «No quiero... No quiero... Me ofrecen un nombre a cambio de la vida. No, no... No me hacen falta parientes; no necesito familia... Que se vayan, que me dejen. Solo viví, solo estoy... Solo moriré... Moriremos... ¡No quiero, no quiero!»

Cogida en las convulsas manos la cabeza, como si quisiera arrancársela, no dijo una palabra más. Don Pedro no le veía el rostro.

«Serénate –le dijo, tocando suavemente sus cabellos, cuyos rizos desordenados por entre los dedos salían–. Te doy tiempo para pensarlo. La cosa es grave... No te precipites a resolver, así... Airadamente.»

–¡Si está resuelto –dijo el desesperado joven, incorporándose–, si no puede ser!... ¡Si es como si me mataran!... Y francamente, no me dejo matar... No me conviene morir todavía.

Y puesto en pie, cogió el sombrero con gallardo ademán, mostrando en acto tan sencillo la firmeza de su resolución. Las últimas palabras de aquella breve conferencia fueron: «Me equivoqué al pensar que usted podía darme... Eso. Error grave fue pedirlo. ¡Qué bochorno!... ¡pedir lo que no es nuestro, lo que me darían, no por favorecerme, sino por comprarme! Dígale usted a quien sea, que no me vendo. El alma no se vende. ¿Por qué no la adquirió, en tiempos en que fácilmente pudo hacerlo? ¡Y ahora quiere quitármela, comprármela...! Aunque yo quisiera venderme, amigo Hillo, no podría... No me pertenezco... Y para concluir, guárdese usted su dinero, o devuélvalo a quien se lo ha dado. Para mí no ha de ser. Lo que yo necesito con urgencia, lo buscaré como pueda.»

—Aguárdate... hablemos otro poco.

—Usted puede perder el tiempo, yo no... Es inútil... Si cierra la puerta me descolgaré por el balcón... Quédese con Dios... No intente seguirme... Corro yo más que usted. Adiós.

Y con la presteza que estas palabras indicaban salió de la casa, dejando a Hillo confuso y atribulado. Hubo de pasar un mediano rato antes que el buen clérigo pudiera sacar del desorden de su mente una idea clara y ver el derrotero más conveniente. «No me queda duda, va a la desesperación... Loco de amor y sin dinero, algo hará que nos dé mucho que sentir... ¿Iré tras él? ¿Pero quién le caza? No, no, Pedro Hillo... No te metas en cacerías peligrosas. Yo cumplo dando la voz de alarma, como me ordenan. Ha llegado el momento crítico, el momento del peligro supremo, que obliga a emplear el recurso final, lo que los médicos llaman el remedio heroico. Me han mandado que avise cuando estalle la crisis de locura, y aviso... Pedro Hillo cumple siempre con su deber; es hombre que sabe rematar la suerte.»

Escribió una breve carta, y al punto salió para entregarla al *señor Edipo*, que en determinada calle estaba de servicio. Hecho esto, se fue al club de la casa de *Tepa*, donde había quedado pendiente de la noche anterior una furiosa disputa, cuyo desenlace quería conocer. Allá fue a parar también Calpena, sin más objeto que matar el tiempo hasta media noche, y ver a un amigo que le había ofrecido facilitarle algún dinero. Ya se comprende que este amigo no era poeta.

Por obra y gracia de la armonía resultante entre la exaltación de su espíritu y la atmósfera jacobina que en *Tepa* reinaba aquella noche, Calpena se lanzó, sin proponérselo, a la oratoria furibunda, notas estridentes de rabia política con juicios abominables de cosas y personas. Sus palabras eran materia inflamable arrojadas varonilmente en aquel rescoldo de pasiones.

De una parte le aplaudían con rabia; de otra le vituperaban. Entre don Pedro Hillo y otro señor tuvieron que cogerle por un brazo y bajarle casi a rastras de la tribuna. Parecía loco furioso, y su rostro echaba llamas. Después, entre el tumulto que en torno del joven se formó, Hillo le perdió de vista. Cuatro amigos le sacaron a la calle para que con el fresco de la noche se le despejara la cabeza. Fueron a un café, pasearon hasta las doce, hora en que Fernando se encaminó a su casa con el amigo que le había facilitado la cuarta parte del dinero que creía necesitar.

Solo al fin en su cuarto y no teniendo nada que hacer, sentose en la cama y se zambulló en el mar sin fondo de sus pensamientos. «Con poco dinero, pero con dinero al fin, mañana será. No varío mi plan, ni tengo que modificar las instrucciones que Aura habrá recogido esta noche en el sombrero de Milagro. ¡Mañana...! Y a pedir de boca saldrá, pues previsto está todo, y bien determinada la manera de sortear cualquier peligro... Mañana, en pleno día, cuando menos lo pienses, cuando nada temas, maldita Jacoba, soltarás tu presa... Y viviremos los que debemos vivir, y rabiarán los que deban rabiar... y el que quiera reventar de ira, que reviente... Mi gusto es pisotear a la Zahón; al señor Mendizábal no... Está próximo a una caída ignominiosa. En Palacio le tienen ya bien preparada la zancadilla con Istúriz y Saavedra... ¡Los dichosos políticos! No vendría mal una degollina de próceres y patriotas, como la que se ha hecho de frailes... Pues sí, señor de Mendizábal, bastante tiene Vuecencia con la que le están armando. Hillo diría que ya se oye el cencerro del cabestro que viene para conducirle al corral. Y Vuecencia matará los ocios del corral con la educación de doncellas... A Hillo no le deseo mal alguno... ¡Ojalá le hicieran obispo! Bien se lo merece el pobre por su mansedumbre y buenas intenciones... Y en cuanto a Milagro, nuestra gratitud no se contenta con menos que con nombrarle ministro de Hacienda... Y a Lopresti, ¿cómo le recompensaremos sus servicios?... Es facilísimo: pinche mayor de Palacio, y además director de la Real Capilla; cocinero y tiple de S. M... De todos nos despedimos, porque espero que no hemos de tener el gusto de ver rostros conocidos en mucho tiempo... Y que nos persigan, que nos busquen, que nos cojan ahora... El vuelo será alto... y luego, nuestra cueva de amor tan profunda, que a ella no llegará ni la mirada de cernícalo de la Zahón, ni el olfato de *Edipo*...»

Por este derrumbadero vertiginoso iban sus pensamientos, cuando llamaron con fuerte campanillazo y golpes a la puerta de la casa. Sorprendido del ruido, y alarmado también, pues en su estado nervioso el vuelo de una mosca le hacía estremecer, salió Calpena a punto que alguien abría; y vio que avanzaban hacia la puerta de su habitación dos hombres de mala facha, los cuales con formas rudas y descorteses, previa indagación de la personalidad, le ordenaron que se dispusiese a salir en su grata compañía. «¿Pero a dónde?...»

—A la cárcel —dijo el más feo y bruto de la pareja, a punto que comparecían otros dos, de uniforme, pues eran salvaguardias de la Subdelegación.

Lo primero que se le ocurrió a Calpena fue coger una silla, con intento de estrellarla sobre la cabeza del más próximo. Pero pronto se abalanzaron los esbirros a trincarle del brazo, y privado de todo movimiento, no tuvo más remedio que entregarse, maldiciendo con terrible exclamación su fiero destino. Salieron en paños menores los patrones y algunos huéspedes a lamentar el triste suceso; y mientras uno se indignaba, y le consolaba otro con frase vulgar, asegurando que todo era equivocación, los polizontes registraban la cómoda y mesa, para llevarse cuantos papeles encontraran pertenecientes al presunto criminal político.

Bajando entre tales sayones, taciturno, mas no resignado, devorando la angustia y terror de su alma, don Fernando empezó a ver claro en aquella inopinada prisión, y se dijo: «Es ella, es la *mano oculta* quien me lleva a la cárcel.»

De la calle de las Urosas al Saladero había mucho que andar. Por el camino vio dos traíllas de presos. Sin duda, el medroso Gobierno, acosado de conspiradores, viendo por todas partes misteriosos enemigos que le acechaban en la oscuridad de las logias, o le provocaban en el público escándalo de los cafés, había mandado echar la red. Cuando metieron al desdichado Calpena en el patio donde debía empezar la expiación de sus nefandos delitos, ya había llegado la primera cuerda, en la cual vio personas de aspecto decente. Al poco rato entraron dos racimos más, ¿y cuál no sería la sorpresa de don Fernando al vislumbrar en uno de ellos nada menos que la venerada, inofensiva persona de don Pedro Hillo?

En cuanto pudieron reconocerse, a la luz de los farolillos que alumbraban los tristes grupos, corrieron el uno hacia el otro y se dieron los brazos.

«*Tu quoque*... ¡También usted, don Pedro!» dijo Calpena con el gozo amargo de la venganza.

—También —replicó Hillo con voz opaca, casi lloroso—. Y verdad que por más que me devano los sesos, no acierto a explicarme... De la cama me sacaron estos verdugos. Comprendo que a ti... ¡A ti sí!... Era necesidad ponerte a la sombra.

—Yo no conspiro.

—Conspiras contra ti mismo. Yo, ni contra mí ni contra nadie... No he hecho más que hablar mal de Mendizábal... y eso no mucho.

—No es Mendizábal, no, quien ha tenido la humorada de juntarnos aquí: es la *mano oculta*... ¿Tan candoroso es mi buen clérigo que no lo ve?

—¡Fernando!

—¡La invisible deidad, la tutelar, la próvida mascarita!... ¡Ah!, no se quiere que el niño esté solo... Se teme su desesperación, se teme su rabia...

Enorme distensión de músculos en ojos y boca declaraba el estupor del buen presbítero.

«No está mal esto. ¿Verdad que no está mal?... Para que diga usted ahora que no *remata*...»

—¡Vaya si *remata*...!

Fin de Mendizábal
Santander (San Quintín), agosto-septiembre de 1898.

Libros a la carta

A la carta es un servicio especializado para
empresas,
librerías,
bibliotecas,
editoriales
y centros de enseñanza;
y permite confeccionar libros que, por su formato y concepción, sirven a los propósitos más específicos de estas instituciones.

Las empresas nos encargan ediciones personalizadas para marketing editorial o para regalos institucionales. Y los interesados solicitan, a título personal, ediciones antiguas, o no disponibles en el mercado; y las acompañan con notas y comentarios críticos.

Las ediciones tienen como apoyo un libro de estilo con todo tipo de referencias sobre los criterios de tratamiento tipográfico aplicados a nuestros libros que puede ser consultado en Linkgua-ediciones.com.

Linkgua edita por encargo diferentes versiones de una misma obra con distintos tratamientos ortotipográficos (actualizaciones de carácter divulgativo de un clásico, o versiones estrictamente fieles a la edición original de referencia).

Este servicio de ediciones a la carta le permitirá, si usted se dedica a la enseñanza, tener una forma de hacer pública su interpretación de un texto y, sobre una versión digitalizada «base», usted podrá introducir interpretaciones del texto fuente. Es un tópico que los profesores denuncien en clase los desmanes de una edición, o vayan comentando errores de interpretación de un texto y esta es una solución útil a esa necesidad del mundo académico.

Asimismo publicamos de manera sistemática, en un mismo catálogo, tesis doctorales y actas de congresos académicos, que son distribuidas a través de nuestra Web.

El servicio de «libros a la carta» funciona de dos formas.

1. Tenemos un fondo de libros digitalizados que usted puede personalizar en tiradas de al menos cinco ejemplares. Estas personalizaciones pueden ser de todo tipo: añadir notas de clase para uso de un grupo de estudiantes,

introducir logos corporativos para uso con fines de marketing empresarial, etc. etc.

2. Buscamos libros descatalogados de otras editoriales y los reeditamos en tiradas cortas a petición de un cliente.